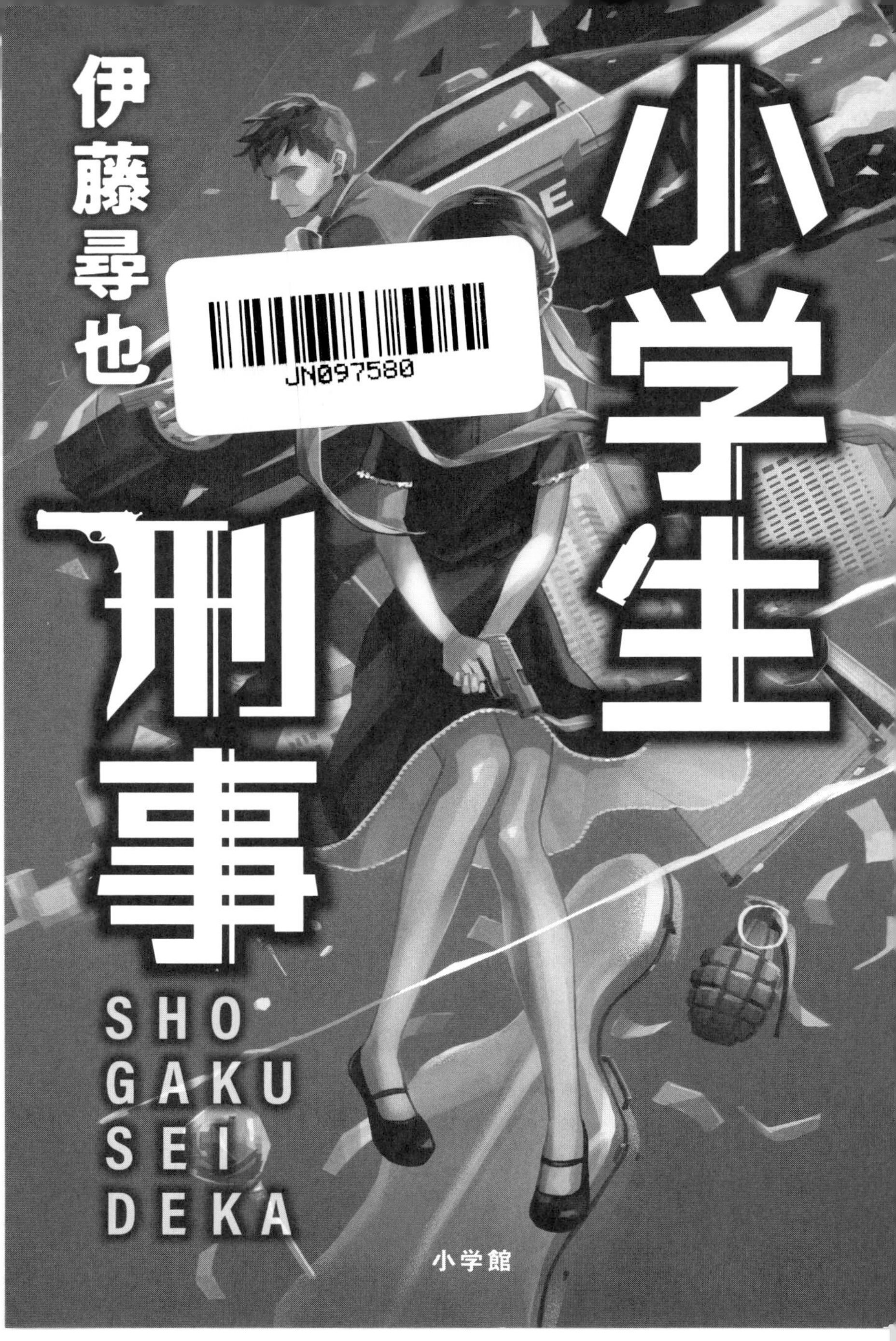
伊藤尋也
小学生刑事
SHO GAKU SEI DEKA
小学館

世界は犯罪に満ちている。

特に、少年犯罪。——万引き、喧嘩《けんか》、飲酒など、常に町のどこかで少年少女が大小さまざまな罪を犯していた。警察で把握できるのはほんの一部にすぎない。

しかも年々増加傾向にある。ワイドショーや低俗週刊誌の騒ぐ通りだ。スマホやネットの普及が原因なのか、それとも長きにわたる不景気のためであろうか。

稀《まれ》に『統計的に見れば少年犯罪は増えてなどいない、むしろ減少の傾向にある』と主張する社会学者もいる。たしかにデータからはそう読めた。

だが、現場に立つ生安《セイアン》（生活安全）畑の肌感覚で物を言うなら、ここ数年、少しずつ、ほんの少しずつだが状況は確実に悪化していた。

まるで日没後、街が夜闇《グレー》に包まれていくかのように……。

片山修《しゅう》也《や》は、三十二歳。

階級は巡査部長。生活安全課の刑事になって七年になる。

世間的にはまだまだ若手の年齢というのに、どんよりと濁った目をした男だ。

百九十近い長身ながらも眼力《めぢから》に乏しく、警官特有の威圧感は薄い。少女も畏怖《おそ》れを感じていなかった。——世界が灰色に見えるのは、彼自身の瞳が虚《うつ》ろに曇っていたからかもしれない。

服装もひどい。もう十一月というのに夏物のよれた背広に、アイロンなど一度もかけたことのなさそうなワイシャツという姿。ネクタイも百均で買ってきたような安物だ。

この薄汚れ刑事《デカ》は、目の前にいる不良少女に、

『——いいかい、万引きなんて罪名はないんだ。君のしたのは窃盗なんだよ』

『——たった一冊盗んだだけでも、本屋さんはうんと困ってしまうんだ』

『――店の前でうちの刑事に捕まったとき、君は〝ドジ踏んだ〟って言ってたそうだね。本当に反省しているのかい？』

『――だいたい、同じ本十冊なんて簡単に捌《さば》ける数じゃないだろう？　プロの〝引き屋〟だって難しいぞ。君、犯罪には向いてないんじゃないかな。もっと真面目《まじめ》に生きなさい』

などと長ったらしい説教をしてやることもできた。それこそが大人の役割であり、少年犯罪を担当する公僕の仕事であったろう。しかし、

――♪かえろかえろと　なにみてかえる　てらのついじの　かげをみいみいかえる

やはり、やめた。

遠くで十七時の時報《サイレン》が聞こえたからだ。

「ん……。君、帰っていいよ」

「えっ……？　いいの？」

交代まであと一時間。今終われば定時で帰宅できる。

報告書を作る時間を入れても余裕のはずだ。ならば引き留めておく理由はない。

唐突に解放されて少女は呆気《あっけ》に取られていたが、『刑事の気が変わらぬうちに』とばかりに大急ぎで取調室を去っていった。

どうせ自分の子じゃない。説教は、表で待っている母親に任せよう。

片山修也は、役立たずの無気力刑事だ。署内一……いや、ひょっとすると東京都区内で一番怠惰な私服警官であったかもしれない。

彼が籍を置く生活安全課は、身近な犯罪や近隣トラブルに対処する『警察組織の地回り』とも呼ばれる部署。殺人やマル暴といった花形でこそないものの、薬物や売春、高齢者を狙った詐欺、先述した通りの少年犯罪など、話題になりやすい事件を多数受け持っており、近年はその役割が重要視されている。——なのに人員や予算は旧来のままであったため、皆、常に慌ただしく駆け回っていた。

そんな課にいながら片山は毎日、例のどろりとした目のまま自分のデスクでぼうっと過ごし、交代時間ジャストの定時で帰宅する。

人呼んで〝ソリティア刑事〟だ。陰でそう呼ばれていることは知っていた。

たまに人手が足らず、補導や取り調べを手伝ったかと思えば——、

「先輩！　あたしの引っ張ってきた娘《こ》、帰宅させせちゃったんですか⁉　説諭《セッキョー》もなしで？　なんで！」

と、ペア子の加島《かしま》に怒鳴られる始末だ。

「ああ、帰らせた。初犯で未遂だし、身元もハッキリしてたからな。手柄《てんすう》は稼げたから問題ないだろ？　——だいたい、あのガキ、親戚が都議会議員だって言うんだぞ。西中野《にしなかの》署がそれで余計な仕事増やしてたの忘れたか？」

「だから何です！　ラクばっかりしようとしないでください！」

加島沙織《さおり》は五期も下の女性刑事。温厚な性格を買われて少年担当に抜擢《ばってき》されたはずなのに、駄目刑事とペアを組まされて以来、ずっと声を張り上げ通しであった。

今となっては片山を本気で叱るのは、この後輩くらいのものだ。

「あの子、絶対に帰すべきじゃなかったのに！　親に甘やかされてるし、学校も厳しくないとこだし！　警察《ウチ》でほっといたらホントのクズみたいな大人になりますよ⁉　もし先輩の――」

おそらくは『もし先輩の子供がそんな大人になったら嫌でしょう？』と続ける気であったのだろう。だが彼女は言葉の途中で、慌てて一旦口をつぐむと、

「……すいません、失言でした。でも内容は撤回しませんから」

軽く頭を下げて形ばかりの謝罪をし、それ以上は何も言わずに去っていった。さっきの高校生とは逆に、角度は浅いが心はそれなりに籠《こも》ったお辞儀だ。

片山も無言のまま見送った。もしかすると『気にするな』と返事すべきであったかもしれない。あるいは『言葉に気をつけろ、二度と言うな』でもいい。加島のために、とにかく黙っているべきではなかった。――そんなことを思いながらデスクワークを続けていると、今度は上司に呼びつけられる。

「カタ、こっち来いや」

鬼と呼ばれた禿げ頭の生安課長だ。

「はい、課長……。ちょうど、今日の報告書と――それから領収書もできてます」

カラの領収書作りは、片山にとってメインの業務だ。どれだけ情熱が欠けていようと、机とボールペンさえあればできる。むしろ、やる気に満ちた熱血漢にはできぬ仕事であったろう。

つまりは課の裏金作りというわけだ。彼の書く嘘の数字が、職場の親睦会での飲み代や、急な出張の交通費、さらには捜査費用を生み出した。皆は嫌がるが必要な仕事だ。だれかがこの仕事をしなければ情報屋に謝礼も払えない。

なので毎日〝カラ紙〟さえ書いていれば署内に自分の居場所は保てる。今の席でいつまでも時間

をやり過ごせるはずだ。そう信じていたのだが……。

「カタよぉ。テメエ、いつまで今の調子でいる気だ？」

世の中、そこまで甘くはないらしい。

「ズルケイ、って言うらしいな？　若い署員の符丁でテメエみたいな奴のことをさ」

「……？　ズルい刑事、ってことですか？」

怠けていてズルい、という意味かと思ったが、正解はより辛辣《しんらつ》なものであった。

「違う。ケイは刑事や警官のケイだが――子供《ガキ》に人気のテレビゲームなんかでな、キャラが死ぬと棺桶になって、残った仲間がズルズル引《ひ》き摺《ず》ってくだろ？　アレのことだ」

「課長の口からゲームの話が出るなんて意外です。……けど、棺桶ですか」

「そうだ。棺桶ズルズルのズルだ。お前はアレだ。もう死人だ。死んじまって仲間のお荷物になってる状態なんだよ」

知らぬ間に、新たな警察内スラングができていたらしい。初めて聞いた。

周囲もズルケイ本人には隠していたのだろう。〝ソリティア〟に続く新たな蔑称だ。痛いところを突いている。

片山はまだ生きてはいたが、そんなのは形ばかりのこと。とっくに魂は死んでいた。今の彼は、課長や加島に運ばれている〝刑事の死体〟でしかない。

「あンときのことがあるから二年も死体を置いててやってたが……もう限界だ。ヨソでもそんなじゃ本当に馘《クビ》だぞ？」

「ヨソ？」

辛辣禿げの鬼課長は、総監印の入った書類を目の前で広げる――。

辞令
令和二年十一月九日付をもって現職の任を解き、同日付をもって下記のとおり勤務を命ずる。

記

警視庁　総務部第八別室　室員として

以上

シンプルな文面ながらも、信じがたいものだった。

「……辞令？　これ、本庁《ホンシャ》に異動ってことですか？　どうして？　しかも日付が今日になってますが、間違いじゃ――」

「いいや、テメエは今日付でホンシャ行きだ。今すぐ顔を出せとお達しが出てる。荷物は送ってやるから行って来い」

2

時刻は十九時。十一月だけあって、すっかり日は沈んでいた。大都会特有のくすんだ夜空が頭上に広がる。

星はなく、かといって街灯《まちあか》りのおかげで暗くもない。何色でもない、いわば虚無の天蓋《てんがい》だ。こんな時間にまだ勤務中というのは久しぶりのことだった。

片山は、自分を惨めとは思っていない。

つい二年前まで彼は優秀な刑事で、何件も大きな手柄を立てていた。課のエースだったと言っていい。

そんな男であろうと、何かのはずみで抜け殻になることもある。働く大人ならば珍しくない。誰にだって起こり得ることだ。

まして彼の場合は、警察ならではの〝特殊事情〟が含まれる。

おかげで周囲もうんと気を遣ってくれた。やかましい加島後輩や鬼課長ですら同じだ。ただの怠け者が相手なら今程度の扱いで済むはずがない。

もし他の誰かが似たような状況になれば自分だって優しくしてやる。そうされて然《しか》るべきだ。とはいえ——、

(……さすがに限度があるってことか)

いつまでも他人に甘えて生きてはいられないらしい。

きっと誰かが監察に『忙しいはずの生安にグータラなソリティア野郎がいる』と密告《チク》ったのだろう。でなければ、こんな時期外れに異動など考えられない。

「この車、本庁行く? 乗っていいかな?」

最低限の荷物だけを鞄に詰めた片山は、署の駐車場で発車直前のPC《パトカー》を呼び止めた。経費削減の叫ばれるご時世だ。巡査部長クラスの下っ端には、パトカーの相乗りが推奨されている。

だが、ドジをした。

(しまった……。高速隊の車だったか)

下手《へた》を打った。新人でもしない馬鹿なミスだ。上の空で歩いていたため、間違えて高速隊（高速道路交通警察隊）のカスタムカーに声をかけてしまった。

高速隊といえばパトカー乗りのエリートだ。スポーツカーを改造したハイスペック車で首都高を駆ける猟犬たち。街を流している警ら隊とは別物だった。——おまけに車種は、旧モデルのホンダＮＳＸ。

一九九〇年代に名を馳せた初代ＮＳＸだ。販売価格は当時国産車最高額の八百万円。エンジンはＶ型６気筒ＤＯＨＣで実質レースカーと変わらない。ボディの美しい曲線といい、収納式《リトラクタブル》のライトといい、まさしくスーパーカーといった佇《たたず》まいだった。

どこかの県に一台だけ配備されていると昔雑誌で読んだ記憶があるが、警視庁も持っていたとは初めて知った。何かの用事でたまたま署に立ち寄っていたのだろう。

北杉並署での最後のしくじりだ。『タクシーじゃねえぞ』と怒鳴られるかもしれない。片山は一瞬、身を強張《こわば》らせたが——、

「どうぞ、ちょうど戻るところです」

運転席の若い高速隊員は、子供のように白い歯を見せた。やたら愛想がいい。高速隊であることを抜きにしても、勤務中の警官とは思えない爽やかな笑顔だ。

発車すると、車内は「ギュゴー」という異様なエンジン音で満たされる。

さすがの加速。六十キロの法定速度を守っているのに、アクセルに合わせて体がシートで押し潰《つぶ》された。乗り心地は最低だ。

機嫌を損ねてわざと荒い運転をしているわけではなさそうだが、片山は念のため謝っておくこと

にした。

「君、すまない……。その、ボーッとしてて警らのPCと間違えたんだ」

「えっ？　ああ……あははっ、別に怒ってなんかいませんよ。相乗りも業務のうちですから。この車に乗ってると、みんな謝るので気分がいいです。そちら出張ですか？」

「いや、異動……」

「本庁に？　へえ、すごいじゃないですか！　栄転ですね」

この人懐っこい若者の言う通り、所轄の警察署から警視庁本庁に移るというのは一般的には出世となる。支社から本社への大栄転だ。

とはいえ新たな職場は〝総務部第八別室〟とやら。

生活安全畑から総務に転属というのは極めてレアなケースだった。しかも第八別室などという部署、今まで聞いたことがない。

スマホで調べても出てこなかった。いったい何の別室で、第一から第七まではどこにあるというのか？　そもそも、なぜこんな時間に呼び出す？　もう夜だというのに。

何もかもがおかしい。いくら警察が二十四時間営業でも、引継ぎは昼にするものだ。

（……きっと、〝追い出し部屋〟ってやつだな）

噂で聞いたことがある。問題警官を辞職に追い込むためのリストラ専門部署が存在すると。

なんでも、そこは倉庫に机と椅子が置かれただけの部屋で、毎日何もせずにただ座り続けねばならないのだとか。大抵の者はこの嫌がらせに耐え切れず、自ら辞表を書くという。

民間企業でもよく耳にする話だ。——とはいっても、片山は自主的に毎日何もせずにただ座り続けているという身の上。状況はさほど変わるまい。

いずれにせよ、いよいよ誠というわけだ。覚悟を決めねば。

「首都高乗りますよ。揺れるので注意して」

「わかった、気をつける……。しかし君、優秀なんだな？　若いのに、こんなNSX《クルマ》を任されて――」

「なあに、僕の担当車じゃありません。昼にチューンが仕上がったんで、ならしを頼まれているんです」

「ふうん？　けど、それでも立派なもんだ」

スーパーパトカーに乗れたのも、何かの記念になるだろう。

ドライブ向けの夜景を駆け抜け、NSXは十五分かそこらで桜田門へと到着する。

たしかに揺れた。宇宙飛行士の訓練でもあるまいし、左右のGがひどすぎる。上の空で乗っていなければ胃の中身をぶちまけていた。


千代田区霞《かすみ》が関《せき》、警視庁本部庁舎――。

刑事ドラマで一般人にもお馴染《なじ》みのビルだ。地上十八階地下四階建てで、屋上には警察無線網の要《かなめ》となる特徴的なアンテナ塔がそそり立つ。築四十年で決して新しくはないものの、その分、節だらけの巨木のごとき荘厳さを備えていた。東京の警察官四万六千人が仕える城の天守閣だ。

総務部第八別室は、この本部庁舎の十三階にある。場所が案内板に載っておらず、片山はわざわざ正面入り口の受付で訊《たず》ねる羽目になった。

しかも受付係も知らなかったため、調べるのに二十分以上もかかってしまった。庁舎に来るまでより時間を要したことになる。どれほど日陰の部署なのか、はっきり思い知らされた。

十三階は、倉庫のフロア。

ここには建物裏にある貨物搬入用エレベーターしか停まらない。重要度の低い書類や、掃除用具、市民イベントや庁内運動会に使う道具など、どうでもいいものを仕舞い込む部屋ばかりが並んでいた。

ある意味、必然ではあろう。十三は縁起の悪い数字だ。警官というものは死と隣り合わせであるため縁起をかつぐ。警察関係の建物ならば、どこでも十三階は似たような使い道になるものだ。

節電のために蛍光灯が半分外された、薄暗い廊下の突き当たり――。そこに、第八分室のオフィスはあった。

「……失礼します」

ノックと共にドアを開けると、そこには異常な光景が広がっていた。

もとは倉庫だったとおぼしき狭い室内に、壁を埋め尽くす書類棚と、やはり山ほど書類の積まれた事務机が三つ。さらには、古びているが妙に豪華な応接ソファーと机のセットが一式。――ここまでは常識の範囲内。

だが、なぜか客用の革張りロングソファーの上では……、

(……何だ、この子?)

子供が寝ていた。

女の子だ。

歳《とし》は七つか八つといったところか。フリルつきのブラウスに膝丈の黒いスカート、白いタイツと、まるでピアノの発表会のように上品な服でめかしこんでいた。

顔立ちもどこか気品に溢《あふ》れている。艶《つや》やかな黒のロングヘアといい、白い肌といい、ちょっとしたお人形《ドール》のようではないか。彫りの深さからして、もしかするとハーフか、あるいは髪が黒いだけの白人なのかもしれない。

そんな子がソファーに寝そべったまま目を閉じ、

——すう、すう

と安らかな寝息を立てていたのだ。

愛らしい娘は呼吸すらも楽器のよう。ピッコロにも似た軽やかな音色だ。枕元の応接机にはレトロデザインの目覚まし時計が置かれていたが、かちかちと鳴る秒針は、息遣いの伴奏をしているようにも感じられた。

わけがわからない。

ありきたりなオフィスの中で、この子の存在だけが異質であった。

ただでさえ夜の警視庁というのは、正装の子供に似つかわしくない場所であるというのに。それと——、

（この子、すごい美人だな……。子供のくせに）

無防備に眠るその貌《かお》は、ぞくり、とするほど美しかった。

本来、まだ幼女と言っていい歳の子供に対して抱くべき感想ではなかろう。——だが、桜の花び

らにも似た可憐な唇、アザミを思わす長い睫毛《まつげ》、ピンクの果実のような頬《ほお》。まるで天使か小さな女神だ。神々しさすら覚えてしまう。

しかも、よく見れば、手には派手な包装の棒つきキャンディ。水色の包みのソーダ味。菓子を持ったまま寝るという幼な子らしい行儀の悪さが、ほどよく隙《すき》を与えていた。

片山は、自分を子供好きだと思ったことは一度もない。まして幼女性愛のような特殊性癖の持ち主でもなく、どちらかといえば苦手としているほどだった。幼稚園の前などあえて避けて通るほどだ。

しかし、この革張りロングソファーの眠り姫は、そこいらの子供とは、いわば美の格《ステージ》とでもいうべきものがまるで違った。彼は高尚な芸術品でも目にしたかのように、ただただ心を奪われ、その寝姿に見蕩《みと》れていたが……、

「――キミぃ、片山巡査部長かい？　今日からウチに配属された？」

知らない男の声で、我に返った。

一番奥のデスクからだ。積まれた書類の陰になっていたため、人がいるのに気づかなかった。

制服姿で、階級章は警視。露骨なカツラでわかりにくいが歳は五十代後半といったところか。官給品のネクタイは妙に派手なタイピンで留められていた。きっと水商売の女からもらったものだ。昔保護した酔っ払いが似たような品をつけていた。

「やあやあやあ、待ってたよキミぃ。急に前のコがいなくなっちゃって困ってたんだよ。人数の少ない部署だからさ、一人いないとその分ボクが働かなきゃいけなくってねぇ。ボク、もうトシなんで忙しいのは応えるんだ。いや、ホントよく来てくれた」

軽そうな男だ。ずっとヘラヘラと笑っている。

似たような歳の禿げ上司でも、前の鬼課長とはまるで違った。ただ、この顔、どこかで見たことがある気もする。

「ボクは美波《みなみ》。この第八別室の室長だ。よろしく頼むよォ。ハイ、これ名刺」

名刺でフルネームを見て思い出した。

(美波晃一《こういち》……？　あの美波晃一か！)

都区内の警察関係者なら、その名を知らぬ者はいまい。

デスクワークの達人で、かつては〝ミスター総務〟とまで呼ばれたキャリア組のエリート警察官僚だったが、有名なのは優秀さゆえではなかった。

警視庁の裏金を横領し、アジアンパブのホステスに貢いで捕まったからだ。

その額、実に十二億四千二百万円。――ホステスが金額に恐れをなして警察に相談しなければ今でも発覚していなかったと言われている。

今から一年半ほど前のことだ。警視庁は内々で処理しようとしたらしく、当時は末端にまで厳重な緘口令《かんこうれい》が敷かれていた。

(この人、まだ警察にいたのか……。逮捕されたと思ってたのに)

おまけに階級は警視のまま。免職どころか降格すらされていない。

しかし、これではっきりした。

(やはり、ここは追い出し部屋なんだな)

何らかの事情で警視庁は美波の罪を問うことができず、自主的に退職するよう第八別室にぶち込んだ、といったところであろう。

有名横領犯と一緒というのは光栄でもあり不満でもある。大物扱いされたようで照れ臭いが、さすがに犯罪者と同一視される謂《いわ》れはない。もちろん警察組織にとって怠惰とは、殺人や強盗にも匹敵する大罪であったのだが。

複雑な心境の片山に対し、美波室長はずっと例の軽薄な笑みを浮かべていた。

「そういや片山クンてさ、北杉並の生安でカラ紙作ってた人だよねぇ？　毎月、ウソの領収書いっぱい書いてたでしょ」

「……？　本職《わたし》をご存知なのですか？」

「ウン、ご存知。ボクはねぇ一度見たウソ領収書は忘れないんだよ。カラ紙には書き手の人格が出る。やましいことをするときにこそ人間の本性が現れるものだからさ。コレ、ボクの人生哲学ね。――キミは字の書き分けが丁寧だし、数字のダブリにも気を遣ってる。根が真面目なイイ奴だ。警視庁の全管内でも五指に入るよ、ウン。繊細で小心者なところもあるけど、そこも含めて刑事に向いてる」

「それはどうも……」

適当なことを言う男だ。リストラ直前の人間に『刑事に向いてる』も何もなかった。

（だが……この室長、俺の書いたカラ紙を見たってことか？　どうして？）

末端の一部署で切られた偽領収書にいちいち目を通しているとでも？　しかも今の口ぶりでは、警視庁管内全ての部署で同様のチェックをしているかのようではないか。

信じがたい。というより信じる必要もあるまい。

どうせ総務畑特有の〝職場を円滑に回すためのトーク術〟だ。調子よく出鱈目《でたらめ》なことを吹いているだけに決まっている。――そのくらい片山にもわかっていたのだが、それでもこの悪名高き男から、何やら妖怪じみた得体の知れなさを感じさせられた。

得体の知れないことは他にもある。

——ソファーで眠る、この幼女は？

謎だった。美波の娘か？　あるいは孫？　だとしても、なぜ職場に？　左遷された姿など普通は家族に見せたくないものであろうに。

「室長、この子は？」

「おやおや片山クン、ヒメちゃんのことが気になるかね？　ははは、無理もない。寝てるときだけは可愛いからねぇ」

ヒメ、というのが彼女の名であるらしい。

あだ名か偽名であろうか？　気品溢れる眠り姫の名前としては、あまりにも似合いすぎではないか。だが続く言葉に——、

「この子は、八代《やしろ》ヒメ。——キミは彼女とペアを組むんだ」

「ペア、ですか？」

思わず、ぽかん、と呆気にとられる。聞き間違いかと疑った。

「子供を、本職のペア子《ご》にしろと？」

「違う。この子がペア長だ。キミがペア子《ご》。子供だなんて失礼なことを言うもんじゃないよ。ヒメちゃんの階級は警視正扱い。キミやボクより偉いんだから」

「警視正って——ご冗談ですよね？」

警視正といえば本庁の最高幹部か、主要な警察署の署長クラス。前にいた北杉並署は『主要』ではなかったため、署長は一段下の警視だった。

いずれにせよ、下から二番目の巡査部長である片山にとっては雲の上の存在となる。

「いやいやいや、冗談なんかじゃないよ。ボクが冗談なんて言う男に見えるかね？」

「それは……」

見える、という言葉を必死で飲み込んだ。

ただ、どうやら嘘ではないらしい。いつの間にか、この新上司はもう笑っていない。目も真剣になっていた。

「いいかね、片山クン。ペアというのは現場の警察官にとっての基本単位だ。ペア長とペア子《ご》は互いをサポートし、二人で責任や負担を分かち合う」

「はい」

「けど——キミらの場合は、普通のペアとは意味合いが少ぉし違う」

「……と言いますと？」

「キミの仕事は、ヒメちゃんにとっては現場でのサポート役であり、日本の警察組織との窓口。——我々警視庁にとっては、ヒメちゃんのお目付け役……いや、〝責任取り係〟かな」

「責任取り係⁉」

聞き捨てならない単語であった。

警察官といっても公務員。まして片山は無気力刑事だ。責任は犯罪者の銃弾以上に避けたい恐怖と言っていい。

「詳しい説明を聞きたいかね？　聞いたら、もう後には引けないよ。もちろん他言無用だ。もし漏らしたらキミは、まあ、アレだ……きっと、よくない目に遭《あ》う」

「でしたら、聞きたくないですが——」

「いいや、聞いてもらうよ。ボク、秘密を一人で抱えてるのはイヤなんだ。道連れが一人でも多くほしいからね」

「勝手なことを！」

しかし美波は話をやめない。面倒な件には関わりたくないというのに。なぜ馘を覚悟している自分が、今さら責任や秘密に巻き込まれねばならぬのか。

この上司は、片山の前任者が『いなくなっちゃって』と言っていたが、もしかすると責任を取らされ〝よくない目〟に遭わされたのかもしれない。悪い予感にぞっとする。

「いいかね片山クン。いわゆる裏金というものが、警視庁全体でいったい幾らあるか知っているかな？」

「いえ……」

「警視庁の年間予算である六千五百億円のうち、表に出せないカネがだいたい三百億円になる。定義はいろいろあるだろうが、これが世間の人たちの想像する裏金だ。すごいだろ？」

驚くべき大金だ。東京だけで三百億とは。

ただ納得できない額でもない。片山も警察内部の人間だ。巨大都市の治安を維持するためには、綺麗ごとでない金も莫大な額が必要だと知っていた。

だから真に驚愕《きょうがく》すべき事項は、その先の話だ。

「で、その三分の一にあたる百億円を、この部屋でボクがやりくりしてる。——この子に全額つぎ込むためにね」

「……!? おっしゃる意味がわかりませんが」

理解の範囲を超えていた。もう頭がついていかない。

とはいえ、薄っすら察しのつくこともある。衰え切った刑事の勘が、さっきから警告の悲鳴を上げていた。

この第八別室はリストラ用の追い出し部屋などではない。

おそらくは、もっと危険で厄介な部署だ。

……と、そんなとき。

――じりりりりりりり

レースのクロスを敷いた応接机で、古風な目覚まし時計がけたたましく鳴り響いた。

針は、二十時十四分。半端な時間だ。

「んっ……ふわぁ……」

子猫のように小さな欠伸《あくび》とのびをしながら、八代ヒメは目を覚ます。

瞼《まぶた》が開くと、長い睫毛の隙間から大粒の黒い瞳が現れた。――その煌《きら》めきはショーウィンドウの宝石のよう。きらりぎらぎらと眩《まぶ》しく耀《かがや》く。しかし、同時に真っ暗な海のごとき深さや冷たさも感じられた。

かつて、似たような目をどこかで見た記憶がある。

たしか警察学校の剣道場だ。講演のために剣道協会から来た九十過ぎの老剣士が、こんな瞳の持ち主だった。

噂によれば、その老人は戦時中、戦地で人を斬り殺したことがあるのだとか。居合わせた一同は『さもありなん』と納得した。彼の眼光は、日本刀の白刃そのものだった。

目覚めた姫君も同様だ。

ただ見据えられただけで真っ二つにされそうな、冷たく鋭い二つの瞳……。

目が合った瞬間、片山は無意識のまま、びくり、と真後ろに一歩退《しりぞ》いていた。本能がそうさせたのだ。

(……何だ、この子供? どうして、こんなに怖く感じる⁉)

素手の小娘でありながら、殺気にも似た異常な気迫《オーラ》。命の危険すら感じてしまう。

そんな彼の姿を見てヒメは、ソファーからもぞもぞ起き上がりつつ、

——ふふン

と、悪戯《いたずら》っぽい笑みを浮かべた。これは、

『何もしてないのに、臆病なのね』

という意味であろうか、それとも、

『いい勘よ』

の意味なのか。

やがてヒメは寝ている間も手にしていた棒つきキャンディの包装を剝《む》き、ぱくりと幼い唇で咥《くわ》える。

寝覚めの一本のつもりであったのかもしれない。シルエットだけなら煙草《たばこ》を吸っているようにも見えた。そして新たなペアである片山の前に立ち——、

「お前が、新入り?」

飴《あめ》を口にしたまま、例の瞳で、じろり、と見据える。

彼女の背はおよそ百十五センチ。小一女子の平均以下だ。体重もせいぜい二十キロかそこら。大人の男を前にして、首は真上を見上げるかのよう。——しかし心の中は逆。

百九十センチ近い片山が、完全に呑まれ圧倒された。

動けない。背中が汗で冷たくなる。山道で羆《ひぐま》に遭遇した気分だ。

「どうしたの？　新入り、返事は？」

「は……はいっ！　本日付で配属された片山巡査部長であります！」

自然と敬語が口を突く。

もし階級が警視正だと知らずとも、同じように答えていたに違いない。

「ふふン……。偉いわ、元気よく返事できて。——来なさい片山。お仕事の時間よ」

幼女のくせに、子供を買い物にでも連れて行くかのような口ぶりだった。

3

『立てば芍薬《しゃくやく》』などとは言うが、女という生き物は場面によって様々な一面を見せる。

八代ヒメも同様だ。——ソファーでの寝顔はまるで天使か妖精のようであったのに、今は違う。

既に述べた眼光のみならず、一挙手一投足からしてそうだった。しゃんとしたまま微動だにせぬ体幹といい、無駄のない体捌きといい、まるで武芸の達人か歴戦の軍人のようだ。あるいは獅子《しし》や虎といった猫科の肉食獣に喩《たと》えてもいい。

しかし、その一方で、

「ふふっ。片山、お前緊張しすぎじゃない？」

「い……いえ、そんな――」

時折見せる悪戯っぽい笑顔は、楽園を追放された小悪魔のよう。子供らしい愛くるしさを全開にさせていた。

(たしかに緊張しすぎか。こんな子供を怖がるなんて――)

きっと考えすぎだ。この子は目つきがおかしいだけで、本当は普通の子供に違いない。我ながらどうかしていた。

今、自分の目の前にいるのは、ただの可憐な幼女ではないか。

(だが――だとしたら、どうして警視正? 美波室長にからかわれたか?)

あの横領犯の話を、どこまで真に受けるべきなのか……?

「片山、エレベーター、下りのボタン押して」

「あッ、はい――。かしこまりました」

「敬語、いらないわ。私みたいな小さな子に丁寧な言葉使うのおかしいでしょ? ――地下五階ね」

「ああ、うん……。わかった」

ボタンを押すと、エレベーターの扉はすぐに開いた。

二人は真下に向かって揺られる。貨物搬入用だからか妙に速い。地の底へと墜落していくようで片山は落ち着かなかった。

「あの、八代警視正――」

「ヒメ、ね。呼び方注意して。お前、子供を階級で呼ぶの?」

「いや……」

だったら子供は大人を『お前』などと呼んだりはしない。――そんな反論を彼は必死に堪《こら》えた。

それより今は、もっと気になることがある。口の利き方などほんの些細《ささい》な問題だ。

「ええと、その……なあヒメ、地下五階って？　俺たち、どこ行くんだ？」

「そうそう、上手よ。その調子で喋《しゃべ》りなさい。地下五階は駐車場よ。この貨物用エレベーターでしか繋《つな》がってない秘密のね。今から私たちは車に乗っておでかけするの」

「おでかけ？　仕事じゃなくて？　キレイな服でおめかしして、何かの発表会にでも行く気なのか？」

「おでかけのお仕事よ。服は——そうね、発表会とは上手《うま》いことを言ったわ。ええ、そう。この服でないとできない〝発表会〟なの」

話をしているうちに、エレベーターは地下五階へと到着する。

開いた扉のすぐ正面には、見覚えのある車輛が置かれていた。

（さっきのＮＳＸ……⁉）

十三階にいるうちにキーレスでエンジンをかけていたらしく、「ギュゴー」と特有のアイドリング音が鳴り響く。

しかも同じ車種というだけではない。

よく見れば車輛番号が同じだ。〝特務００８〟。片山が相乗りしてきた、まさしく同一のＰＣ《パトカー》であった。

「これ、第八別室《う　ち》で使ってる車。カッコいいでしょ」

「ＮＳＸが？　冗談だろ？」

てっきり高速隊の車輛と思っていたのに。——そういえば、あの愛想のいい高速隊員は『ならしを頼まれているんです』と言っていた。

だが、なぜ総務部の別室にカスタムパトカーが必要なのか？

首をかしげる暇すらなく、彼は新たな異常事態に対面する――。

「お前は助手席ね」

「……？　じゃあ運転は？」

「決まってるでしょ」

ヒメは当然のように右ドアから運転席に乗り込み、紅葉《もみじ》のような手でハンドルを握る。

綺麗なお人形顔いっぱいに、例の悪戯っぽい笑みが浮かべられていた。

「片山、乗りなさい」

「い、いや……。乗れと言われても――」

「いいから。急ぐわよ」

「…………わかった」

理解の及ばぬことが続きすぎて、脳の働きが停止していたのかもしれない。

片山は命ぜられるがまま助手席に座り、通常の三点式に加えてレースカー用の四点式シートベルトを留める。

「偉いわ。もっと嫌がるかと思ったのに。聞き分けのいい大人は好きよ」

ヒメの靴は二十センチにも満たないサイズ。

そんな小さな足で、アクセルを一気に踏み込んだ。――肋骨《ろっこつ》が折れそうなほどの加速と共にNSXは発車する。

地下五階の駐車場には、タイヤ痕と焦げたゴムの臭《にお》いだけが残された。

夜の首都高にサイレンとエンジン音が鳴り響く。

狭い車内には、ふわりと女児特有の匂いが漂っていた。ミルクと子供用シャンプーの混ざった香りだ。こんなところだけは子供らしい。

「どう？　この車、素敵でしょ」

「まあな……。けど古い車種だ。九十年代の車だぞ」

「お前と同い年くらい？」

「俺の方が少しだけ年上だ。もしかして旧車好き《オジサン》なのか？」

「そうよ。だって可愛いじゃない。よく働くし、スペック完璧じゃないから運転しがいあるし。それにライトが飛び出るくらいでカッコつけてる気になれるだなんて。そういうチョロい子、私は好きだわ。——ちなみに片山、ゲロ平気？」

「……平気だ。ギリギリなんとか」

「じゃ、そろそろ本気で飛ばすわよ！　舌嚙《か》まないよう気をつけなさい！」

今にして思えば、あの高速隊員の運転はうんと丁寧なものであった。——Gに潰されながら片山は反省する。『乗り心地が悪い』などと思って悪かった。

同じ車でありながら、ヒメの運転は速度が二倍、荒っぽさは三倍以上。カーブだらけの首都高を二百キロオーバーで突き進む。アクセルの微妙な加減に合わせ、全身の骨がミシミシ軋《きし》んだ。

しかも車線変更を繰り返して他の車を追い抜くため、そのたびに遠心力でベルトが食い込む。前に乗ったときは『宇宙飛行士の訓練のよう』と感じたが、今度は打ち上げ本番であったらしい。魂がカーブで飛び出《リフトオフ》しそうだ。

初めてだったら、とっくに吐くか失禁していた。

「乗り心地は最低だが、ギリギリで耐えられる……。この車、一度乗ったことあるから、おかげで少しだけ慣れてて――。初めてだったらヤバかった」

「気配りのできるイイ上司でしょ」

「……っ?」

つまり一時間前、このNSXに相乗りしたのは偶然でなく、ヒメが手を回していたということらしい。

「俺に、この車に慣れさせるために……?」

「そうよ。でも、そんなのはオマケの理由ね」

「だったらメインの理由は?」

「一秒でも早くお前に来てほしかったから」

「それは、どうも……。なんだか照れるな」

「光栄でしょ? お前がいないと今日の任務《ミッション》ができないもの」

ということは、今からするのは『一人ではできない任務』であるらしい。

正直、悪い予感しかしなかった。

「けど、ヒメ……あんた、なぜ車を運転できる?」

「『あんた』じゃなく『お前』とか『君』って呼びなさい。不注意よ。普段から普通の子供を相手にするみたいに振舞ってないと、いざってときにボロが出るわ」

「つまり『本当は普通の子供じゃない』ってことか? まあ、そうだろうな。どこの世界に改造スポーツカーで首都高をぶっ飛ばすガキがいる。お前、本当に子供なのか? いや、そもそも――お前、いったい何者なんだ？」

「女に歳を訊《き》くもんじゃないわ。不躾《ぶしつけ》よ。でも特別に、それ以外は答えてあげる。――ただし用事の済んだあとでね。新宿で下に降りるわよ」

ネオン街の印象が強い新宿だが、駅から車で一、二分も離れればオフィスと住宅ばかりの風景になる。夜は人の気配がほとんどない。

高層ビルも少なく、四～五階程度の建物が立ち並ぶ。――その中では比較的背の高い七階建てマンションの裏に、ＮＳＸは停車した。

「降りて。トランクから荷物出して」

「荷物？」

トランクを開けると、中には――、

「……ギターケース？」

「違うわ。チェロよ」

黒塗りの大きな楽器ケースだ。瓢簞《ひょうたん》形で、全長百二十センチ強。わずかにヒメの身長を上回る。

持ち上げると、ずしり、とした手ごたえがあった。

金属の重みだ。木でできた弦楽器のそれではない。露骨に嫌な予感がする。

「……中身はなんだ？」

「馬鹿ね。チェロケースの中身なんだからチェロに決まってるじゃない。いいから運んで。一緒に入ってるブルーシートと箒《ほうき》も」

「運ぶって、どこにだ？」

「このビルの屋上よ。片山、質問多いわね？　けど用心深いのはいいことだわ。こっち来て。人に見られたくないから非常階段使うわよ」

怠け癖のついた片山にとって、エレベーターなしで七階まで上るのは重労働だ。

しかも荷物の重量がきつい。――本物のチェロでも三・五キロ、ケースを合わせると六キロを超す。

金属製の偽チェロはさらに重く、ざっと十キロはあるだろう。

屋上に着いたときには、ぜえぜえと息が切れていた。汗で背広の背中が濡れる。

「片山、だらしないわ。さっさと箒を出して床を掃いてちょうだい。そのへん――屋上のへりのあたり」

「掃除しろっていうのか？　夜中に、こんなところを？」

「ええ。灯《つ》りは点けないで」

さすがは不夜城東京だ。夜のマンション屋上というのに、他のビルの窓や看板、街灯、車のライトなどで、おぼろげながら周囲は見えた。

そんな薄明かりの中、片山は言われるがままに箒をかける。

「終わったらブルーシート敷いて。『シート敷くなら掃除要《い》らないだろ』って思うかもしれないけど、風で埃《ほこり》が舞って服が汚れるのが嫌なの」

「わかった……。シートなんて花見じゃあるまいし。ピクニックでもする気か？」

「いいえ。チェロの発表会よ」

ヒメがチェロケースの重い蓋《ふた》を開けると、中身は――。

「……っ⁉　銃じゃないか！　本物か？」

案の定、と言うべきか。ある程度は予想していた。悪い予感が的中だ。

中に入っていたのは、銃――それも軍用の狙撃ライフルだった。

「もちろん本物。決まってんじゃない。ヘッケラー＆コッホのG28、口径は七・六二ミリ。お前は重そうにしてたけど普通よりは重量軽めだし、取り回しに腕力が要らないから急な近接戦闘にも対応できるわ。外装に樹脂《プラスチック》部品を多用してるんで見た目もカワイイ。――それに、もちろんよく当たる」

車は旧式好きでも、銃は最新式の実用性重視であるらしい。

「当たる、って……。何に当てる？」

「一緒に双眼鏡入ってるでしょ。倍率最大であのビル見て。六百五十メートル先。一番上の階」

言われるままに指差された方向を覗《のぞ》くと、そこには古びた五階建てのオフィスビル。窓には気になる会社名が書かれていた。

「雉原《きじはら》商事？　聞いたことのある名前だな」

「ヤクザの事務所よ。大阪竹河《たけかわ》会系の三次団体、雉原組」

「ああ、〝シャブジロー〟の……」

武闘派で有名な組だ。構成員は十二名。組長は雉原次郎《じろう》、通称シャブジロー。

主なシノギは恐喝と覚醒剤。

上部団体の竹河会は関西の大手指定暴力団であり、表向き麻薬類を全面禁止していたが、この雉原組はかつて抗争で大きな手柄を上げていたため特別に目こぼしをされていた。

暴力しか取り柄がなく、日々進歩するヤクザビジネスから落ちこぼれていたということだろう。

普通、巨大組織の一員ならばドラッグは渡りたがらない危険な橋だ。

「窓際に立ってる、いかにも関西ヤクザって中年が組長。隣の縦縞ジャケットが若頭ね。――親の竹河会が関東で別の組と揉《も》めてるのは聞いてる？　抗争が起きたときのために雉原組は今、武器《ドウグ》を大量に集めてるの。拳銃十八丁、短機関銃《サブマシンガン》二丁、手榴弾五発、それからRPG（対戦車ロケット）も一発」

「まさか！　たしかな情報だろうな⁉」

機関銃、手榴弾、RPG――いずれも本気の抗争でしか使わない道具だ。使えば周囲の一般人にも被害が出るため、ただ持っているだけで懲役の年数が大幅に延びる。

「ええ。大阪の親組織はそんなにやる気ないみたいだけど、でも雉原《ここ》の組長は自分トコの商品《シャブ》を喰いすぎて頭がイカれて『間違った武闘派』になっちゃってるの。今夜中にも命令無視して対立組織にカチコミかける気でいるわ」

たまに聞く話だ。戦闘力だけが取り柄の組が、自分の存在感を示そうと無茶をする。――男の気を引くために手首を切るお騒がせ女と同じだ。ときにヤクザというのは恋する乙女にも似たメンタリティを持つ生き物なのだ。

「抗争になれば自分たちが活躍できて、偉い人に褒めてもらえると思ってるんでしょうね」

「だったら、すぐ本庁の組対に報《しら》せないと……‼」

組対は組織犯罪対策部の略だ。もし、これほどの装備で抗争をすれば多くの人命が巻き添えになろう。今から報せて間に合うかは不明であるが、なんとしてでも阻止しなければ。片山の胸の奥で、とっくに消えていたはずの警官魂に火が点《とも》る。だが――、

「必要ないわ」

ヒメは、敷かれたブルーシートの上に寝そべり、言葉を続けた。

「片山、私がこんなお洋服着てる理由訊いてたわよね？　答えは三つ。一つは、チェロケースと合

わせたお洒落《しゃれ》コーデだから。二つ目は、ほら……こうして床に寝そべると、スカートがめくれてみっともないでしょ。下にタイツ穿《は》ける服、他にちょうどいいのがなかったの。ズボンの服、持ってないし」

腹ばいで伏せ、体の固定のために両足は左右に大きく広げる。——つまりは伏射《プローン》の姿勢。

小さな手のひらは銃のグリップを摑《つか》み、か細い肩にはストックを当て、つぶらな右目は光学照準器《スコープ》を覗き込んでいた。

「おい……!!　ヒメ、よせ!　何をする気だ!?　銃から離れろ!」

「あら、今さら『何をする気だ』なんておかしいわ。ケースからG28《チェロ》が出てきた段階で『何をする』かなんてわかりきってたことじゃない。この道具は他に使い道のないものなんだもの。——距離六百五十、風よし、目標確認」

「よせ!」

「ふふン……。ううん、よさない」

オリンピックの一般的なライフル競技は五十メートル。三百メートル先を撃つ種目も過去には存在したが、金メダリストですら全弾命中せぬのが前提となる。

その倍を超す六百五十。しかも屋外。肉眼では点にすら見えぬ距離。

でありながら、ヒメの細い指は引き金を絞った。

——ずとンっ

鼓膜をつんざく発射音。火薬が大気をびりびり震わす。

映画と違うリアル銃声だ。『ばん』や『ずどん』でなく『ずとンっ』。ひらけた場所で大口径の銃を撃つと耳にはこのような音に聞こえる。同時に向こうのビルではガラスが割れ、組長の頭は破裂した。

まずは右のこめかみに小さな穴が開き、反対の側頭部からパーティー用クラッカーのごとく頭蓋の中身が、ぱあんっ、と噴き出す。室内が血と脳漿《のうしょう》で赤く染まる。

あまりにも唐突な惨劇。——その一瞬後、銃声が届いた。銃弾は音より速いため、この距離では死の方が先に届く。

いずれにしても神業《かみわざ》だ。他の組員たちは、ある者は身を伏せようとし、また、ある者は狙撃主を捜そうと窓の外に目をやるが、

——ずとンっ、ずとンっ

立て続けに、ぱあん、ぱあん、と頭が弾《はじ》けた。

G28はセミオートなので絶え間なく撃てる。もう二発でもう二人。いずれも即死。

それも適当に狙ったわけではない。いずれも幹部級で、しかも今回の襲撃計画に積極的だった者たちだ。——組長のすぐ脇にいた若頭は『雉原組にしては理性的』と評判だったが、ガラスで顔を切った程度の傷しか負っていなかった。

構成員十二人中、幹部以上が三人も消えれば、しばらくは組として機能しまい。抗争の危機は去ったのだ。

「うん。よし」

周囲一帯に硝煙の臭いが立ち込める中、ヒメはスコープから顔を上げる。

「言い忘れてたけど、この服を着てる三つ目の理由――。こう見えて私、人命には敬意を払うわ。だから〝発表会〟ではおめかしするの」

ここで言う発表会とは、つまりは殺人の意味であろう。片山の使った喩えをもとに、作られたばかりの新スラングだ。

たしかに今のヒメの顔からは、人前で楽器を一曲演奏し終えた直後のような、晴れ晴れとした爽やかさが感じられた。

「ヒメ、何てことを……!!　お前がしたのは人殺しだぞ！」

「ええ、そうよ。そして片山巡査部長、お前は人殺しの立ち会いをしたの」

「――っ!?　それは……」

「お前の存在が『私の殺人は警察が一枚噛んでる』って証拠になるのよ」

室長の美波が言っていた。

片山の仕事は、ヒメにとっては現場でのサポート役であり、日本の警察組織との窓口。――警視庁にとっては、ヒメに対する〝責任取り係〟であると。

今、彼は改めて自分の役割を理解した。自分はこのために連れて来られたのだ。

「片山、私はお前を評価するわ。ただの臆病者なら、まだ銃が手元にある相手に一言物申そうなんて思わない。さっさと一人で逃げていた。逆にガチガチの石頭なら、身を挺して狙撃の邪魔をしてたはず。どっちもしなかったのは、お前が冷徹なバランス感覚の持ち主だからよ」

「バランス？」

「そう。今、奴らを殺さなければ、もっと多くの人命が失われる。それは罪のない一般人かもしれない──。そんな一瞬の判断で、私を止めずにいたのでしょう?」

「いや……」

単に、起きていることが唐突すぎて何もできなかったというだけだ。邪魔するだなんて考えすら浮かばなかった。

とはいえ、ヒメの言う通り『あのシャブ中ヤクザを殺してでも抗争を防ぎたい』という気持ちも胸の奥底には間違いなく存在していた。──そんな心の揺れが、眼前で行われた虐殺を見逃させたというのだろうか? 警察官にあるまじきことだ。

葛藤《かっとう》する片山を前に、幼き死の天使は狙撃ポーズから立ち上がり、ポシェットから棒つきキャンディを一本取り出す。

「ちぇっ。ハッカ味か」

文句を言いながらも包装を剥いて口にした。ビニールを剝《は》がす、がしゃっがしゃっ、という音がライターに似ていたこともあり、棒を咥えた姿は本当に煙草を吸っているかのよう。

都会の灯りを背にしたヒメは、飴を舐《な》めているくせにひどく大人びて見えた。

「ヒメ、教えてくれ……。お前、いったい何者なんだ?」

首都高でもした質問だ。発表会《ミッション》が済んだ今、彼女は約束通り答えてくれた。

「別に、何者でもないわ。警視正扱いで警察のために働いてるけど警官じゃない。税金で食べてるけど役人でもない。どこにも所属してなくて、正式な役職名も階級もない。私の扱いを決める法律は存在しないし、私も法律になんか縛られない。戸籍も国籍も持ってない」

「……だったら、何だ?」

「私はただの私。八代ヒメ、自称七歳。職業は──強《し》いて言うなら〝幼女刑事〟よ」

第二章

1

「さ、行きましょ」

「行く、って……どこにだ？」

「決まってるでしょ。逃げるのよ。人に見られる前にバックレなきゃ」

『他者に有無を言わせぬ力』の持ち主をカリスマと呼ぶのなら、ヒメはまさしくそれであろう。

目の前で三人も殺しておきながら、現職の警察官に『一緒に逃げろ』とは。

だが片山は、棒つきキャンディを咥えた幼女の言葉に――、

「……わかった」

ただ従ってしまった。

身長たった一メートル十五センチの子供に、大の大人が逆らえなかったのだ。

ずっとそうだ。『敬語を使うな』『車に乗れ』『荷物を持て』『殺人を黙って見ていろ』――ヒメは当たり前のような態度で命令を下し、片山は疑問を抱きつつも応じてしまう。この子はそんな迫力《ちから》を持っていた。

まさしくカリスマ。刑事は犬に喩えられるが、この子は群れを率いる狼のボスだ。

「歩くの面倒だし、帰りはエレベーター使わせてあげる」

「いいのか？」

「特別よ。モタモタしてる方が目立つもの。――ここのエレベーター、監視カメラがあるから気をつけて。顔バレしないように面白い顔して」

「面白い顔⁉」

エレベーターが着くや、ヒメは柔らかな頰をプクーと大きく膨らませ、同時に指で鼻を押さえて子豚のような顔を作る。彼女ほどの美貌となると、こんな顔さえ愛くるしい。

「片山、お前も」

「お、おう……」

やはり逆らうことはできなかった。荷物で手が使えないため、口をひょっとこ状に尖《とが》らせつつ、両目をカッと大きく見開く。

可憐な相棒と違い、三十二歳の男がする変顔だ。ただただ不細工でむさ苦しいばかり。たとえ銃撃犯だと怪しまれずとも、この顔のせいで通報されてしまうかもしれない。

いや、そもそもこの程度の変装で、何が誤魔化せるというのだろうか？　いくつもの不安を抱えながら、ひょっとこ《片山》は子豚《ヒメ》とエレベーターに揺られる。

やがて一階に到着し、扉の外に出るや、

「ぷふっ、あははっ！　片山、もういいわよ。あはははは、お腹《なか》痛い！」

ヒメにげらげらと爆笑された。

（しまった、からかわれた……‼）

どうやら冗談であったらしい。

(もしかして、行きで非常階段を使ったのも？　俺が苦労する姿が見たいから、意味もなく荷物を持たせて歩かせたのか？)

してやられた。悪質な、しかし子供らしい悪戯だ。

もしかすると、これはヒメが片山に『自分の方が一枚上手である』と刷り込むための儀式《イニシエーション》であったのかもしれない。

「車、乗りなさい。帰りは運転させてあげる」

「NSXを？」

「さっきのお詫び。感謝なさい。男の子はスポーツカー大好きでしょ？」

『さっきの』がエレベーターでからかったことであるのか、それとも殺人の片棒をかつがせたことなのか、片山にはわからなかった。

2

「感想、どう？」

「そうだな、いい車だ……と思う。運転が怖くて、よくわからない」

高速には乗らずに、今度は下の道を行く。

ハンドルを握るのは片山だ。ヒメの言う通り、彼も車は嫌いではない。三十二歳といえば若者がスポーツカーを欲しがっていた最後の世代だ。

とはいえ暴れ馬の改造パトカーで、しかもプレミア価格の高級車ともなると、さすがに尻込みしてしまう。おっかなびっくり制限速度で走らせる以外はできなかった。

クラッチを踏むたびに寿命が削られていくようだ。

「お前、さっきと似たようなひょっとこ顔になってるわよ。緊張するとその顔になるのね？——二つ先の信号、右折して。エンスト禁止。後ろに迷惑かけないようスムーズに」

「お、おう……」

仮免許の路上教習を思い出す。案の定、交差点でエンストを起こし、またヒメに笑われた。

——ただ、その一方で現在片山が感じている恐怖は運転事故に対してのみ。

殺人を目にした緊張は薄れていた。もしかすると助手席の小さな狙撃犯は、彼をリラックスさせるために手を尽くしてくれていたのかもしれない。

「車の感想はわかったわ。じゃあ——私の感想はどう？」

「お前の？ そうだな……。お前はこの車より怖い。どう接すればいいのかわからない」

「いい感想ね。けど、女ってそういうものよ。私じゃなくても全員同じ。暴れ馬の超高級スポーツカーと思って、うんと丁寧に扱いなさい」

「七歳児が聞いたような口を……。そういうの、どこで憶《おぼ》えてくるんだ？ テレビか？ だいたい何だよ、さっきの——〝幼女刑事〟って」

「あら、やっと訊いてくれた。興味ないのかと思ったわ」

別に、質問したくなかったわけではない。

エレベーターだの運転だので忙しく、タイミングを逃していただけだ。本当はもっと落ち着いた状態で知りたかった。

「さては、また悪戯のつもりか？ 運転で必死なときに大事な話をするなんて」

「まあね。機密事項だから、このくらいがちょうどいいの。——幼女刑事は、その名の通り幼女の刑事よ。ただし刑事といっても私服警官じゃないわ。話せば長くなるけれど警察のために働く諜報工作員ってわけ」

「諜報？　スパイなのか？」

「そ。それも映画とかに出てくる派手なやつ。聞いたことない？　二年くらい前、日本の総理が某国の大統領だか首相だかと会談して、スーパーエージェントを譲ってもらったって噂」

「いいや、聞いたことないが——」

「あるのよ、そういう話が。それが私。——あ、そこの脇道、左に曲がって。狭いから擦《こす》らないように気をつけて」

「ああ、うん……。信じられない。だいたい、どうして警視庁なんだ？　スパイなら内調か公調にでも雇われるべきだろ」

内調は内閣情報調査室、公調は公安調査庁の略となる。

「馬鹿ね。そんなことしたら、既存の諜報機関との間で揉めごとになるのが目に見えてるじゃない。外国の息のかかったスパイなんて簡単に信用できないだろうし。それで警視庁の預かりになってるの。予算もヨソより多いしね」

そういえば、美波室長が言っていた。

警視庁内の裏金を〝やりくり〟して、この娘につぎ込んでいるのだと。

たしか、その額は——、

「……百億円って、本当か？」

「美波から聞いたのね？　あの男は裏金作りの名人だから重宝してるわ」

「だろうな。実績（前科）はたしかだ」

「でも、間違えないで。ただの百億円じゃなくて『年間百億円』だから。単に一年間の予算ってだけ。外国から譲ってもらうときの代金がだいたい一千億円で、これは国から出てるけど、その後は警視庁から毎年百億もらってるの。――私と、私のサポート組織のためにね」

「サポート組織？」

「正式名称はないけど、便宜上〝ヒメ機関〟って呼ばれてるわ。仕事の内容は……まあ、いろいろよ。情報収集に、銃の調達、狙撃スポットの選定、証拠の掃除――。それから、おやつの買い出しも」

そう言ってヒメは、くいっ、くいっ、と咥えたキャンディの棒を上下させた。

さっきのハッカ味だ。ころころと舐める仕草からして、まだ飴は溶け終わってないらしい。つまりは屋上で包装を剝がしてから、ほんの五分も経過していないということだ。なんと密度の濃い五分間だろう。時間感覚が麻痺《まひ》していた。

「ま、車の維持費みたいなものと思ってちょうだい」

「さすが超高級スポーツカーだな」

今運転しているNSXなど問題にならない。別の国から譲られたというのだから、フェラーリやランボルギーニといった外車の類《たぐい》だ。

「だが、どうして子供なんだ？　大人じゃ駄目なのか？」

「あら、どうして子供じゃ駄目？　貴重なスーパーエージェントを引退まで長く使えるし、七歳なら刑事責任も問われないから便利じゃない。殺人しても無罪なんだし」

刑法では、十四歳未満の者は刑事責任能力がないものとされる。少年法すら処罰の適用外だ。理屈で言えば、あと六年は法律上無敵でいられた。

「それに——誰が、本当に子供だなんて言ったかしら？」

「……なるほど」

そういえば『自称七歳』と言っていた。

本当は大人なのに、幼女のふりをしているだけかもしれない。たしかにヒメの発する気迫《オーラ》は、七歳児のそれではなかった。

とはいえ、ただの大人でもない。——この女は、それ以上の何かだ。

独裁者のカリスマ、野獣の蛮性、軍人の冷血、天使の美貌……それら全てを兼ね備えた人間というのは、果たして何者であるのだろうか？

彼女はそんな、ただ『八代ヒメである』としか言いようのない存在だった。

「さ、早く帰りましょ。私、眠くなってきちゃった」

「帰るのはいいが、どこに向かってるんだ？　こっち、桜田門と関係ない方向だぞ」

「家よ。直帰で帰宅するの。——お前、この道、見覚えない？　注意不足は事故のもとよ。ちゃんと景色見ながら運転してる？」

「道？」

言われてみれば知っている道だ。

新宿インターから西北西に約七キロ。低層住宅地の細い道を縫うようにして突き進む。

地名で言えば、沼袋と野方の間あたり。

「着いたわ。そこの建物の前で停めて」

「ここって……俺の住んでるマンションだぞ！」

「ふふン、やっと気づいた。疲れたから今夜は夕食いらないわ。寝るとこだけ用意してちょうだい」

「……？　まさか、帰るって俺の家にか⁉」

3

翌朝——。

花の都大東京にも、パッとしない町はある。

たとえば〝沼袋〟や〝野方〟は地名からして、それぞれ湿地や荒れ野を連想させた。

片山の住居は、二つの町のちょうど中間。

壁のひび割れた古マンション、ニューエクセレント高良多《たからだ》。築三十五年、四階建て。エレベーターなし、オートロックなし。——二階の一号室が彼の部屋だった。

中は意外にも広く、間取りも2ＬＤＫではあるものの、無気力男の一人暮らしだけあって、リビング以外の部屋は使っていない。

テレビの前に敷いた煎餅布団の上だけを主要な生活空間としていた。周辺には脱ぎ散らかした服と、発泡酒の空き缶、食料品のゴミの山。

そんな空間で、片山修也は眠っていた。

夢は、悪夢。ただし、いつものものとは違う。

（……俺は、殺人現場に居合わせた）

現実の夢だ。後悔だ。

目の前で三人も射殺するという大虐殺。しかも犯人を見逃した。取り押さえもせず、通報もせず、こともあろうに車を運転して逃走の手伝いまで……。

(俺が知らないだけで、本当は殺人なんてあちこちで起こっているのかもな)

約一千四百万人が暮らす超巨大都市東京だ。

それだけ集まれば人を殺す者もいるだろう。——そして殺される側の人間も。

昨夜の連中は死すべき理由を持っていたが、罪なくして命を奪われる者もいるはずだ。

(あいつらも……)

人の死について想うたび、同じ顔を思い出す。ぞわりと背中が不安で寒い。

だが、そんなとき、悪夢の外の現実で——、

——ぺたり、むぎゅう

と、顔に妙な感触があった。

やや柔らかで、ひんやりとした何かを、顔面に押しつけられたのだ。

正体不明ではあったが、触れ心地は決して不快でない。

むしろ、どこか心地よかった。

(…………何だ、これは?)

目を開くと、その物体で視界の半分ほどが覆われていたが、何であるのかは理解できた。

(足の裏……?)

小さな裸足《はだし》。幼い子供の足裏だった。

「片山、やっと起きたわね。それでも刑事?　だらしない」

「ヒメ……」

この幼女に、顔を踏まれて起こされたらしい。

閉め切ったカーテンの隙間からは、朝の日差しが差し込んでいた。

「お前、この起こし方はないだろ。足どけろ」

「あははは。息でくすぐったいわ。顔踏まれたまんまで喋んないでよ」

勝手に踏んでおいて文句を言うとは暴君ぶりも極まれりだ。

（こいつ、ナイトガウンなんか着てやがる……。そんなの子供の寝巻きじゃないだろ）

ハリウッド女優が映画の中で着るような寝巻きだった。

きっと高価な品なのだろう。見るからに良い生地を使ったゴージャスなもので、この小さな女ジェームズ・ボンドによく似合う。裾の合わせ目からは子供らしい細い脚が、すらりと白くはみ出していた。

ヒメは昨夜、この部屋に泊まった。

殺人の目撃とNSXの運転による精神的疲労のために詳しいことは憶えていないが、たしか『パートナーとの円滑な意思疎通のため』と妙な理屈をつけていた気がする。

無理やりマンションに押しかけてきて、ゴミ溜《た》めのようなリビングに踏み込み、衣類置き場となっていたソファーベッドから脱ぎ散らかしの服を押しのけ、安発泡酒の染みがついたタオルケットにくるまって眠りについたのだ。

そのときは〝発表会〟の服のままだったので、片山が寝入ってからガウンに着替えたということらしい。――いずれにせよ、この幼女刑事のしてきた一連の行動の中で、一番理解に苦しむものであった。

（どうして俺の部屋に泊まった……？　そもそも一泊だけのつもりなのか？　まさか、このままずっと居候する気じゃないだろうな？）

いや——おそらくは、そのまさかだ。『円滑な意思疎通のため』という口ぶりからは、どことなく『しばらく厄介になる』というニュアンスが伝わってきた。

「ねえ片山、そろそろ朝食の時間じゃない？」

「朝メシ？」

時計は、朝の九時五分。

一般サラリーマンならとっくに遅刻の時間だったが、片山にとっては普段の起床より早いくらいだ。無気力刑事の彼は、警察署がタイムカード制でないのをいいことに毎朝遅れて出勤していた。

とはいえ朝食を摂《と》るというのには賛成だ。夕飯抜きで腹が減っている。

「もしかして、ヒメが作ってくれるのか？」

「ばーか。七歳児の上司に何を期待してるの？　トーストと目玉焼きでいいわ。玉子は二つ、両面焼いて。飲み物は紅茶で。一番上等のやつをお願いね。紅茶党なの」

「はいはい、俺に作れって意味か……。材料、全部ウチにはないものばっかりだ」

ほんの一瞬、テレビのホームドラマのように、押しかけの居候が料理を作ってくれる光景を想像したのだが——。とはいえ言われてみれば、たしかに七歳の上司に求めるものではなかった。

（……けど、押しかけ先の部下に期待するのも間違ってるんじゃないか？　俺が朝メシ作る理由がないぞ）

一応、冷蔵庫を開けてみると、中身は発泡酒二缶と、賞味期限切れの納豆が一パックのみ。

横から覗き込んでいたヒメは、肩をすくめて苦笑した。

「いいわ、今朝は勘弁してあげる。時間がもったいないし、移動中に何か食べましょう。──行くわよ。さっさと仕度して」

「行くって、どこにだ……？」


二人は、着替えと身仕度を済ませる。

ヒメは、どこに用意していたのか、昨日と違ってカジュアルな子供服だ。

フリルのついたパステルブルーのTシャツに、ふわりと広がる黒地に水玉のミニスカート。手首にはビーズ細工のブレスレットを嵌《は》めていた。

ガーリーファッションというのだろうか。いずれもブランドものであるはずだ。テレビで子役タレントが同じ格好をしていた気がする。肩からかけるポシェットも、コーデに合わせて昨日とは別の子供らしいデザインのものだった。

「あははっ。やだ片山、人のこと見すぎ。何、見とれてんのよ」

「見とれてない。見すぎてもいない」

否。厳密には見とれてはいた。ただし、ほんの少しだけ。

どちらかと言えば、お洒落だな、と思って服を眺めていただけのことだ。──片山は、いつもの汚い背広で隣に立つのを気まずく感じる。

もちろん口に出したりはしない。なのに自称七歳児は全てを見透かしたかのように、にやにやと可憐な唇で微笑《ほほえ》んでいた。

「ふうん、どうだか。ま、いいわ。行きましょ。今日もNSX《クルマ》、片山が運転なさい」

「わかった。メシは何が食いたい？　まだ牛丼屋も朝食セットの時間だが……それとも子供だからハンバーガーがいいか？」

「あきれた。大人なんだから、もっとちゃんとしたもの食べなさいよ。喫茶店にしましょ。昨夜《ゆうべ》、来る途中に感じのいい店を見かけたわ」

「人の食生活にケチつけるな。牛丼屋の何が悪い」

憮然《ぶぜん》とした顔で車を走らせ、タクシーならワンメーターもいかない距離で――、

「そこの店よ。停めて」

と、停車する。

煉瓦《れんが》塀の小洒落た喫茶店だ。マンションからさほど遠くない場所であるというのに、こんな店があるとは知らなかった。

サンドウィッチと紅茶を二人分頼み、テラス席で朝食にする。

「どう？　普通、大人ってのは、このくらいの店で朝ごはんを食べるものなのよ」

「ああ、うん……。まあ、そうかもな。悪くない……」

紅茶が美味《うま》い。たぶんダージリンだ。胸をすく香りが広がる。茶器はウェッジウッドか、その模造品。

片山は断片的な知識しか持ち合わせていなかったが、いい趣味をした店ではあった。

普段からこんな店に行っているというのなら、牛丼屋の朝食セットに一言物申したくなるのも仕方あるまい。――『ガキが生意気だ』と思いもするが、この子の方が〝大人力〟とでも呼ぶべきパワーが上だ。抗《あらが》えない。

それと、さすが紅茶党というだけあって、ヒメはカップを手にする姿が妙にさまになっていた。

キマっている。

（そういえば、ヒメは〝某国〟から譲られてきたと言ってたな……）

これまで片山は、某国＝アメリカだと勝手に思い込んでいたが、紅茶好きということは007の本場イギリスであったのかもしれない。

ローストビーフのサンドウィッチを齧《かじ》りつつ、そんなことを考えていると、

「もうちょっと甘い方がいいわね」

と、ヒメは紅茶に苺《いちご》ジャムを一掬《ひとすく》い。

（……いや、ロシアか？）

結局、答えは出なかった。

苺のような唇でロシアンティーを飲み干したのち、彼女はスマートフォンの画面を見せてくる。

「食事終わったら、これ読んでちょうだい。昨夜の報告書。――私たちが帰った一時間後、雉原組は本庁の組対の〝手入れ〟を受けたわ。銃と薬物も押収されたって」

「どうせ最初から連携取ってたんだろ？」

「察しがいいわね。もともと上部組織と良識派の若頭が、警察に『なんとかしてくれ』って泣きついたのが始まりなの。で、私のところに話が回ってきたわけ。全部グルよ」

強硬派の幹部が一つの部屋に集まっていたのも、生き残った若頭の段取りだったということか。

「わかったら、画面に指でサインして。これで昨夜の仕事は終了になるわ」

「ハイテクだな。これでいいか？」

さすがスパイだけあって手続きが効率化している。警視庁以下、各警察署では今でも紙の書類に決済印《ハンコ》だ。

「ん、オッケー。じゃあ次の仕事を始めましょ」

4

ＮＳＸは〝次の仕事〟とやらの現場に向かう。

なんでも片山が寝ている間に、ヒメに連絡があったのだとか。

「昨日から思ってたんだが、お前のどこが『刑事』なんだ」

「あら、お前こそ刑事って言葉がなんの略か知らないの？　『刑事探偵』よ」

「探偵？　ホームズか？」

「バーカ。探偵ってのは昔の言葉でスパイエージェントのこと。警察の仕事（刑事）をするスパイってことね。戦争の仕事をするのは軍事探偵、個人でやってるのは私立探偵。——ハイ、ここで問題。私はどれ？　言ってみて」

「それは……」

「言って。早く」

「……刑事」

屁理屈ではあるが一応筋は通っている。言葉で片山を屈服させた幼女刑事は、

「——ふふン」

と得意げに鼻で笑う、いつもの悪戯っぽい表情を浮かべていた。小悪魔的……というより『鼻を

明かしてやったぞ』という悪餓鬼のそれだ。生意気で腹は立つが、愛らしさだけは認めざるを得まい。

「わかってくれればいいの。それに、普通の刑事みたいな仕事もするわよ？　今日、これからするのがそうだもん」

「だといいんだが。で、目的地はどこなんだ？」

「もうすぐよ。そこ右曲がって」

「また右か。お前、わざと遠回りしてないか？　俺が運転慣れてなくて、右折したくないのわかってて」

「ふふン、バレたか」

「おいっ！」

「意地悪だけが理由じゃないのよ。あんまり早く着いても意味ないから、ちょっとだけ遠回りしてたの。——ほら、着いた。通用門から入って、来客用の駐車場に停めて」

「ここが現場？　けど、ここは——」

学校だ。

学校法人、私立バーネット女子学園。

戦前から続く小中高一貫教育の名門校であり、古風で上品な校風と、レトロな三角屋根の大正ゴチック風校舎で全国的にも有名な女子校だった。——いや、『女子校』というよりも古典文学のように『女学校』と呼んだ方が似合っていよう。

北杉並警察署の管轄区域にあるため、片山にとっても全く知らない場所ではない。

だが今、その駐車場には、既に何台ものパトカーが停められていた。

「……北杉並《うち》のPC《パトカー》だ」

「もう〝うち〟じゃないでしょ。お前のおうちは私の第八別室。——だいたい、管内なんだから北杉並署の車なのは当たり前じゃない」

もっともなご意見だ。

耳を澄ませば、遠くからガヤガヤというざわめきが聞こえてくる。どうやら何か騒ぎになるようなことが起きていたらしい。

「行くわよ、片山」

「ああ、うん……」

校舎裏の駐車場から校庭側に回ると、立ち入り禁止のテープの奥で、何人もの制服警官や刑事が駆け回っていた。

当然ながら全員もと同僚だ。どことなく顔を合わせづらい。

「なあヒメ、この現場に何の用があるんだ？　できれば、あいつらが帰ってからにしたいんだが」

「ばーか。所轄の刑事がいるタイミングを狙って来たのよ。誰か適当に声かけてきて。仲の良かった人とかいないの？」

「今までで一番難しい命令だな」

しかも一番意地悪な命令だ。

迷っていると、向こうが先に片山のことを見つけてくれた。

「片山先輩？　どうしてここに⁉」

もと相棒《ペア》の加島沙織だ。こうして顔を合わせると、やはり気まずい気分になる。

「よお、加島……」

「よお、じゃありません！　黙って異動なんかして！」

「急だったんだ。隠してたわけじゃない」

「でも、電話だってLINEだって、連絡くれればいいじゃないですか！　異動後にいきなり報されるなんて……。こんなのペアって言えます？　勝手すぎます！」

「悪かったよ。落ち着いたら電話するつもりだった」

この後輩刑事は優秀なのだが、ときたま『厄介な彼女』みたいな物言いをする。数少ない欠点だ。そのたびに片山は今回のように『厄介な彼女に問い詰められた彼氏』のように、しどろもどろと返事に窮する。彼の姿がよほど面白かったのか、ヒメはずっとニヤニヤ笑っていた。

「……？　先輩、さっきから気になっていたんですが――お連れの子、どなたです？　制服じゃないし、ここの児童じゃないようですけど」

さすがに気になってはいたらしい。

当然の疑問だ。もとペア長が、なぜか現場に見知らぬ子供を連れて来たのだから。不思議に思わなければ逆に刑事失格であろう。

「もしかして先輩のお子さん……？　えっ……でも、そんな――」

「いいや、俺の子供じゃない。この子は、その……説明が難しいんだが――」

本当に難しい。

まさか国家機密の幼女刑事について軽々しく話すわけにもいくまい。

そもそも頭の固い加島のことだ。『この子は秘密の諜報工作員なんだ』と教えたところで信じてもらえないに決まっている。

どう答えるべきか迷っていると、当の女007が助け舟を出してくれた。

「シンセキのヒメでぇす。修也おじさんがお世話になってますぅ」

あまりに過剰な子供演技。

「あのね、あのねぇ、〝事件の子〟が知ってる人かもしれなくてぇ、それで呼ばれたんですぅ。サンコーニンって言うんだっけぇ？」

まるで幼稚園児のような喋り方——それも現実の園児でなく、ドラマの子役が演じる五歳児だ。

片山は呆《あき》れたが、お人よしの加島は信じたらしい。

「まあ、そうだったの。来てくれてありがとう」

（加島のやつ、信じるなんて迂闊《うかつ》な奴だ。もっと普段から子供を観察してないと、生安の刑事は務まらないぞ？）

とはいっても仕方のないことではあるだろう。彼女は優秀だが、まだ二十代で独身だ。当然子育てもしたことがなく、仕事以外でリアルな子供に接した経験は乏しい。

「でも先輩、どうするんです？　まさか、この子に〝事件の子〟を見せる気じゃ？」

「駄目なのか？　なぜ？」

「なぜって……。もしかして、知らずに現場に来たんですか？」

加島はヒメに聞かれぬよう、うんと顔を寄せて囁《ささや》いた。息が耳にかかってくすぐったい。

「……事件の子って、遺体《おシオ》です」

最近の警察スラングでは、死体を『ホトケさん』と呼んだりしない。

少なくとも北杉並署ではそうだった。有名すぎて隠語としての用を成さず、この国際化かつ多様化の時代、イスラム教徒やキリスト教徒も死体になる。配慮するのがポリティカルコレクトネスというものだ。

なので、代わりに『シオ』や『おシオ』と呼んでいた。これは死体のある現場で捜査員に配られるお清め用の塩パックが由来となる。

あまり死者に敬意を払った呼び方ではなく、宗教的な問題も残したままだ。だが加島は子供の前で『死体』『ご遺体』という言葉を避けようと、あえてこのスラングを選んだのだろう。

「ヒメはここで待ってろ」

「はぁい、修也おじさん。いい子でおるすばんしてるねぇ」

この喋り方を聞くたびに背筋がゾワゾワッとなる。冬用の上着を着てくればよかった。

ちなみに、服に仕込んだ隠しカメラとマイクのおかげで離れていても状況はヒメに伝わる。いかにも諜報工作員らしい装備だ。

「それじゃ加島、現場見せてくれ」

「それはいいですが――。でも先輩が見てどうするんです?」

「俺だって見たくない。だが報告書に『現場は見ませんでした』と書いたら叱られる。ただの仕事してるフリだ」

「そうですか……。意外です」

うんと省略していたが、この後輩の言いたいことは理解できた。

『――今まではフリさえしなかったくせに』

『――前からそのくらいしていれば、左遷されずに済んだかもしれないのに』

どうせ、そんなところだろう。思えば現場に顔を出すなんて久しぶりだ。

いや、そもそもサボり以外の目的で勤務中に外出するのが久々だった。その間、ずっと加島に仕事を押し付けていたのだから厭味《いやみ》くらいは仕方あるまい。

「こっちです。現場、高校の方ですので……」

もと相棒に連れられて、高等部の校舎前へと向かう。

立ち入り禁止のテープの奥では、制服姿の女生徒が横たわりチョークの白線に囲まれていた。

小さな死体《シオ》だ。〝Ⅱ〟の学年章を付けていたから高校二年生であるのだろうが、三十過ぎの片山にとってはまだまだ子供だ。たとえば七歳のヒメと十代後半のこの子の差など、ほんのわずかな誤差でしかない。さすがの彼《ズルケイ》でも痛ましい。

「飛び降りか?」

「はい……」

朝のホームルームの真っ最中、いきなり教室の窓から飛び降りたのだとか。

最近の学校は、こんな名門校でさえ地面が土でなくコンクリートに人工芝。そのため三階程度の高さでも即死であった。

外傷は少なく、出血もほとんどない。きっと尻から落ちたのだ。腰骨が折れるとこんな風に死ぬ。

「この子は教室でいきなり騒ぎ出して、それで担任教師が注意したら何やら意味不明のことを叫んで……。そのまま窓から飛び降りたんだそうです」

「叱られたあてつけか?」

「いえ、違うかと。まだ分析前ですが——この子、たぶん薬物やってました」

「……ドラッグ? どうして、そう思った?」

「鞄の中に、薬のパケが入ってました。MDMAの粗悪品かと思われます。これが、さっき撮った薬の写真。……前にも似た死に方をした子供を見たことがあります」

「知ってる。俺も担当だった」

なるほど、言われてみれば聞き覚えのある死に様だった。まだ真面目に仕事をしていた二年半前、加島と二人で担当をした。

あのとき死んだのも高校生の女子だった。やはり授業中、奇声を発して立ち上がり、そのまま窓から飛び降りた。いわゆるバッドトリップ。低品質のドラッグではよくあることだ。異常な興奮や、あるいは突然の不安感により、高所から落ちたくなるものらしい。

だが、あのときは柄の悪い底辺私立校での出来事だった。バーネットのように上品が売り物の名門校でドラッグというのは、少年犯罪を見慣れた片山や加島にとっても珍しい。やはり少年犯罪というものは、年々悪化しているのかもしれない。

この死体《シオ》の子は、見た目だけなら普通の子だ。普段の素行までは知らないが、少なくとも薬物に手を出すほどの本格的な不良とは思えなかった。

それと、もう一つ気になった点がある。

(……そういや、ここの制服だったか)

死体の着ている服を、片山は知っていた。

昨日、取り調べをした万引き娘と同じものだ。真面目に調書を取らなかったため忘れていたが、ここの生徒であったとは。

(あのガキ妙に気《け》だるげだったが——まさか、あいつもドラッグやってたんじゃないだろうな?)

補導されたときは不審な薬物など所持していなかったが、どこかに隠し持っていた可能性もある。もし自分がもっと念入りに取り調べをしていれば、何かのはずみで自供していたかもしれない。

──『あたし、クスリをやってます』あるいは『うちの学校ではヤクが流行《はや》ってます』と。

（そうしてれば、この子も死なずに済んだかも……。俺が真面目に仕事をしてれば──）

昨夜のうちに学校へ連絡が行き、朝から教師による持ち物検査が行われ、死体《シオ》少女も飛び降りる前に警察に引き渡されていた……かもしれない。

全ては仮定だ。意味のないＩＦだ。だが、それでも彼は、

『──この子を殺したのは、ある意味、自分だ』

という、胸が押しつぶされそうな重圧を感じていた。

加島も似たようなことを考えていたに違いない。『この先輩のせいで死んだのだ』と。

少なくとも片山には、後輩の瞳がそう見えていた。


片山はその後、立ち入り禁止のテープから出て、学校の来客用トイレで嘔吐する。

死体を見て吐くなんて久しぶりだ。昨夜はヒメの乱暴な運転にも耐えたというのに。

（また、子供を殺した……。俺のせいで死んだ……）

朝食のサンドウィッチが残らず出ていく。

後ろではヒメがころころと笑っていた。

「あははっ、片山ってばゲロなんか吐いてる。新人の小僧かシロートさんの女の子みたい。そんなんじゃ、お前の方が幼女刑事って呼ばれちゃうわよ？」

「ヒメ……。男子用に入って来るな。それに笑うなんてデリカシーないぞ」

「死体見たくらいでオロオロしてるから馬鹿にされんのよ。刑事なんだから慣れてるでしょ？」

この自称七歳児には、繊細な感情の機微などわからないらしい。あるいは全てを知った上で、励まそうとしていたのかもしれぬ。だとしたら、あまりに乱暴なやり口だ。

「片山、行くわよ。仕事してれば気も紛れるわ」

「……行くって、どこにだ？」

「捜査よ。決まってんじゃない。刑事の仕事が他にある？」

5

本当は、捜査以外にも刑事の仕事は山ほどある。

とはいえ今一番気の紛れる仕事というのは捜査で間違いなかったろう。二人は駐車場へと戻り、NSXに乗り込んだ。

「ねえ片山、あの巨乳刑事、お前に気があるんでしょう？　チューくらいはしたことあるの？」

「巨乳刑事って加島のことか？　あるわけないだろ。どうしてそう思った？」

「だって、あの口の利き方、すっかりカノジョ気取りだったじゃない。ちなみに子供らしくチューなんて言ったけど、本当は『こいつら、いっぺんくらいセックスしたな』と思ってるから。あんなのヤッてない男女の会話じゃないわ」

「ヤッてない。下品だぞ幼女刑事。ちゃんと幼女らしくしろ。――車、出すぞ。どこ行けばいい？」

「おクスリ。このへんで売ってるとこ行って。死んだ子が食《や》ってたのと同じの扱ってるところで、高校生相手に商売しちゃいそうなバカ売人のいそうなところ。一番近くから手当たり次第に」

「なるほど」

ヒメはどうやら〝地道な聞き込み〟をする気らしい。

ど派手なスーパーカーで、ど派手なスーパー幼女が。――世界で一番、捜査活動に向いていない組み合わせだ。

「知ってる？　警視庁は世間への影響を気にして隠してるけど、ここ何年か未成年女性の変死事件が都内のあちこちで起きてるの」

「本当か？　聞いたことないぞ」

「今日ので十五人目よ。未遂も含めたら三倍以上。死因が『電車への飛び込み』『車道をフラフラ歩いてて交通事故』『ガスパン中の火災』『急性薬物中毒』『窓からの飛び降り』と様々なんで、関連づけして考えられてないだけ。マスコミも気づいてないわ」

最後の『窓からの飛び降り』が、さっきの少女《シオ》であるのだろう。

「ヒメ、その死に方って、どれも――」

「そ。全部ドラッグ絡み。悪酔《バッドトリップ》いやら食いすぎ《オーバードーズ》やら。ＭＤＭＡ《ツブ》、覚醒剤《シャブ》、大麻《クサ》、シンナー《アンパン》、ガスボンベ《ガスパン》と、どれもモノはバラバラだけどね。やっぱり関連性が不明だから、まだ連続した事件として扱われてないわ」

「……全員、高校生なのか？」

「だいたい高校生よ。少数だけど中学生や、もっと下の子も混じってる。少女連続変死事件ってわけ。――つまり東京のどこかに、子供にクスリ売ってるヤツがいるってこと」

まさか少女たちの間にドラッグが蔓延《まんえん》していたとは。

もちろん、若者の薬物犯罪は今に始まったことではない。毎年、覚醒剤だけで年間百人前後の少年少女が検挙されている。昨年（二〇一九年）は九十八名。他のドラッグも入れれば年に平均五百名近い。それも警察に捕まった者だけでだ。

だが、連続変死事件となれば話は違う。死者十五名というのは、さすがに無視できる数ではなかった。

「ちょっと前からこの件を調べてたの。昨夜のシャブ中ヤクザの情報も、実はこの捜査の副産物ってわけ」

薬物のルートを探るうち、雉原組の動きを摑んだということらしい。

「ヒメ、お前、本当に刑事らしいこともしてるんだな？」

「あら、妙なことを言うのね？　刑事探偵の話、したじゃないの」

「いいや、ヤクザをライフルでブチ殺すのは絶対に刑事の仕事じゃない」

だが、変死事件の捜査なら別だ。この八代ヒメは人知れず〝幼女刑事〟を名乗るに足る活動をしていた。――つまりは刑事《じぶん》たちの仲間であった。

それを思うと、自分とヒメとの間の距離がほんの少しだけ縮まった気もする。ただ一方で、

（いや――むしろ〝ズルケイ〟で〝ソリティア刑事〟の俺の方が、よっぽど刑事の仲間じゃないな）

そんな後ろめたさも感じられた。

「つまんないこと気にしてんじゃないわよ。いいから、死んだ子の行動範囲内で安いＭＤＭＡ売ってるとこ行って」

「そうだな。だったら、まずは近所に行くとしよう」

6

ドラッグにも流行りというものがある。

脱法ハーブのブームで一時は市場から姿を消したＭＤＭＡだが、昨今は再び若者を中心に出回っていた。

ギリギリ違法ではないことを看板に商売していた脱法ハーブが全面規制されたとなれば、製造が比較的簡単なこの錠剤が『シャブの二軍』の座を取り戻すのは、業界の必然とすら言えただろう。

一般的にＭＤＭＡは値段が安く、効果も強力すぎず、そのため初心者《ビギナー》にも抵抗感・罪悪感がさほどない。また飲み薬であるから煙草を吸う習慣のない者でも気軽に摂取できる。喫煙人口が減少の一途をたどる現在において大麻や脱法ハーブに大きく勝るポイントだ。

そんなソフトさが売りだけあって、売買も若者が集まる繁華街で行われた。

なので、真昼の高円寺――。

中央線の快速停車駅であり、新宿まで十分かからぬ立地でありながら家賃が安く、若者に人気の町である。

駆け出しのミュージシャンや売れない劇団員、デビュー前のお笑い芸人、漫画家志望、あるいは漠然と『都会に行けば何かあるのでは』と上京してきたフリーター……そんな連中が数多く集まる〝貧しき夢追い人ども〟の都だ。多くは近所のコンビニや飲食店でアルバイトをしながら老いていく。

そんなくたびれたドリームタウンの商店街を、片山とヒメは歩いていた。目立つＮＳＸは一キロ先に停めてある。

「こんな住宅地の商店街で、まっ昼間からクスリ売ってるなんてね。世も末だと思わない？」

「まあな」

ヒメの言葉に、片山は適当な相槌《あいづち》を打つ。たしかに麻薬犯罪は許せないが、世も末というなら〝自称七歳の刑事〟の方が絶対に上だ。

節電で薄暗いアーケード通りの外れには、冷蔵庫を連想させる体型の大男が立っていた。広い肩幅に、でっぷりした腹、さらにはラッパー風のダブついた服を着ていたため、遠目には真四角なオブジェのよう。——その存在は、目つきの悪さも相まって、ひたすら周囲に圧迫感を与えていた。

「見ろ、ヒメ。あいつだ」

「あの、でっかいの？」

「そう。八代目関東原岡組《かんとうはらおかぐみ》系四次団体の準構成員で、通称レイ。もと力士だか高校相撲部出身だかって聞いてる。名前はもちろん『冷』蔵庫が由来だ」

片山はもともと高円寺・阿佐谷一帯を管轄《ナワバリ》にしていた生安の刑事だ。二年間サボっていても、こんな目立つチンピラはさすがに記憶に残っていた。

「奴は売人だ。たぶん。証拠はない」

「証拠なくても間違いないでしょ？　あの絶妙な位置取り、スマホ見るフリしながら周囲をキョロキョロする仕草。ブツを他人に持たせて、自分が立ちんぼ《カカシ》で売《バイ》やってんのよ」

「二年以上前からな。だが、ああ見えて意外と頭が回るし肚《はら》も据わってる。なかなか尻尾《しっぽ》を摑ませない」

「仕事のデキるチンピラってわけね。任せて。無線のイヤホンつけて待ってなさい」

それだけ言って、彼女は大男のもとへと向かう。

近くで並ぶとよくわかる。レイは身長二メートル以上、体重はざっと百五十キロ。もと力士と噂されるだけのことはある。小物《チンピラ》ながらも、体格はまさしく重戦車だ。

それに比べてヒメは身長百十五センチ、体重二十一キロ。背丈は約半分、重量に至っては七分の一以下しかない。なのに……、

「ちょっと、チビスケ」

そう声をかけたのは、小さな幼女の方だった。

「あァ？　だれがチビだ？」

「あんたよ。だって、ほら――」

次の瞬間、巨漢の右膝に、ずどん、と弾丸のような蹴りが入った。

ラメの飾りが入った、ピンク色のスニーカーで。

体重を乗せていた利き足の膝への一撃だ。しかも腹肉で死角になっていたため防御も心構えも一切できていなかった。蹴られた冷蔵庫男は、

「ぎぃいいッ⁉」

という鈍い叫びと共に、そのまま地面に尻をつく。蹴られた膝の関節は完全に破壊されていた。

かつて某オリンピックの選手村で、男子重量挙げの選手が酔って女子体操選手に絡み、返り討ちに遭うという珍事があった。スポーツゴシップ好きなら今でも事件を憶えていよう。体操選手は自分の身体動作を完璧にコントロールできるため、細身に見えても蹴りや拳《こぶし》の威力はキックボクサーに匹敵するのだ。

ヒメの下段蹴りは、まさしく体操選手のそれ。あるいは古典バレエのオデット姫がごとく。優雅

で、速く、強烈だ。

しかもレイは、とっさに左足のみで立ち上がろうとしたため、百五十キロの重量が一気にかかり、反対側の膝関節も砕けてしまう。巨漢がよくする過ちだ。気の毒だがヒメとは関係のない自爆でしかない。

男は両脚を失い、悲鳴と共にアスファルトの地べたにへたりこむ。鋭かった両目からは、痛みで涙がこぼれていた。

そんな彼を見下ろしながら、ヒメ曰《いわ》く――。

「ね？　大人のくせに、こうしてると私より背が低いでしょ。だからチビスケって言ったのよ。――ところで片山、お前の後方七時、コソッと逃げようとしてる男がいるわ。センスの悪い刺繍《ししゅう》シャツのガリガリ男。捕まえて」

後半は、無線に向けて発した言葉だ。

刺繍シャツの男は、レイの舎弟といったところであろう。片山が取り押さえると案の定、ＭＤＭＡの現物を持っていた。ヒメの見立て通り、このガリガリ男は共犯者だ。

「片山、お前の手柄にしていいわ」

「こんなの手柄になるか。違法捜査だ」

なので、得られるのは情報だけだ。

「さて、と……教えてくれるかしら？　あんたたち最近、高校生にクスリ売った？」

残念ながら、空振《からぶ》りであった。

ヒメと片山は、売人二人を人目につかない路地裏まで引っ張っていき〝質問〟したが——冷蔵庫系大男のレイは、両脚が折れているため連れて行くのに苦労した——しかし、どちらも高校生相手に売《バイ》したことはないという。

「ホントに？　よおく思い出してみて。未成年に売っちゃったんじゃないの？　それもバリバリの糞ワルでなく、お上品な女の子に。どう？　もっと念入りに質問していい？」

「やっ、やめろ！　やめて！」

ちなみに、ここでいう〝質問〟は、一般的には尋問や拷問と呼ばれる行為だ。

言うまでもなく違法だが幼女刑事には関係がない。片山が止めようとする前に、ヒメは刺繍シャツの男の右腕をひねり上げていた。

「ひいいっ⁉」

「ひいいっ、じゃなくて、ちゃんと質問に答えなさい」

「本当！　本当です！　この縄張り《シマ》は客が多いから……‼　わざわざガキに売ったりしねえンです！　そんなリスク負わねえって！」

「へえ？　あんたら、けっこう賢くやってんのね」

たしかに、まともな売人は高校生を客にしない。——学校に通う少年少女というものは、金もなく、口が軽く、他人と接する機会が多いので薬物使用が露見しやすい。問い詰められて白状《ゲロ》するどころか、積極的に言いふらして自慢する者も少なくなかった。また、マスコミに騒がれれば上部組織に迷惑がかかる。

将来の上客に育つ可能性はあるものの、決して積極的に商売したい相手ではなかった。

「ま、わかったわ。そういうことなら信じてあげる」

そう言って、ひねり上げた腕に力を込めて、

「――えいっ」

と、へし折った。ぎゃあっ、という汚い叫びが路地裏に響く。

「感謝なさい。あんたたち、もし五体無事で帰ったら『警察にコビ売るチクリ野郎』と思われて同業者に殺《け》されちゃうわよ。だから死なない程度に大怪我させてあげてんの。優しいでしょ？　――気絶する前に、役に立ちそうなこと全部教えてちょうだい。ＭＤＭＡ、シンナー、シャブ、大麻、脱法ハーブ、なんでもいいわ。ガキ相手に売ってるヤツを知らない？　どう？」

もう一箇所ずつ売人二人を骨折させたのち、ヒメたちは路地裏を後にした。

「片山、次行くわよ。まったく、とんだ無駄骨を折ったわ」

「駄洒落か？　上手いことを言ったつもりなのか？」

ここに来る前、片山はヒメに『お前、本当に刑事らしいこともしてるんだな？』と語ったが、彼は自分の言葉を後悔していた。

こんな刑事はいない。やはりこの子は、もっと野蛮で暴力的な何かだ。

7

「片山、車出して」

「わかった。だけどヒメ、お前、国家機密のくせに、こんなに目立つことしていいのか？　チンケな売人たちの前に姿を晒《さら》すなんて」

それとも、そうするだけの価値がある事件だというのか？

たしかに死者十五人は、けっこうな数ではあるが——。

「ううん。私、いつもこんな感じよ？　事件の規模は関係ないわ。どうせクスリ扱ってるチンピラの話なんてマトモに聞く人いないでしょ」

「そうかもしれないが……。さすがに派手すぎるだろ」

「いいのよ派手で。国家機密のスパイってのはね、地味なのが仕事の人と、派手なのが仕事の人、二種類いるの」

ヒメは派手な方ということらしい。いくらなんでも限度というものがある気はしたが、専門ではない片山にはこれ以上口出しできなかった。

「あと、気になってたんだが——俺のことは『お前』なのに、売人たちは『あんた』なんだな？」

「妬《や》いてんの？　特別扱いしてあげてんだから喜びなさい」

その後、二人は中野や吉祥寺といった近隣の街を駆け回り、地元のヤクザだの半グレだのに同様の〝質問〟を繰り返す。新宿や池袋などメジャーな犯罪都市も回った。

残念ながら、全て〝骨折り損〟だった。

「残念だったな」

「そうね。人の骨折りすぎて疲れちゃった」

ヒメはぶすりとした顔で棒つきキャンディを一本咥える。

今日はこれで五本目だ。今度のはオレンジ味。好きな味だったのか、ほんの少しだけ表情が和らいだ。

ちなみに片山は、一度もヒメを本気で止めようとはしなかった。——目の前でチンピラが重傷を負わされるのを、ただ棒立ちで眺めていただけだ。

これも、ヒメの言うところの〝バランス感覚〟であったのだろうか。それとも無気力刑事ならではの無関心に過ぎないのか。

(いや……。どっちでもないな。たぶん、ただの慣れだ)

銃で殺してないだけマシ。そんな諦観ゆえであろう。

首都高を走っていると美波室長から無線が入った。

『――ヒメちゃ～ん、ダメだよぉ。また売人ブチのめしたんだって？　生安部とマル暴とマトリからガンガン抗議が入ってるんだよ、骨バキバキじゃ立件できないってさぁ。おじさん、あっちこっちから叱られて困っちゃうなァ』

「知らないわ。子供に難しいこと言わないで。用事はそれだけ？」

『――まだあるよぉ。伝言がある。会いたいから今すぐ来てくれってさ』

「モテる女はつらいわねえ。誰から？」

『――関東原岡組の組長サン』

「へえ」

冷蔵庫男《レイ》が準構成員をしている組の上部組織だ。

八代目関東原岡組は、東京で九指に入るヤクザ組織だ(十指でないのはヤクザジョークだ)。

戦前から続く老舗《しにせ》で、現在の主な縄張り《シマ》は新宿と、そこより西側の住宅地。片山のいた北杉並署の管轄地域と一部重なるため、ある意味宿敵と言ってもいい。

ここの組長は今年で六十八歳になる。常に着物姿の、いかにも『昔ながらの俠客』といった風格

のある老ヤクザだった。その宿敵の大親分が――、

「〝幼女オオカミ〟の旦那、どうかお怒りをお鎮めくだせえ」

自分の組事務所で、自称七つの子供に頭を下げた。

祟《たた》り神でも崇《あが》めるような恭しさだ。茶菓子として生クリームたっぷりのケーキが出されていたが、これもいわばお供えものであったのだろう。

「あら、ジジイのくせに耳が早いのね？　どうして私が怒ってると？」

「そりゃウチを含めて、ここいらの組の若えモンが次々病院送りにされてやすから……。けど、お怒りはごもっともでございやす。おっしゃる通り、高校生なんざまだガキだ。子供にクスリを売って死人まで出すなんざ、同じ渡世人として許せねえ。なので――」

老組長が「オイ！」と声をかけると、金髪の若僧が一人、奥から組員たちに引き摺られて来た。体はロープで拘束され、顔は赤や紫の痣《あざ》だらけだ。

「この男が、お捜しの外道でございやす。組の枠を超え、〝同業〟の渡世人一同で捕まえてきやした。どうか今後は手心を……」

「まあ。いい心がけね」

横にいた片山は、やっと全てを理解した。

（……こいつ、最初からヤクザを利用するつもりだったのか）

派手に売人相手に暴れれば、薬物業界はヒメを恐れ、自らの情報網で犯人を見つけて差し出してくる――そんな算段であったのだろう。

なるほど、これが〝派手なのが仕事のスパイ〟のやり方か。

「ヒメ、原岡組の組長と面識あったんだな。けど〝幼女オオカミ〟って何だ？」

「あだ名よ。このジジイたちがつけた異名。カッコいいでしょ」

いいや、死ぬほどセンスない。――片山はそう言いたかったが、今は黙っていることにした。少なくとも〝幼女刑事〟よりひどいというわけでもない。どちらも似たり寄ったりだ。

それよりも、まずはロープで巻かれた金髪男だ。

「で、こいつが死んだ高校生にMDMA売ってたの？　どこの組？」

「ただの半グレの若僧でさあ。どこのグループにも所属してないフリーの『ガラの悪い兄ちゃん』ですが、本人もヤク中で、毎回多めに買って余ったブツをそこいらでさばいてたとか……」

「顧客や商品の管理がユルい組があるってわけ？」

「申し訳ありやせん！　業界一同、今後はいっそう注意して、カタギ衆に迷惑かけぬよう精進していきやすので――!!」

「そういうビジネス謝罪、今度でいいわ。――で、どうなの半グレさん？　本当にあんたが売ったの？」

金髪の彼は、腫れてカラフルになった顔をひくつかせつつ口を割る――。

「そ……そうだ！　けど、待ってくれ！　俺は悪くない！　俺だけがクスリ売ってたわけじゃないんだ！　他にも売ってたやつがいるはずなんだよ！」

「あら、どういうこと？」

「あのガキは俺と会う前からヤク中だった！　買いに来たとき、もう頭がイカレかけてて……。だから不純物《マゼモノ》だらけのゴミを高値で売りつけてやったんだ！」

8

この金髪の若者は一連の変死事件にとって、真犯人と呼べる存在ではなかった。

ただ巻き込まれただけのアマチュア犯罪者に過ぎない。誰か別に、最初に少女を薬物常習者にした者がいたのだ。――そして彼女はいつものルートでクスリが手に入らなくなったため、この男に接触したということらしい。

「死んだ子、普段はどこから入手してるって言ってたの？　クスリの種類は？　いつから使ってるって？」

「し……知らない！　聞いてないから……」

「聞いときなさいよ、バーカ！　これだからシロートは駄目なのよ。誰だかわかんない相手と商売すんなっての」

これでは結局、何もわからないのと同じであった。

そもそも本当に〝少女連続変死事件〟など起こっているのだろうか？　片山にはそれすらも怪しく思えてきた。単に、少女たちが個別に粗悪な安ドラッグに飛びつき、それぞれ死んでいっただけという可能性もある。

「まったく……。まあいいわ。原岡《ジジィ》、こいつは組の方で警察に連れてきなさい。その前に『取り調べや裁判で余計なこと言うな』『もし無罪や執行猶予になったら殺す』って念押ししといて」

「わかってまさぁ」

「言うまでもないけど、他にも情報入ったら超速攻で連絡ね。――それと、あんた着物とか着て大物ぶるの、もうよしなさいよ」

「着物……ですかい？」

「そ。クスリや違法デリヘルなんてシノギにも手を出してる組なんだから『昔ながらの立派な組長』みたいな感じでカッコつけてんじゃないわよ。――次会ったとき、クソダサ背広とパンチパーマじゃなかったら組員全員ブッ殺すから」

「へい……承知しやした……」

『全員ブッ殺す』という乱暴な言葉がどれほど本気かは不明だが、彼女がそれを実行する力を持っていることは、この場の誰もが知っていた。

「わかればいいわ。その『しやした』って変な江戸弁も今後禁止ね。『なんやワレ』ってガラの悪い関西弁で喋ること。――片山、もう帰りましょ」


首都高に乗ると、ヒメはまた一本棒つきキャンディを咥えた。どうやらストレスが溜まると飴の本数が増えるらしい。片山にもだんだん法則性が摑めてきた。

彼は運転をしつつ、苛立《いらだ》つヒメをなだめようと適当に話を振る。

「しかし、高二でヤク中なんてな。それも名門校の女子が……。まあ、そういうこともあるかもな。言ったっけ？　昼間のバーネット女子高、昨日あそこの一年生を万引きで取り調べした」

「ふうん、そうなの？　初めて聞いたわ」

「ああ。あそこの学校、世間の評判ほど上品じゃないのかもしれないぞ。グレてドラッグやってる生徒がいても不思議じゃない」

「ふうん……」

もちろん低年齢犯罪者というのなら、殺人、傷害、無免許運転といった犯罪を繰り返す自称七歳児が、すぐ隣に座っているのだが。

「それとな、話は変わるが——実はさっきから気になってることがある」

「何よ?」

「……俺たち、尾行されてないか?」

ミラーに映るシルバーのセダンに見覚えがあった。

十五分ほど前、下の道でも同じ車が後ろにいたはずだ。一時間前、池袋の駅前でもだ。

「ありきたりな車種だから勘違いかもしれないが——」

それともパトカー仕様のNSXが珍しくて、後ろにくっついているだけかもしれない。まだ尾行と判断するには早かろうと、片山は迷っていたのだが——。

「あはは っ、勘違いじゃないわ。今ごろ気づいたの? 一台だけ?」

「……どういうことだ?」

「昼間っからずっと尾行されてたわよ。それも三台。今も間を空けてくっついてるわ」

「本当か⁉」

「三台後ろのワゴンは自衛隊。さっき追い抜いた安ベンツは内調。一番尾行下手な銀色は公調ね。たぶん、お前を試したくて、わざと見つかろうとしてたのよ」

「人気者だな。撒《ま》かなくていいのか?」

「別に。必要になったら振り切るわ。あいつらも〝勉強〟に必死なの」

「勉強?」

「そ。ジェームズ・ボンドのお勉強」

「……なるほど」

事情がだいたい見えてきた。

おそらく日本政府は、外国からヒメを譲り受ける際、スーパースパイの運用ノウハウ込みで購入したのだろう。

だが既存の諜報機関の下につければ、前にヒメも言っていたように、きっと揉めごとの種になる。なので警視庁に面倒を見させ、こうして近くで〝勉強〟していたのだ。

日本はヒメを通して外国式の工作員運用法を学び、やがては国産のヒメ二号、三号を作り出す――。そんな思惑に違いあるまい。

「いろいろ思惑があるんだな？」

（せっかくの女007に犯罪者やヤクザの相手をさせるなんて、もったいないと思ってたが……。ノウハウの教材だから問題ないってことか）

「理解した？　けど、もう夜遅いし、残業させても悪いから、そろそろ帰ってもらいましょ」

そう言ってヒメは無線のマイクに手を伸ばし――、

「特務008号車、ヒメより各位。今日のお仕事はおしまい。あんたたちもおうちに帰りなさい」

と、誰宛てなのか定かでない通信を入れた。

さらには窓を開け、外に向かってぱたぱた手を振る。

「今のは？」

「見てればわかるわ」

無線を盗聴していたということだろうか？　ヒメの合図と共に、尾行していた車三台はスーッと

ＮＳＸから離れていく。

すぐ後ろにいた銀のセダンに至っては、ドライバーがこちらに手を振り返していた。

「あいつら帰っていいって言わないと、ずっと仕事し続けるからね。日本人の悪いクセよ。今、手を振ってた人なんて、おととい結婚記念日すっぽかして離婚しちゃったんだって。よくないわ」

だから『帰っていい』と合図を出したということらしい。

「同業者に優しいな」

「同業者の奥さんや家族に優しいの。――それより、そろそろ晩ごはん食べない？」

賛成だ。思い出してみれば朝にサンドウィッチを食べて以来、二度ほど缶コーヒーを飲んだきりになる。時刻はもうすぐ二十二時だ。

「近所の深夜営業やってるスーパーがそろそろ弁当半額タイムになる。トンカツ弁当でも買って帰るか」

「はあ⁉　片山、正気？　お前、三十二歳でしょ」

「何が言いたい？」

「いい歳した公務員がスーパーの売れ残り弁当なんか買うなって言ってんの！　そんなの大人として未熟で不完全よ。一人暮らしの大学生じゃないんだから」

「大きなお世話だ。今の時間ならトンカツ弁当が二百四十九円（税抜き）なんだぞ。人の食生活にケチをつけるな」

「まったく、もう……。仕方ないわね。私が〝大人にふさわしいお店〟に連れてってあげる。それと、今思いついたんだけど――」

ヒメはもう一本、棒つきキャンディをポシェットから取り出そうとするが、夕食前ということで迷った末に手を引っ込める。

そんな子供らしい仕草をしながら、言葉を続けた。

「明日から私、学校行くから」

幕間　一

山田某《やまだなにがし》は三十五歳。

毎晩寝る前、隠し撮りの動画をパソコンで見る。

(へへっ……。登校中の女子高生は最高だな)

道端で、通学途中の少女たちを無断撮影したものだ。気づかれぬよう自分で撮った。鞄にカメラを仕込めば簡単だ。

(手前のブレザーの子も美人だが、横を通った子もいい。たしか隣の区の公立校の制服だったっけ。少し地味だが清純派だ。冷え性なのかな？　まだ十一月なのに学校指定のダサいコートなんか着て……。けど、そんな野暮ったさも可愛らしいぞ)

制服姿というだけで天使に見える。自転車を漕ぐたびにスカートからちらりと白い脚が覗いていた。

この山田は、生まれてこのかた一度ももてた経験がない。ひょろりと痩せた貧弱な体つきに、爬《は》虫類《ちゅうるい》のような眼差《まなざ》し、汚い天然パーマの髪。さらには引っ込み思案で陰鬱《いんうつ》な性格と、いかにも他人に好かれぬタイプだ。学生時代に入っていたサークルでも、自分より不細工なデブに恋人ができていたというのに、ずっと独り身のままだった。

性的指向にも原因がある。

女子高生好きだ。制服姿の少女たちに興奮を覚える。こうして夜な夜な隠し撮りの動画を眺めては、

（このコートの子、たぶん家が遠いんだな。汗かきながら自転車乗ってる。家を出るときは肌寒かったのに、だんだん暑くなってきたんだろう。いっぺん降りて上着脱げばいいのに。――だが、そこがいい。ちょっとドジなところがいい）

と、遅くまで鼻息を荒くするのを日課としていた。

いわゆるロリータコンプレックスとは少々異なる。若ければいいというものでもないし、中学生や小学生には興味がない。

おまけに女体よりも物に執着する。昔でいうブルセラ趣味だ。狭い部屋には、違法な方法で手に入れた女子高生のお宝が、床といい壁の棚といい、びっしりひしめいていた。

自分が気持ち悪いことくらい理解している。もし他人に見られたら社会的におしまいだった。だが、やめることはできない。麻薬やシンナーと同じだ。一種の病気と言えただろう。

――しかし、自分が〝才能〟に目覚めたのは、この趣味あってこそのことだ。

（うん……。やっぱりコートの子の方がいい。目と雰囲気を見ればわかる。間違いない。声をかけたら百％だ。この子は、絶対――）

山田は最近、自分に特殊な才能があると気がついた。

一種の超能力と言えたかもしれない。動画を見ながら一人静かにほくそ笑む。

――この少女は、『お金で売ってくれる子』だ。

(五千円も払えば現物《ブツ》を売ってくれるだろうし、もう三千円かそこらで動画も撮らせてくれるはず……。この子は絶対、そういう子だ)

これが、山田に目覚めた力。

〝金で何でもする子を一瞬で見分ける能力〟だ。

第三章

1

「この店よ。入りましょ」

「ここ？〝大人にふさわしいお店〟って、うちのマンションの一階じゃないか」

片山の住むボロマンションは一階が店舗になっている。その二軒並ぶうちの一軒だ。

屋号は〝小料理あゆみ〟。

小料理屋兼スナックといった感じの小さな飲み屋で、こんな名前なのに店主の名前は『あゆみ』ではない。どこから名づけたのかハッキリしない店名だ。

さほど繁盛はしていないようだが換気扇からはいつも、ぷうん、と煮物や焼き魚の匂いを漂わせている。まるで実家のようなノスタルジーを感じさせる店だった。……といっても片山の実家はこのような安心感のある空間ではなく、母親もろくに料理などしたことのない女であったのだが。

「片山、ここに来たことは？」

「ある。ランチしか食べたことないが、けっこう美味い。近所だから店のママとも顔見知りだ。——けど、別の店に行こう」

「なんでよ？」

「この店、安そうに見えて意外と高いぞ。酒なしでも一食二千円くらいする。ここで食うならランチの時間がいい」

「あのね……。大人がね！　大の大人の男がね！　二千円くらいでゴチャゴチャ言うもんじゃないわ！　ほら、入るわよ！」

これだけ強引に誘うということは、上司《ヒメ》のおごりであるのだろうな？　――そんな確認をする暇もなく、ぐいぐい手を引っ張られて暖簾《のれん》をくぐる。

年季の入った木製カウンターの向こうには、割烹着姿のママがいた。

「まあ、片山さん。夜に来てくれるなんて珍しい」

黒髪で、品が良く、なのにどこか艶っぽさを感じさせる女性だ。具体的な年齢は知らぬものの、おそらく片山よりほんの少しだけ年上であろう。

この美貌のママは、会った人間全員に『自分よりほんの少しだけ年上』と思わせる不思議な空気を纏《まと》っていた。水商売のプロにはたまにいるタイプだ。

彼女は薄化粧（に見えるメイク）の顔に、穏やかな笑みをたたえていたが――片山が幼女連れであるのに気づくや、いきなり「あっ」と息を飲む。

「その子、まさか……!!」

ふう、と息を吐いたのは、ヒメの顔をまじまじと観察し、『初対面の子だ』と確認してからのことだった。

「……ああ、びっくりした。別の子なのね。ごめんなさい、片山さんが子供と一緒だから一瞬ジュンちゃんが帰ってきたのかと……」

「いえ、気にしないでください。別の子ですよ。この子は、その――」

どう説明すべきか迷っていると、

「シンセキのヒメでぇす。両親の都合で、今日からおじさんちにお世話になりまぁす」

ヒメはいつぞやと同じく過剰な子役演技で話に入ってきた。

「おまかせで何か食べさせてくださいなぁ。二人ともお腹ペコペコなのぉ。あと、修也おじさんにはビール、私にはアイスティーくださぁい」

子供口調のくせに、注文は妙に手馴《てな》れていた。


「はい、どうぞ。片山さん、お野菜食べてないんじゃないかと心配してたの」

おまかせのコースメニューは、湯葉とシメジの入ったホウレン草のおひたしに、鴨肉《かもにく》の治部煮、ミニ揚げ出し豆腐。魚はスズキを焼いたものと、常連客の釣り土産だというチヌのお造りを三切れ。

いずれも美味だ。――というより『気が利いている』と言うべきか。味つけは薄めであるものの不摂生な三十男の胃には優しい。世間で言うところの家庭の味というやつだった。

瓶《びん》から注いでもらったビールを、片山は舐めるようにちびちびと飲む。

ここは、たしかに〝大人にふさわしいお店〟であるのだろう。

若者には来られない場所だ。ママの愛想はいいのに、どことなく格式が高い。

彼も二十代のころに一度、大人ぶって夜の時間に来たことがある。だが猛烈な居心地の悪さを感じてしまい、以後はランチタイムしか近づかないようにしていた。

今や三十代の片山だったが、未《いま》だに苦手意識は変わらない。なのに――、

「へえ、ママさんって昔、銀座で働いてたんですかぁ？　どうりで綺麗だと思ったぁ」

「まあ、ヒメちゃんってば小さいのにお上手ねえ。どこでそんな褒め方習ったの？」

談笑しながらアイスティーで一杯やるヒメは、やたらサマになっていた。

妙な褒め方になるが、大人として格好いい。

小料理屋のカウンターが、喩えるならば『重役級の熟年男』並に似合っている。完全に片山の負けだ。本物の成人男性として言いようのない劣等感に襲われた。

（……ヒメの言う通り、自分は大人の男として未熟で不完全なのかもしれないな）

それを思うと、つい普段より速いペースで飲んでしまった。いつも安物の発泡酒ばかりなので、ビールの濃い苦味が素早く体に染みていく。

酔いで無口になった彼の横で、女二人は話を弾ませていた。

「ところでママさん、さっき言ってた〝ジュンちゃん〟って誰なんですかぁ？」

「まあ……。ヒメちゃん、その話、聞いてないの？　親戚なのに？」

「親戚といっても、うんと離れた遠縁だからぁ。ママさん、教えてくれません？」

「でも、本人が黙ってるのに勝手に話すのは……」

ママは戸惑いつつも、赤い顔の片山にちらりと目を遣《や》る。彼が無言のまま頷《うなず》くのを見て、

『――言っていい、という意味なのかしら』

『――というよりも、この機会に他人の口から教えてやってくれ、ってことなのね』

と、客商売特有の察しのよさで、酔いどれ刑事の腹を理解する。

「ジュンちゃん――純香《じゅんか》ちゃんというのはね、片山さんの娘さんよ。歳は五歳だったから、ヒメちゃんと同じくらいになるのかしら」

「私、七つですから二つ上ですよぉ」

「あっ……ええ、うん。そうね。その、つまり二年経《た》ったから同じって意味……」

「……？　ママさん、なんだかヘンな言い方ぁ。――でも、修也おじさん、子供がいたんだぁ？　マンションのお部屋にはいなかったのに。じゃあ、もしかして奥さんもいるんですかぁ？」

「……それは、だから――」

再び、片山が頷くのを確認してから、躊躇《ためら》いつつも言葉を続ける――。

「今は、いないのよ……。二年前に、その……いなくなって」

「へえ……。リコンですかぁ？」

「そう……そうね、離婚したの」

片山修也には、二年前まで妻と子がいた。

タンブラーで弾ける泡を眺めながら彼は当時のことを思い出す。あの頃はまだ無気力でなく、ズルケイだのソリティアだのとも呼ばれていなかった。むしろ仕事の虫の熱血刑事の類であった。

だが、家族を失ったのも、そのせいだ。

おきまりのパターンだ。仕事にかまけて何日も家に帰らず、家庭を放置し続けていた。

そんなある夜、まだローンが山盛りのマンションに帰ると、妻と子の姿はなかった。まさしく自業自得であろう。――当時を思い出しながら彼はビールをもう一口。酔いはますます回っていく。

「……あとは、おじさんに自分で訊くといいわ」

片山はママの方を向きながら、もう一度わざとらしく頷いた。これで三度目。『ママから教えてやってくれ』の意味だ。だが、彼女は無言で首を横に振る。

『続きは自分で話しなさい』という返事だった。

その後、デザートのアイスクリームを食べ、おまかせメニューはお終《しま》いとなる。

二人は〝小料理あゆみ〟を出て、古マンションの階段を上った。

酒のせいで片山の足はふらつく。たったビールひと瓶なのに、部屋がある二階まで小さな上司の肩を借りねばならぬほどだった。

「ヒメ、すまない……。俺はみっともない駄目な大人だ」

「かもね。でも許すわ。世の中、大抵の大人はね、みっともない駄目な大人なの。幼女はみんな知ってるわ」

「はは、違いない……」

ヒメの肩は、七歳児らしく華奢《きゃしゃ》で、柔らかく、体温がぽかぽかとしていた。

この感触だけなら『自称』などでなく本物の幼女に思える。――だが、身長百九十センチ近い片山に寄りかかられても、この子はまっすぐ立ったまま、姿勢がわずかたりとも揺らがない。この力強さ、ただの子供のはずがなかった。

少なくとも〝特殊な訓練を受けた幼女〟だ。

「……お前、頼りがいのある肩してるな？　男前だ」

「ふふン、私に惚れると火傷《やけど》するわよ」

「惚れないさ。嫁と子供に悪いからな……。ヒメ、本当は全部調べてるんだろ？　どうして知らないフリなんかした？」

「何の話？」

「〝あゆみ〟のママに訊いてたじゃないか。『修也おじさん、子供がいたんだぁ？　もしかして奥さんもいるんですかぁ？』って」

物真似《ものまね》が思いの外上手にできた。真似されたヒメは、ほんの少しだけ憮然とした顔になる。――出会って以来初めて彼が一矢報いた瞬間だ。

「ヒメ……お前はスパイなんだから、俺のことなんて事前調査済みなんだろ？　嫁の話も子供の話も――それから〝その先の話〟も」

「フリじゃなくって実際に知らないの。ヒメ機関では調べたかもしれないけど、私は聞いてないもの。特殊事情は、本人が心を開いて自分で教えてくれるまで聞かない主義なの」

「俺のプライバシーを尊重してくれてるってことか」

「まあね。世の中、大抵の大人は、他人に知られたくない悩みを抱えてるものだから。幼女はみんな知ってるわ」

「……お前、本当に男前だな？」

そんな話をしているうちに、二人は部屋の前に着いていた。

片山は軋むスチールのドアを開け、背広も脱がずに万年床へと倒れこむ。なぜか普段より布団が気持ちよかった。

これは酒のせいなのか。それとも久しぶりに忙しく働いたためか。

あるいは、もしかしてヒメに心を許しかけていたからかもしれない――。

「おやすみ、ボンドボーイさん。明日も忙しいから覚悟なさい。――ところで、さっき言いかけた〝その先の話〟ってなあに？　よかったら寝る前に教えてくれる？」

「…………いいや、断る。まだそこまで心を開いてない」

「あっそ」

その夜は珍しく熟睡できた。悪夢もさほど見ないですんだ。

2

翌朝。普段起きるよりも、ずっと早い時間――。

――ふにゃり、むぎゅう
片山は、また顔を踏まれて目を覚ました。

今回は、靴下ごしだ。

「ヒメ、この起こし方よせ」

「あら、素直に喜べばいいのに。世間にはね、ひと踏み一万円払ってでも女子小学生に顔を踏まれたい大人がけっこういるのよ」

「とんだぼったくりビジネスだな」

履きたての靴下であるらしく、まだ汗ばんでいないサラサラとした布の感触だった。足裏に触れる頬が心地よい。

だとしても、ひと踏み一万円は高すぎだ。買った大人が警察に駆け込んでくるレベルになる。実際、そういうケースはよくあることだ。

ヒメが足をどけて片山の視界がひらけると、そこには意外な服装で立つ彼女の姿があった。

「制服……？　なんで、そんなカッコしてる？」

彼女が着ていたのは、古風なデザインのセーラー服。背には真っ赤なランドセル。

昨日の私立バーネット女子学園の制服であったのだ。

「お前こそ何言ってんの？　昨夜、車の中で言ったじゃない。『明日から私、学校行く』って」

そういえば言っていたような気もする。完全に失念していた。

「お前、あの女子校の生徒だったのか」

小中高一貫教育の学校なので、初等部（小学校）もあるには決まっていたが――。

「馬鹿ね、全然違うわ。常識的に考えなさい。なんで警視庁預かりの幼女刑事が、普通の子供に混じって小学校に通ってると思うのよ？」

そう言われても、そもそも『警視庁預かりの幼女刑事は普通の子供に混じって小学校に通わないものなのか』が、まず常識的にわからなかった。

「私はね、潜入捜査をしようと言ってんの」

「潜入？　あの学校に何かあるのか？」

「さあ。でも昨夜、車でお前から取り調べされた子の話を聞いて思いついたの。――上品ってことで有名なお嬢様女子校で、二年生がクスリで死亡、同じ時期に一年生も万引きとはいえ犯罪に手を染めた。何かつながりがあってもおかしくないでしょ？」

「そうかな……。俺にはピンと来ないが」

「そう？　けど、もう決定よ。今朝から行くから、余計な水差さないで」

聞けば、ヒメは夜のうちに転校の手続きを済ましておいたという。例のヒメ機関とやらに一晩で偽造書類を用意させたらしい。

「私は仕度してるから、お前は朝ごはん作ってなさい。トーストと目玉焼き。玉子は二つ。両面焼いて。飲み物は紅茶の一番上等のやつ」

「昨日も言ったが、ウチにそんなもんはない」

「今はあるわ。冷蔵庫開けてみて」

言われるがままに中を覗くと、中には卵とベーコンが入っていた。戸棚にはパンと紅茶の葉が、コンロには新品のフライパンが置かれていた。

「いつの間に……。これもヒメ機関が？」

「そうよ。制服と一緒に用意させたの」

「勝手に人を家に入れるな。怖い。――あと、どうせなら完成品を持って来させろ。俺、料理なんてした事ないぞ」

「結婚して共働きだったのに？」

嫌なことを言う子供だ。

だが、以前から彼も理解していた。自分は『いい夫』や『いい父親』ではなかったと。仕事で疲れているからと、面倒な家事は全て妻任せにしていた。

ゴミ出しや風呂掃除くらいはやっていたが、そんなのは子供の手伝いみたいなものだ。たしかに刑事の仕事は忙しかったものの、収入がさほど変わらぬ夫婦としては正しくない分業比であったろう。

（だから出て行ったんだろうな。最初から、そのくらいわかってたが――）

七歳児のヒメに指摘され、改めて気分が落ち込んだ。

「それで片山、朝ごはん作るの？　作らないの？」

「……作るさ。作ればいいんだろ」

料理など中学校の家庭科実習以来であったとはいえ、さすがにベーコンエッグとトーストくらいは（出来はさておき）すぐに作れた。

こんなに簡単であったなら、もっと前から作っておけばよかった。

「できたぞ、食え。どうだ味は？」

「まあまあね」

ヒメの感想は、ただのお世辞だ。

黄身は崩れ、白身とベーコンは真っ黒に焦げている。一方、トーストは焼き過ぎを恐れて生焼けだった。紅茶もせっかくの高級茶葉だというのに、薄くてただのお湯のよう。こんなもの『まあまあ』のはずがない。

それでもヒメが文句ひとつなく食べていたのは、彼女がこう見えて、根は上品で礼儀正しい淑女《レディ》であったからだろう。味ごときで他人の努力に不平を言ったりしない女だ。

そのくらい頭では理解していたのだが――、

（ヒメのやつ、全部食べてるな。こういうの、なんとなく嬉しいもんだ）

やはり、もっと前に作ればよかった。


食事が終われば仕度の続きだ。ヒメは鏡の前で派手なアクセサリーを選び、制服もわざと少し着崩していた。

「先生に叱られるぞ？」

「それが狙いよ。『いい家の子だが、やや素行に難アリ』って具合に見せたいの。悪い子と仲良くなるためには、自分もやさぐれ感を出さなきゃ」

たしかに潜入捜査の基礎ではあった。

手首にはビーズのブレスレット。スカートは膝上まで短くし、靴下はワンポイントの模様つき。最後に、ファンシーショップで売っているような飾りつきのヘアゴムを使い、長い髪を左右で結わえてツインテールのおさげを作る――。

「……？　片山、何でジーッと見てるの？」

「いいや、別に」

髪形が、似合っているな、と思ったからだ。

とはいえ、このヘアスタイルは女児なら大抵似合うものなのかもしれない。ある意味、幼女の象徴とも言えよう。彼の娘も似たような頭によくしていた。

「何？　もしかしてお前、急にロリータコンプレックスに目覚めたの？　それとも『俺の娘も今ごろツインテールにしてるのだろうか』なんてキモいこと考えてた？」

強いて言うなら後者の方だ。言われてみれば、たしかにキモい。

その後、ヒメは髪をきっちり整えた上で、しばらく鏡を眺めていたが……、

「んー……。何だか違うな。やり直し」

何か気に入らない点があったらしく、髪留めのゴムをほどいてしまった。

「どうした？　髪、よくできてたじゃないか」

「ううん、あれじゃ駄目なの。試しにお前がやってみて」

「俺？」

言われるがままに髪をセットする。

さっきと同じツインテールへアだ。細い髪がさらさらと片山の指をくすぐった。

実を言えば、この作業は初めてではない。二年前まで、たまに自分の娘相手にやっていた。本物の幼女は親の手伝いなしでこの髪形にはできないものだ。

家庭を顧みなかった彼でも、気が向けばこの程度の手伝いはしていた。時間さえ合えば子供を可愛がることもあったのだ（そして、そんな気まぐれが、日常的に子育てをしている妻の神経を逆撫《さかな》でしたであろうことは、今にして思えば想像に難くなかった）。

――ただ、いずれにしても『たまにしたことがある』という程度のこと。『得意』『慣れている』というほどではない。

「……意外と、上手くいかないな」

同じ言葉を二年前にも口にした。左右の髪が、ほんのわずかに非対称だ。真ん中分けのラインもきちんと真《ま》っ直《す》ぐになっていない。

彼がやると、いつもこうなる。当時は『これでいいだろ、このくらい誰も気づかない』と、おざなりに娘をなだめたものだった。

「ヒメが自分でやった方が上手だったな」

「いいえ、これでいいわ。これがいいの」

「下手糞な方がいいのか？」

「そ。ちょっと下手糞な方がいいの。ちゃんと左右対称のおさげはね、『親に大事にされてる子』の象徴なのよ」

「…………なるほど」

片山の眉間に皺《しわ》が寄る。この幼女、今朝は嫌なことばかり言う。

左右対称のツインテールが『親に大事にされてる子』の象徴ならば、非対称はその逆だ。

彼の娘はよく左右非対称の髪をしていた。父である自分だけでなく妻も朝忙しく、面倒を見る余裕がなかったからだ。

あの子も『親に愛されてない子』と他人に思われていたのだろうか？　あの子自身もそう思っていたのか？

愛してなかったつもりはないが、髪形の左右の微妙な歪《ゆが》みは、そのまま自分の愛情不足を示していたのかもしれない。

その後、二人は仕度を終えて学校に向かった。

「行きましょ。潜入捜査こそ幼女刑事の本領よ」

違いない。むしろ、そのために幼女をエージェントにしたのだろう。

ヒメならば大人たちには入れない子供の世界に堂々と立ち入ることができる。他の警察官には絶対不可能な任務であった。

3

――りーんごーん、りーんごーん
始業の鐘が鳴り響く。
私立バーネット女子学園といえば都内でも名の知れた名門だ。長い歴史と伝統を持ち、良家の子女が大勢通う。

古式ゆかしい三角屋根とアーチ窓は近隣住民にとっても誇りであった。

――ただし、学校の経営自体は芳しくない。

主に少子化の影響ではあったが、そもそもエスカレーター式のお嬢様女学校という存在自体が時代遅れになりつつあったのだろう。年々入学希望者は減少の傾向にあった。

ヒメが超スピードで転校できたのも、そのおかげだ。

多額の寄付金をチラつかせれば『夜中に転入を思いつき翌日の午前中には登校する』程度の出鱈目は可能であった。

ともあれ、幼女刑事八代ヒメは赤い煉瓦の校門をくぐる――。

「片山、聞こえる？　マイクとカメラの調子はどう？」

『――問題ない。よく聞こえるし、よく見える』

相棒の片山は今、近所の安アパートから校内の様子をモニターしていた。――ヒメの服や髪には超小型のカメラとマイクがセットされており、見たものや聞いたこと、全てがリアルタイムで伝わっている。

この通信も、髪に仕込んだ骨伝導スピーカーによるものだ。腹話術を応用した特殊な発声法により、他人には聞かれぬように会話ができた。

「お前はそこで、私の潜入ぶりを見学してなさい。名人芸なんだから」

『――それはいいんだが……校舎、そっちじゃないぞ。小学校は道路を挟んだ向こう側。そこは昨日の高等部だ』

「あら」

『――ははは。お前、意外とそそっかしいんだな』

「何言ってんの。そそっかしいのはどっちかしら。どうして間違えたなんて思ったの？」

『――……？　どういうことだ？』


それから三十分後、ヒメはいくつかの事務的な手続きを済ませて教室へ。

そこで担任教師に紹介される――。

「ええと、その……スイスから転校してきた八代ヒメさんです。皆さん、仲良くするように……」

「よろしくおねがいしまぁす」

ヒメはとびきりの笑顔で挨拶をしたものの、クラスメイトたちはひたすら唖然《あぜん》とするばかり。

なぜなら、ここは高等部の一年A組。

なのに外国から来たというこの転校生は、背丈といい顔つきといい、どう見ても小学生であったのだから。

それも、せいぜい七、八歳――学年にして一、二年生の幼女。

顔つきも幼く、背も百十五センチ前後と小学一年の平均程度だ。背には赤いランドセルまで。皆、ぽかんとした顔にもなろう。いや、そもそも横に立つ女性教師からして同じだ。彼女は一切事情を知らされていなかったため、生徒と一緒に間の抜けた表情を浮かべていた。

教室はしばしの間、水を打ったように静まり返っていたが、やがて――、

「あの……」

生徒の一人が、おっかなびっくりと手を挙げる。

「八代さんは、小学生じゃないんですか？　間違えて、高校の校舎に来ちゃったとか……？」

誰もが知りたがっていたことだ。クラス全員、彼女の勇気に心の中で喝采を送る。

そして、これを皮切りに一同は、次々挙手して質問を投げかけた。

「――はい！　はいはい、私も質問！　スイスだと、その歳で高校に入れるの？」

「――やっぱり、何かの手続きミスじゃ？」

「――もしかして、ものすごい天才少女で、子供なのに飛び級で高校生に⁉」

少女たちの好奇心で、教室内はざわめきたつ。――が、やがて転校生が口を開くそぶりを見せると、逆に口をつぐんで固唾《かたず》を呑んだ。

そんな静寂の中、ヒメは、

「あははっ、そんなわけないじゃないですかぁ。違いますよ。ミスとか飛び級とか、漫画じゃないんだから」

と、ころころ笑う。

では、いかなる理由があるというのか？　その答えは……。

「私、小学生じゃありません。十六歳です。普通に高校通う歳なんで転校してきたってだけです」

一年A組の少女たちは、転校生の言葉に衝撃を受けた。

では、単に童顔で背が低いだけの高校生だというのか？

とはいえ、さすがに限度というものがあろう。何度見直しても七、八歳児にしか見えないというのに。だが――、

『もしかすると、本人も気にしているかもしれない』

クラス一同そう思ったのか、皆それ以上、質問をしなくなった。

いや、そもそも考えること自体をやめたのだろう。人間というものは、あまりに理解の及ばぬものを前にすると思考を停止してしまうものだ。それは未知なる危険との関わり合いを避ける、一種の本能であったのかもしれない。

「皆さん、よろしく。――それで先生、私の席は？」

声をかけられ、はっ、と女性教師は我に返る。

「そうね……。真ん中あたりに空いてる席があるでしょう？　あそこに座って」

「はぁい」

言われた席に目を遣ると、自然と右隣の生徒に注意を引かれた。

このバーネット女子学園は、名門校だけあって校則が厳しい。生徒たちは皆、黒髪にぴしりと整った制服、規定通りのスカート丈という姿。

そんな中、ただ二人だけ例外がいた。一人は転校生のヒメ。――といっても皆、見た目の幼さに気を取られ、服装のことなど全く眼中になかったのだが。

そして、もう一人の例外は――、

「小宮山《こみやま》さん、教科書見せてあげなさい」

「…………」

ぷいっ、と教師の言葉を無視した、この隣席の少女だった。

茶色く染めた髪に、指定のものでないカーディガン。顔には薄っすらとメイクすらほどこされていた。

彼女は、不良だ。

他の学校なら『やや服装が派手』といった程度だが、乙女の園バーネットではギャルやヤンキーといった人種に分類されよう。それも、かなり気合の入ったワルだ。

そのためクラスの生徒たちにとっては恐怖の対象であるらしく、周囲の席からはぴりぴりとした緊張感が伝わってくる。――しかしヒメは一切、意に介することなどなく、

「よろしくね」

と、挨拶しながら席に座った。

この不良娘のことは知っていた。昨夜のうちにヒメ機関に調べさせたおかげだ。

小宮山かりん。一年A組で一番の問題児。

二日前、万引き未遂で補導され、片山の取り調べを受けた少女だった。

「よろしく小宮山さん。聞こえてる？　ちょうど席、ひとつ余ってて助かったわ。なんでこんなとこ空いてたの？　偶然？」

マシンガンのごとく連発される問いに、不良少女は気だるげに返事をする。

「……あァ？　偶然なわけないでしょ」

「じゃあ、なんで？」

「ずっと保健室登校してんの。あたし《あーし》がいじめたから」

そして小宮山は、初めてヒメと目を合わす。

睨《にら》んでいた。いわゆる〝ガンつけ〟だ。お嬢様高校の不良にしてはなかなかの迫力だった。さすが警察署でも物怖《ものお》じしなかっただけのことはある。

「あのさ――。あんまチョーシ乗ってると、テメェも『保健室送り』にするからね。わかった？」

こんな女に睨まれたなら、バーネットの少女たちは皆、震え上がるに違いない。

ただし、幼女刑事であるなら別だ。

「あははっ。面白い顔でスゴまないでよ」

次の瞬間、

——ゴッ

鈍い音が教室に響いた。

これは、ヒメが隣席の椅子を蹴った音。

通常、座った姿勢のままでは脚に力など籠められない。まして真横というのは腕を使っても攻撃するのが難しい位置だった。

だが、体操選手並の身体操作能力を持つ彼女にとっては容易《たやす》いことだ。蹴りが椅子の脚に喰い込む。

同時に、小宮山かりんは床に転げ落ち、無様な姿を周囲に晒した。我が身に何が起きたか理解できてはいないようだったが、それでも転校生の仕業というのはさすがに察しがついたらしい。

「……っ⁉　やりやがったな、このガキ女！」

「あらぁ？　小宮山さん、どうしていきなり転んだの？　せんせーい、小宮山さんが一人で勝手に転びましたぁ」

「この……‼」

恥をかかされた不良娘は起き上がり、教師の前にもかかわらず殴りかかろうと身構える。

——が、すぐに拳を引っ込めた。

スチールでできた椅子の脚が、大きく〝く〟の字にひしゃげているのを目にしたからだ。

「何これ……？　おい、チビガキ！　テメェ、何しやがったのよ⁉」

この小学生にしか見えない転校生の細い脚がやったというのか？　戸惑う彼女に、ヒメはお嬢様女子校らしい上品な微笑みを湛《たた》えて答えた。

「『チビガキ』や『テメェ』じゃなくて八代ヒメよ。早く名前憶えてね」

4

休み時間——。

トイレに行くと、片山から無線が入った。

『——ヒメ、なんで高校なんだ？』

「ふふン。片山、こんなところで通信するもんじゃないわ。いやらしい」

髪に隠した通信機でのやり取りだ。スパイのみが修得している特殊な発声法により、ヒメの声は他人には聞こえない。個室の外に誰かがいても安心だった。

『——トイレ行ったら通信しろってお前が言った！　いいから答えろよ。小学校に潜入するんじゃなかったのか？』

「バカね、小学校なんかに行ってどうするのよ。高等部の生徒が怪しいんだから、高校に潜入しないと意味ないでしょ」

『——それはそうだが……。けど、お前が高校生のフリなんて滅茶苦茶だ。幼女であることの強みをまるで生かしてない。それなら若い女性警官にでもやらせた方がマシだろ』

「あら、そんなことないわ。私、よく『名乗ってる歳より大人っぽい』って言われるもの。全然無理なくやってると思うけど」

『――いいや、無理ありまくりだ。七歳と十六歳なんて倍以上じゃないか。大人っぽいで済む差じゃない。さてはお前、俺をからかうためにわざと無茶をしてるな？』

「あははっ、いい勘してるじゃない」

『――おいっ』

ヒメはトイレの中でころころと笑う。片山の憮然とした顔が、無線ごしでも目に見えるようだ。

『――まったく……。だいたい、なんでいきなり万引き娘と喧嘩する？　仲良くなって情報聞き出すんだと思ってたのに』

「アクシデントよ。私、ああいう女って大嫌いなの。弱い者いじめして、それを武勇伝みたいに語るやつってさ。態度悪くてクッソ生意気だし。お前も取り調べのときムカついたでしょ？」

『――それ自体は同意だ。けど同じ日に、もっと態度悪くてクッソ生意気なガキと出会った』

「へえ、私はそんな子知らないわね。それより小宮山かりんのスマホ、授業中にこっそりスッてデータ抜き取っておいたから。そっちに転送するから分析しといて」

『――データの分析？　俺、そんな技術ないぞ？』

「できるやつを行かせるわ。役に立つ男だから仲良くしておくといいわよ。……あれっ、今の音何かしら？」

通信をしていると、個室の外から気になる声が聞こえてきた。

『――どうした？』

「表で、誰か騒いでるみたい」

戸をわずかだけ開けて外を覗くと――そこにいたのは、またも不良少女の小宮山かりん。

それと、見知らぬ女生徒であった。

「あのさ、柴《しば》さん、なんでお金持ってきてくれなかったの？　あたし《あーし》、お金貸してって頼んだよね？　あれだけ頼んだのにどうして？」

「でも小宮山さん、前に貸した分も返してくれないし……」

「何言ってんの、そういうこと言うもんじゃないわ。お友達なんだから、お金貸すくらい当たり前だし、返してなんて言わないものよ。本当に空気読めない子なのね。いい？　柴さんが保健室登校になっても、あたし《あーし》はずっとずっとお友達だから。わかった？　わかったら返事！」

「う、うん……」

恐喝だ。高校生なので、いわゆるカツアゲと呼ぶべきか。

会話の内容から判断するに、相手の〝柴さん〟というのは例の『いじめて保健室登校にした』というクラスメイトらしい。いかにも気の弱そうな少女だった。

『――ヒメ、どうする気だ？』

「そうね、せっかくだから助けてあげましょ」

小動物のように震える姿を目にした以上、無視しているのも気が引けた。

ヒメは個室の戸を開け、外に出る。

「へー。小宮山さんのおうちってお金ないんだぁ。そういや、いかにも貧乏そうな顔してるもんねえ」

「チビガキ女……⁉」

因縁の転校生を前にして、不良少女は狼狽《ろうばい》していた。まさか、このタイミングで遭遇するとは想像すらしていなかったのであろう。

「テメェ、急に……。便所から出てきて人の邪魔しないでくれる⁉」

「だーめ。邪魔するわ」

「なんでよ！」

「ふふン。実はね私、転校してきて、最初に小宮山さんと目が合って以来、ずっと貴方《あなた》のこと……いじめてやりたいと思ってたの」

「はあ？　何言ってんの？」

「貴方みたいなクッソ生意気な勘違い女、普通いじめてやりたいと思うじゃない。ねえ？」

言葉を交わしつつヒメは、すっ、と小宮山との間合いを詰める。

軍用格闘術の歩行法だ。一見、ただ歩いているだけに見えるが、体幹が左右に一切揺れないため相手は接近に反応できない。

ただの女子高校生の目には、転校生が瞬間移動してきたように見えただろう。――昨日、売人たち相手にも使った技術だ。こうして無防備な懐《ふところ》に入り込めれば容易く相手の肉体を破壊できる。

今や、二人の間はほんの十センチも離れていない。顔と顔はキスする直前のような距離となっていた。

「なぁ……っ⁉　なんで、こんな近くに！」

「ねえ、小宮山さん――。この学校じゃ相手を保健室登校にさせることを〝保健室送り〟って言うんでしょ？　貴方がそう言ってたもの。さすがお嬢様学校、お優しいこと。でもぉ……」

次の瞬間、ヒメは左手で小宮山の髪を掴み――そのままボディブローを叩き込む。

「うぐッ」と鈍い悲鳴が上がった。

「どう？　私が前にいたところじゃ、こういうのを〝保健室送り〟って呼んでたわ。保健室で手当てが必要なほどのパンチってこと」

言うまでもなくヒメにとっては、うんと手加減をした一撃だ。

実際には治療を要する怪我などしていない。もし本気で殴っていたなら、成人男性であろうと胃が破れ、保健室どころか救急病院での緊急手術を必要とする。

ただ、それでも鍛えていない女子の腹筋にとっては、うんと強烈な衝撃であったに違いない。

クラスの皆から恐れられていた小宮山かりんは、たったの一発でがくりと膝から崩れ、そのまま床にうずくまる。

「うわぁ、小宮山さん、きったなぁい。トイレの床で寝ちゃうだなんて。でも、貧乏な家の子で、きったない顔した小宮山さんにはお似合いかもねぇ」

そんな悪態をつかれても、不良少女は声すら出せぬ状態だった。

「ええと、そこの人。たしか柴さんって言ったっけ？」

「は……はい、一年A組の柴真由莉《まゆり》です……」

「私、一年A組の転校生で八代ヒメよ。よろしくね。次の授業から教室来なさいよ」

「でも、わたしは――」

「机が足りないかもって心配してんの？　平気よ。小宮山さんが代わりに保健室だから。あと、小宮山さんは今日から柴さんの家来ね。逆らったら私に言って」

「い……いいよ、そんなの！　やめてったら！」

「あははっ、遠慮深いんだ？　そういう子、私、好きよ。お隣の席だし仲良くしましょ」

転がる小宮山かりんを無視したまま、ヒメは柴真由莉と二人連れ立ってトイレを出ていく。背後からは「ウウウ」というかすかな呻《うめ》きだけが聞こえていた。

「さ、教室行きましょ。安心して。文句言うやついたら私が守ってあげるから」

手をつなぐと、いじめられっ子の手のひらは、まだふるふると震えたままだった。

小宮山かりんが殴り倒されたことに対する驚愕と、それをしたのが小学生にしか見えない転校生であるという狼狽、さらには――、

「あ、あの……八代さん――」

「ヒメって呼んで。私も柴さんのこと真由莉ちゃんって呼ぶから」

「う……うん、ヒメちゃん、助けてくれてありがとう。でも、小宮山さんに謝った方がいいと思うの。仕返しが怖いから……」

報復への怯《おび》えと、恩人であるヒメを心配する気持ち。それらの入り乱れた複雑な感情が、少女真由莉の手を震わせていたのだ。

「あはは、仕返しなんて平気よ。だって私、こんなに強いんだもの」

「そうかもしれないけど……。でも、小宮山さんは上級生の人たちと仲がいいのよ？　二年生や、もっと年上の人たちとも、よく一緒にいるんだから」

いくらなんでも複数人の上級生相手に勝てるはずがない。――少女は、そんな意味で言ったはずだ。だが、

「へええ、そうなんだぁ」

ヒメは顔いっぱいに、にいいっ、と〝悪い微笑み〟を浮かべていた。

悪だくみをする人間の表情だ。『やっと思い通りになってきた』と言わんばかりの、ひどく邪悪な笑顔だった。

5

　廊下を歩きながら、ヒメは例の特殊な発声法で無線を入れる。

「片山、聞いてる？」

『――聞いてる。どうした？』

「さっき喧嘩したとき、小宮山かりんの髪の毛を何本かちぎってやったわ。薬物検査の手配お願い。大至急」

『――わかった、警視庁の検査センターに話をつける。――小宮山かりんはドラッグをやってると？』

「さあ、ただの可能性よ。けど、あの女、万引きだのカツアゲだのをしてまでお金を欲しがってたわけだし。それに二年とかの先輩たちともよく一緒にいるんですって。二年生といえば死んだ子と同じ学年よね？　疑うのが当然だわ」

『――なるほどな。それと、話は変わるが、その……少し驚いた』

「驚く？　何によ？」

『――お前、意外と正義感強いんだな？　いじめられてる子を助けるなんて』

「ふふっ、今ごろになって気づいたの？　ジェームズ・ボンドだからね。正義の味方に決まってるじゃない。じゃ、通信切るわよ」

　気がつけば、横にいる真由莉が不思議そうな顔で見つめていた。

「ヒメちゃん、今、何か言ってた……？」

「ううん別に。ただの鼻歌。クセなの」

「そうなの？　でも、誰かと話してるみたいだったけど」

「ど音痴だからね。よく言われるわ」

さすがに手をつないだ距離では近すぎたらしい。

しかしヒメは、知らぬ存ぜぬで押し切った。どうせ『刑事と無線で通信していた』などとは思い至るはずがない。堂々としているのが嘘を吐《つ》き通すコツだ。

「真由莉ちゃん、そこにあるのってゴミ箱？　これ捨てても平気かな？」

「うん」

軽く話題を逸《そ》らしてポケットの中の紙屑《かみくず》を捨てると、そのまま二人で教室に向かった。

6

第二松井荘《まついそう》は、バーネット女子学園のすぐ近くにある安アパートだ。

木造二階建て、築四十七年。風呂なし、トイレ共同。

廊下の床板はベコベコにへこみ、畳も黒く変色しているようなボロ屋だったが、二階からはバーネットの校庭が見えた。望遠レンズを使えば教室の中もなんとか覗ける。

何年か前、片山はこのアパートに住む盗撮マニアを捕まえたことがある。そのときは、まさか自分が同じ部屋で張り込みをするとは思ってなかった。

部屋に置かれたノートパソコンの画面には、ヒメに取り付けられた隠しカメラの映像が垂れ流しにされていた。ヘッドホンからは、やはり隠しマイクの音声が聞こえる。

授業態度がよくわかる。ヒメはさっきからずっと隣の柴真由莉の方を向き、教師の目を盗んではお喋りをしていた。

『――ねえねえ真由莉ちゃん、保健室登校ってどんなことしてたの？』

『――えー、普通の授業とおんなじだよ。保健室の先生が教えてくれるだけで……。あとは、ときどき来てくれるスクールカウンセラーの先生とお話するくらいかな』

盗聴している片山は、言いようのない苛立ちを覚えていた。

（ヒメのやつ、授業態度悪いな。いや、本物の高校生じゃないんだから勉強なんて退屈なだけかもしれないが――。けど、真由莉ちゃんの邪魔になるだろ）

参観日の親の気分だ。

一方で当の真由莉は、話しかけられて嬉しそうな顔をしていた。

最初こそ彼女は、転校生《ヒメ》の『見た目が子供で、やたらと喧嘩が強い』という異常性に警戒心を示していたが、助けられた恩義からか、それともヒメの諜報工作員としての会話術によるものか、すぐに心を開いていった。今まで孤独に過ごしてきたので、こうしてお喋りできるのが嬉しいのかもしれない。

（……まあ、いいか。二人とも楽しそうだし。高校の授業風景なんてこんなもんか）

自然と、涙が滲《にじ》んできた。

張り込みでずっとモニターを注視していたため目が疲れていたようだ。――ただし、それだけが原因ではあるまい。自分でもわかっていた。

（純香……）

子供ばかりの風景を見ていると、どうしても自分の娘を思い出す。

殊《こと》にあの柴真由莉という少女は、どこか純香と雰囲気が似ていた。あんな具合に気弱で引っ込み思案な子であった。

なのでヒメが彼女を助けたのを見て、片山は心の中で喝采していた。我が子が救い出されたように思えたからだ。捜査中、特定の誰かに肩入れするのは正しいことではなかったが、それでも我慢できなかった。

(……ヒメに知られたら馬鹿にされるだろうな。父親ぶっててキモい、とかって)

——と画面を見ながら、そんなことを考えていると、

「片山さん、入りますよ」

アパートのドアが、がちゃり、とノックもなしに開けられた。

「誰だ⁉」

立っていたのは、ベージュの作業服を着た青年だった。

帽子《キャップ》を目深《まぶか》に被《かぶ》っていたため顔はわからなかったものの、ヒメの隠しカメラに似たような姿が映っていた気もする。用務員か事務員であろうと気にも留めていなかったが、まさか張り込み部屋に現れるとは。

「なぜこの部屋に⁉　どうして俺の名前を知ってる！」

「しっ！　片山さん、落ち着いて！」

そう言って帽子を脱ぐと、中から現れた顔は——、

「僕ですよ。憶えてます？」

「……？　君は、いつかの高速隊員？　NSXの——？」

片山が最初にNSXに乗った際、本庁まで運転してくれた愛想のいい青年だった。

「いや……本当は高速隊員じゃないんだっけな？　たしかヒメの関係者だったか」

「はい。ヒメ機関のトモウチと言います。漢字だと伴《ともな》うの伴に、内部の内」

「伴内で運転手……。昔の映画〝多羅尾伴内〟から取った偽名か？」

父親が古い映画のマニアであったこともあり、元ネタはすぐにわかった。

「ははは、ご名答です。ヒメさんから聞いてません？　コンピューターに詳しい人間を行かせるって」

「言ってた。君がそうなのか」

「そういうことです。薬物検査の手配は済んでます？　小宮山かりんの髪の毛、僕が回収してきました」

証拠品入れのビニール袋に、髪の毛の巻きついた紙屑が入っていた。ヒメがトイレの帰り、廊下のゴミ箱に捨てたものだ。

「なるほど。カメラで見てて、不自然な動作と思ったが……。君にパスするためだったか」

「はい。で、こっちが血液です。ついでに持ってきました。少量ですし、布に染み込んでますが、使えますか？」

「血液？　どうやって手に入れた⁉」

「ターゲットの子、トイレで倒れた拍子にどこかぶつけたんでしょうね。鼻血を出してたので意識がないうちにハンカチで拭《ぬぐ》ってきました」

「気が利くな。助かる。――女子高に潜入するのは大変だったろう？」

「なあに、簡単ですよ。世の中、作業服を着て堂々としていれば大抵の場所には入れます。要は度胸と平常心、あと『関係者面《づら》』です。前なんて、これで銭湯の女湯に潜入してきましたからね」

「……君、なかなかすごいな？」

一見、爽やかな笑顔の好青年だが、さすがは諜報組織のメンバーといったところか。潜入や変装の名人ということらしい。

「いや、もちろん仕事でですからね？　僕、ゲイですし。女性全般には興味ないですから。――それより、ちょっと場所借ります。データの解析しますんで。スマホって情報多いから大変なんですよ」

「君こそ情報量多すぎだろ。俺がデータを受け止め切れない」

得体の知れない男だ。特徴がいろいろありすぎて、逆に人物像を捉《とら》えきれない。

もしかすると正体を隠すためのテクニックで、わざと滅茶苦茶なことを言っているだけかもしれなかった。

トモウチ青年は汚い畳に胡坐《あぐら》で座ると、持ち込みのノートパソコンを広げて何やらカタカタとやり始める。

「あ、そうだ。カバンに片山さんへの差し入れが入ってます。コンビニで買った惣菜パンとカップラーメン。ブレーカー落ちたら大変なんでお湯はヤカンで沸かしてください。ヒメさんと暮らしてると、こういうの食べさせてくれないでしょ？」

得体は知れないが気の利く男だ。ありがたい。

7

午後の授業が終了し、帰りの学級会《ホームルーム》も済んだころ、不良少女の小宮山かりんは一年A組の教室に戻ってきた。

「転校生《チビガキ》！　テメエ、ちょっと校舎裏来なさいよ！」

「あら、小宮山さん、わざわざ保健室から何の用？　悪いけど私、放課後は真由莉ちゃんと遊ぶ予定なの」

「ふざけてんじゃないわよ！　わかってんの？　呼び出しだって言ってんの。来いって言ったら来りゃいいでしょ！」

とぼけた返事をするヒメであったが内心では、

『――よし、計画通り』

と、ほくそ笑んでいた。いつぞやと同じ〝邪悪な笑い〟だ。

「まあ。誰の呼び出しなのかしら？　もしかして貴方が仲良くしてるっていう上級生たち？」

「そうよ。テメエ、ちょっと強いからって調子こいてっけど、あたし《あーし》には先輩たちがついてんだからね。二年生どころか三年生もいるんだから。覚悟しときなさいよ！」

「ふふン、そうなんだ。じゃあ一緒に行ってあげるから案内して。――ごめんね、真由莉ちゃん。また明日会いましょう」

ヒメは、不安げな顔の真由莉に手を振って、教室から出ていった。

これで捜査は一気に進むはずだ。

幕間　二

三十五歳の山田某は、自分の〝能力〟に絶対的な信頼を抱いていた。

実際、ここしばらく何度も見知らぬ少女に声をかけてきたが、予想を外したことは一度もない。皆、快く山田にお宝を売ってくれた。

その日も仕事の合間を利用し、自転車置き場の陰から女子高生たちを覗き見し、退屈しのぎに秘密の力を発揮する。

（……ちょうどいい子はいないかな？　うんと尻の綺麗な子がいい）

スカートごしの小さな尻を眺めていると、心がいっぱいに満たされる。ショッピングと同じだ。こうして選んでいる時間は、家でコレクションに囲まれているときと同じくらい充実していた。苦しいことばかりの人生で幸福を感じられる数少ないひとときだ。

あの尻たちに触れたお宝が——魅惑の二等辺三角形が、ぜひ欲しい。

（おっ、あの子はどうだろう？　服が派手だし、頭も緩そう……。いや、無理か。微妙に『そういう雰囲気』じゃない。たぶん、ああ見えて意外にしっかりした子だ。知らない大人に大切なものを売り渡したりはしないはず）

山田の力は決してオカルトやスピリチュアルの類ではない。女子高生を長年観察し続けることで身についた、いわば情熱と経験の産物であった。

たとえば唇のピンクの鮮やかさに、頬の血色、瞳の輝き、髪のつや、脚や膝裏の微妙な肉づき。実物だったら肌の匂い。

そういった細かな特徴から総合的に判断し、まだ本人の中でも言語化できていないロジックによって、交渉に応じる少女を見抜くことができるのだ。

（次に来た子は……こっちも無理か。——あっ、でも、その隣！　あの一年生の子はいける。チョロい。一見、気が強そうだが『雰囲気』がある！）

売ってくれる子特有の雰囲気だ。それも、特に安い値段で済む子の。

三千円も払えば、きっとホイホイ譲ってくれる。動画も撮らせてくれるだろう。

後をつけて、一人になったところで交渉しようか。――しかし危険かもしれない。

休憩時間の暇つぶしに〝能力〟を使ってみたものの、ここは仕事場に近すぎる。

(けど、三千円か……。それに、いい尻をしてる)

悩むところだ。

最近、買い物のしすぎで自由に使える金が少ない。安くショッピングできるチャンスは逃したくなかった。

あの尻に触れていたお宝は、ふかふか柔らかな幅広タイプか。それとも硬くて小さなスポーツタイプか。――駐輪場に並ぶ自転車と、その脇を通り過ぎる少女の姿、二つを交互に眺めやりながら山田は想像の翼をはためかせた。

うまくいけば、コレクションがひとつ増える。

アパートを埋め尽くす、自転車のサドルがもうひとつ……。

第四章

1

「かりんから聞いてるわよ。貴方、生意気なんですって?」

ヒメが小宮山かりんに連れられて校舎裏に行くと、上級生たちが待ち構えていた。

三年生が一人、二年生が二人。

いずれも、この学校にしては派手な格好の女生徒たちだ。昔風の言い方をするなら『不良グループ』というやつになるのだろう。

特にリーダーである三年生は髪を金色に染めており、口紅やアイラインといったメイクは毒々しいほど鮮やかだった。他校でもワルで通用しそうだ。

「あのね、おちびの転校生さん、生意気なのはよくないと思うなぁ。あたしたち先輩として〝お説教〟してあげなきゃと思うの」

つまりはリンチということらしい。

「それはどうも。けど先輩、年上なのに四対一って卑怯なんじゃないですかぁ?」

「あら、お説教ってそういうものでしょう? 強い立場だからできるの。もともと卑怯な行為なのよ」

「なるほど」

思わずヒメの口から笑いがこぼれた。さすがはリーダー、高三のくせになかなか含蓄のある言葉だ。

「それにね、あたしたち弱いものいじめが大好きなの。だって楽しいじゃない」

「へえ……。先輩、奇遇ですねえ。私もです」

決着がついたのは、たった十秒後のことになる。


「ふえええんっ、うえええええええんっ！」

不良のリーダーで上級生とはいえ所詮《しょせん》はただの女子高生だ。ヒメの相手になるはずもない。金髪の三年生は平手打ちたった一発でぺたりと地面に尻をつき、そのまま子供のように泣きじゃくった。ヒメと彼女、どちらが小学生かわかったものではない。——とはいえ実は、ただの平手ではなかった。世界各国の警察で昔から使われている『痛いが痣のできない叩き方』だ。日本語のびんたの語源でもある。

「先輩、奇遇ですよねえ。私も弱いものいじめ大好きです」

ただしヒメにとっての〝弱いもの〟とは、ヤクザや犯罪者、あるいは責任取り係の巡査部長のこと。屈強な大人をいじめることを好む彼女にとって、高三の少女など泣かしても罪悪感しか覚えなかった。

——なので以下は演技だ。顔にはサディスティックな笑みを浮かべていたが、楽しさは微塵《みじん》も感じていない。

「あははは っ、あらあら先輩ったら威張ってたのに赤ちゃんみたい。わんわん泣いちゃって、かーわいー。下級生の前でそんなみっともない姿見せちゃって、明日から学校来られます？　もう二、三発ぶってもいいですかぁ？」

リーダーの少女だけではない。他の仲間たちも同じだ。皆、身を寄せ合って泣いていた。

学校——それも名門お嬢様女子高という安全空間で威張り散らしてきた彼女たちにとって、ヒメは初めて遭遇した『本当に危険な敵』であったのだ。

「おねがい、もうやめて……」

「えー、駄目ですよ。もし私が弱かったら『おねがい』『やめて』って頼んでも先輩は私のこといじめてたでしょ？　なのに自分が頼んだらやめてもらえるなんて、考え方が図々しいです。——先輩、自分がいじめられたことないから、こういうときにどう言えばいいのかわからないんですね。よく考えてみてください」

「ゆ……」

少女は泣きながら悩み続け、十数秒後——。

「ゆるして……なんでも、するから……」

やっとヒメの望む答えを口にした。

ちなみに今のは『二番目の正解』だ。一番理想の正解は『ごめんなさい、もうしません』であったのだが、とうとう最後まで思いつかなかったらしい。

「ふふふン。じゃあ先輩には『なんでも』をしてもらいます。——まず、第一問！」

「……？」

「この学校の不良は、ここにいるので全部ですか？　他にグループは？」

「どうして、そんなこと訊くの……？」

「いいから。私の質問にはなんでも全部答えてください」

さもなくば、また殴る。

そんな言外での恫喝《どうかつ》に、少女たちの心は屈していた。

「い……言うから！　答えるから、ぶたないで！　でも、よくわかんない……あたしら、自分たちが不良グループだと思ったことないし……。たまたま仲良くなったり同じ部活だったりでツルんでるだけだから、他の子たちのことなんて知らない……」

「ふうん。じゃあ第二問！　昨日死んだ二年生は？　あの人は仲間じゃないんですか？」

「あいつ……？　ううん、仲間どころか仲悪い……。前にみんなで説教《シメ》したことあるわ。あいつ態度悪いし、手癖まで悪いの。私たちから、その……大事なもの盗《と》ろうとしたから――」

言葉を濁してこそいたが、その『大事なもの』が何なのかヒメには想像がついていた。

「第三問！　それって、ドラッグのことですか？」

「えっ……。それは――」

「先輩、黙ってないで返事！　死んだ二年生が怪しいクスリやってたの知ってるんですから！」

「それ、誰から聞いたの⁉　転校生なのに」

「誰も言わなくたってモロバレです。あんなわかりやすいヤク中の死に方」

「でも、どうしてそんなこと知りたがるの……？　まさか貴方、警察のスパイ⁉　おまわりに頼まれて質問してる？」

「あら」

警察だと疑われるとは、さすがに少々不注意だった。相手が高校生《こども》と思ってストレートに質問しすぎてしまったようだ。

なので、すかさず取り繕う。この程度ならば失敗の内に入らない。高校生の疑念くらいけむに巻けないようでは、〝警察のスパイ〟失格だ。

「先輩は馬鹿ですか。スパイのわけないでしょ、私たち子供なのに。何でこんなこと訊くかっていうと、私もクスリ欲しいからです」

「貴方も？」

「はい。だって外国にいたときは毎日ヤクをキメてたのに、転校してからはどこで手に入れればいいのかわかんないんですもん。――実は私、こっちでの買い方知りたくて先輩たちに近づいたんです。お互いクスリやってる仲間だし、これからは仲良くしていきましょうよ」

多少強引ではあったが、不良たちは信じたようだ。

怪しまれなかったのは主に暴力《ヒメ》への恐怖が理由だが、それ以上に、

『外国にいたときは毎日ヤクをキメてたのに』

『クスリやってる仲間』

これらの言葉の効果でもあった。

薬物常習者というものは、ヤク中同士では警戒心が緩いものだ。気軽に売人の情報を交換したり、家のドラッグパーティーに招いたりする（その一方で仲間以外への猜疑《さいぎ》心《しん》は強くなり、すぐに『警察のスパイか』『お前がチクったのか』と疑うようにもなる）。ドラッグは人間に必要な本能を壊してしまうものらしい。

「なので先輩、第四問！　この学校の子たちは、どこからクスリを手に入れてるんです？」

「それは……」

リーダーは、仲間たちと顔を見合わせたのちヒメに語る——。ドラッグ仲間にならば教えてもいいと決めたようだ。

「……〝パパ〟からもらってる」

「パパ？　まさか実のお父さん？　それとも援助交際でもやってて、そのお客さんってことですか？」

「ううん〝パパ〟は〝パパ〟……。そう呼ばれてる人がいるの。ときどきだけど、タダでお薬くれる人……」

〝パパ〟——。

通り名とはいえ、やっと大人の名前が出てきた。

2

「ふうん、そんな人がいるんですね」

相槌を打ちながら、ヒメは口の中で、

——かつん
と小さく奥歯を鳴らす。すぐに片山から通信が入った。

『——聞こえてる。マイク、カメラとも順調だ』

今のは合図だ。

目の前の不良少女たちに気づかれぬよう、歯の音だけで『ちゃんと録画と録音してるでしょうね』と促したのだ。

『――わかってると思うが、こんな暴力捜査、記録があっても証拠にならないぞ』

ヒメは再び、かつん、かつん、と返事。

たしかに証拠にはならない。しかし、それは検察や裁判所での話。

本人を追い込むのには役に立つ。たとえば協力を拒まれたときには『その〝パパ〟とやらにお前がゲロってる動画を見せるぞ』と脅すのに使えた。

「〝パパ〟って、どんな人なんです？　どうして、ただでドラッグくれるの？」

「どんな人かは知らない……。スマホの通話だけで会ったことないから。理由も聞いてない……」

「電話番号は？　どんな声の人？」

「非通知だから番号は……。声もボイスチェンジャー使ってる。でも〝パパ〟って名前だし、難しい言葉使うから大人のおじさんだと思う」

「クスリの種類は？」

「それもわかんない……」

「わからないってことはないでしょ？」

「本当にわからないの。教えてもらってないから……」

さすがにヒメも呆れた。いくら世間知らずのお嬢様不良とはいえ、そんな得体の知れない薬物を使用するだなんて。

よほど〝パパ〟が口の上手い人物なのか、この子たちがひどい馬鹿かのどちらかだ。

「でも、あたしたちはとりあえず、ただ単に〝プレゼント〟って呼んでる……。〝パパ〟がくれるとき、いつも『プレゼントだよ』って言ってるから……」

「それは内輪用の呼び名で、薬物の種類の名前じゃないですよね？　もっとクスリのこと教えて。形は？　粉？　錠剤？　どんな効き目？」

「錠剤……。白い粒で、大きさや見た目はお菓子のラムネと似た感じ。飲んだらフワーッてなって、ぼんやりしてるうちに夜になってるの」

「フワーッ？」

「うん……。やりすごす、って言うのかな？　嫌なことばっかりの一日を——退屈な時間をすっ飛ばせるのよ」

だとすれば、高校生にはまだ早すぎる薬だ。

『——ガキが生意気な。こいつらの日常に、どんだけ嫌なことがあるっていうんだろうな？』

片山の通信に、ヒメはまた「かつん」と歯だけで同意する。むしろ大人にこそ必要な薬であろう。少なくとも、裕福な家の不良少女などという世界一好き勝手に生きている子供たちには不要なものだ。

「で、先輩、その〝プレゼント〟は今持ってます？　ちょっと見せてよ」

「ううん、持ってない……。もう飲んじゃった。一度に一粒ずつしかくれないし、持ち歩かずにさっさと飲めって言われてるから」

不良少女たちが言うには、一、二週間に一度のペースで〝パパ〟から連絡が入り、薬を渡されるのだそうだ。

「あたしらの誰かのところにスマホに電話かかってきて……今回はどこそこに置いてあるから、回収して分けなさいって——。たとえば、草むらの中とかブロック塀の上とか車のマフラーの奥なんかに、ビニールに入れて隠してあるの。一人一粒ずつ。前にもらったのは十日くらい前かな」

この子たちは四人組だから計四錠。もうすぐ二週間になるので、そろそろ新しい分をもらえる時期だ。

「あと、たまにビニールが二つか三つ置いてあることあるけど、そのときは『別のグループ用のやつだから、指定する場所に隠し直せ』って言ってくるわ」

そうやって受け渡しを複雑化させているのだろう。つまりは、もらう側である少女たちを運び屋にも使っているというわけだ。

——となると最初の隠し場所まで運んでいるのも、また別の少女かもしれない。足取りを追うのは容易ではあるまい。

「その受け渡し方法だと、運んでる別グループにブツをパクられません？」

「トラブル起こすと、罰でもう〝プレゼント〟あげないって〝パパ〟に脅かされてるし……。それに誰が盗んだかもバラされちゃうの。だから今までパクったの、昨日死んだ二年生だけよ」

なるほど背景が見えてきた。

あの二年生は罰でドラッグが手に入らなくなり、それで粗悪品のＭＤＭＡに手を出したのだ。後先考えず他人から盗むほどの中毒者だ。昨日死ななくてもいずれ薬で破滅していたに違いない。

いずれにしても〝パパ〟の手口は、なかなかよく考えられている。

『——〝パパ〟ってやつ知恵が回るな。アナログだし手間はかかるが、その分だけ巧妙だ。一回分ずつなのも用心深い。現物を他人に見られる確率が減る』

ドラッグ犯罪というものは『薬を持ち歩いているところ』か『使用している瞬間』を目撃されな

ければ、発覚の確率は極端に下がる。

クスリの効果で警戒心の弱くなっている常用者たちを管理するには、余分な量を与えないのが一番だった。

『――だが、分量がケチ臭い。話が本当なら一、二週間に一度しかドラッグをキメられないってことになる。タダで配ってる理由も謎だ』

片山はもと麻薬と少年担当の生安刑事だけあって、〝パパ〟の動機を気にしていた。

たしかに分量をケチるくらいなら最初から無料配布などしなければいいだろうに。――とはいえ、これほど用心深い相手だ。何か意味があるに違いない。

『――普通、タダのドラッグってのは〝試供品〟だ。気軽に使ってるうちに中毒《ハマ》って、抜けられなくなったら一気に値段を吊り上げる。なのに、この場合は違う』

死んだ二年生のように、使用者《ユーザー》の一部は有料のドラッグを購入している。しかし〝パパ〟からではない。どこかの半グレの若者からだ。

自分の客を増やせないのに試供品を配る意味などあるのだろうか？

たとえば極端な話、東京のドラッグビジネスを独占でもしていれば、客がどこから買おうと儲けになるが……。そうでないなら無料の理由がわからない。

「で、他にクスリは何かやってます？　死んだ人はヨソで別のクスリも買ってたみたいだけど。先輩たちはどこで買ってるんです？」

「やってないし買ってない……。あたしたち、あいつほどひどくハマってないから……」

今のところ〝パパ〟がくれる分だけで満足しているとのことだった。思ったより自制心の強い子たちだ。無論、あくまでも比較的にだ。

次の『第五問』でヒメは、〝パパ〟の目的と正体について迫ろうとしたのだが——、

「貴方たち、そこで何してるの！」


突如、裏庭に怒声が響いた。

「君たち、喧嘩してたでしょ！　見てたんですからね！」

後方、約二十メートル先からだ。女の声、しかも聞き覚えのある声だった。

この声は教師でなく、たしか……。

『——ああ、クソッ……!!　この声、加島だ！　ヒメ、振り向くな。顔を見られたら面倒だぞ』

そうだった。無線のおかげで思い出す。

昨日の巨乳刑事だ。北杉並署の加島沙織。

おそらく転落死の捜査で学校に来ていたのだ。その際、不良少女たちとのやり取りを偶然目撃したに違いない。

『——いいかヒメ、顔を見せないよう上手に逃げろ。余計なことを言うかもしれない』

たとえば、もし世間話のつもりで『貴方、片山先輩の親戚の子でしょ』とでも口にすれば『やはり警察のスパイなのでは？』と疑われ、今後の捜査がやりにくくなる。

『——それに、あいつはガキ相手だと説教が長い。時間がもったいない』

なるほど厄介だ。ヒメは思わず苦笑する。それだけ仕事に真摯《しんし》ということではあるが、今はその熱意がわずらわしい。

……とはいっても、さほど慌てる必要はないのかもしれない。

加島刑事とは昨日ほんの短い時間しか顔を合わせていない上、そのときとは髪形も服も違っている。見られても誰だかわかるまい。そう油断していたのだが――。

「あら……？　そこのツインテールの子、もしかして……。ねえ、ちょっと貴方！」

「……っ⁉」

この中で、ツインテールヘアはヒメだけだ。

どうやら、すぐに気づかれたらしい。しかも後ろ姿であったというのに。

油断した。この加島は熱意のみならず、『一度見た相手は忘れない』という刑事にとって最重要の資質を備えていたのだ。

巨乳刑事がヒメたちに迫る。

「……ちぇっ。ちょっと面倒なことになるかも」

いつもの〝聞こえない声〟で呟《つぶや》いたが、マイクに向けての発言ではない。単なるぼやきの独り言だ。しかし、すぐさま、

『――任せろ』

と、片山から返事が来た。


――ＲＲＲ～♪　ＲＲＲＲＲ～♪


次の瞬間、加島刑事のスマホが鳴る。着信音は昔の刑事ドラマの主題歌だ。

「……？　もしもし、先輩？」

相手は片山だった。同じ会話が耳と無線の両方から聞こえる。この音楽は彼専用の着信テーマで

あるらしい。

『──ああ、俺だ。例の件で気になることがあってな』

「例の……？　どの件です？　あの、すいませんが今、ちょっと──」

『──そうか、だったらいい。邪魔したな』

ぷつり、とすぐに通話は切れた。──今のは片山からの助け舟。

この隙に、ヒメは他の少女たちに目で合図する。意味はもちろん「逃げるわよ」だ。三年生のリーダー以下、皆、一目散に走り出した。

「片山、ナイス。お前、なかなかやるじゃない。けど、もしスマホに出なかったらどうする気だったの？」

『──問題ない。あいつは俺の電話ならいつでも出る。昔からの習慣だ』

「それ、やっぱりお前のこと好きなんじゃない？」

当の加島刑事は「待ちなさい！」と声を張り上げ、走って一同を追いかける。

警察官から逃げるのはちょっとしたコツを要する。彼女らは猟犬と同じで、一番先に逃げる者を追うよう訓練されているからだ。

なので最初に逃げてはいけない。もちろん最後になるのも危険だ。気が変わって逃げ遅れた者をターゲットにすることもある。二番目か三番目にスタートした上で、一番早く走り去る。

このテクニックさえ摑んでおけば（仲間を見殺しにするのは前提となるが）逃げ切るのは難しくなかった。

そのままヒメは裏の通用門から下校する。──こうして潜入捜査の初日は終わった。

3

一方、第二松井荘にて片山は、

「……ふう」

と大きく息をつく。

安堵《あんど》の呼吸だ。危うく加島のせいで潜入が台無しになるところだった。

「あとで加島に連絡しとかなきゃな。何か上手いこと言って、ヒメの邪魔をさせないようにしないと」

気を抜くと足が痒《かゆ》くなる。朝からずっとだ。このアパート、畳にダニでもいるらしい。それとも昨年撒いたというシロアリ除《よ》けの殺虫剤のせいか。腿《もも》の裏やふくらはぎをボリボリ掻かずにはいられなかった。

緊張している間は忘れられるが、安心したらまた我慢できなくなってくる。

「はは、たいしたものですね」

すぐ横でニセ高速隊員のトモウチが、やはり足を掻きつつ感心していた。

この男、部屋が狭いということもあり、やたらと近くに座っている。体を動かすたびに肩が触れた。普段ならば男同士で気にしないが、この若者はわざわざ同性愛者だと宣言していたこともあり、妙に意識させられた。

「たいしたもの？　ああ、加島のことか。そうだな。あいつ、遠くから他人を見分けるのが上手いんだ。それで何度も手柄を立ててる」

「いえ、そうじゃなく片山さんのことですよ。いいフォローです」

「電話かけたことが？　あのくらい誰でもできるだろ」

「頭ではそう思ってても、間に合う速さで実際にできる人は滅多にいません。ヒメさんもナイスと言ってたじゃないですか」

「つまらないことでおだてるな」

だがヒメとトモウチ、現役のスパイが二人も褒めていたのだ。きっと本当のことなのだろう。やや照れる。

「今回に限らず、ヒメさんは片山さんのこと高く評価してると思いますよ」

「とてもそうは思えないけどな。いつも文句ばかり言われてる」

「でも、すごく懐いてます。あの子が心を許すのは、よっぽどの腕利きだけですから」

「じゃあ俺は例外だ。そもそも懐かれてもいない」

足で顔を踏まれて起こされるような仲だ。

二人でそんな話をしていると、がちゃりとアパートのドアが開いた。

「片山、いい子で張り込みしてた？」

ヒメだった。噂をすればだ。校舎裏から逃げたあと、そのまま学校を出てこのアパートに来たらしい。

「お前、トモウチとちゃんと仲良くしてたでしょうね？　変な気起こしてお尻触ったりしてない？」

「なんで俺が変な気起こす側で話をしてる？」

やはり、この幼女は俺に懐いてなんかいない。──片山は、やれやれという気分になった。もし仲よく見えたとしても単に舐められているだけのことだ。

「ねえ、お前、ちょっと詰めてよ。座るから」

「狭いんだから遠慮しろ」

ぼやきながらも場所を作り、畳に自分のジャケットを敷く。

「ここ座れ。直接座ると痒くなるぞ」

「お前の上着の上に？　まあいいけど。もっと気の利いた敷き物用意すればいいのに」

憎まれ口を叩きながらも、ヒメはちょこんといつもより行儀よく腰を下ろした。

トモウチは「ほらやっぱり」と笑っていたが、何が『やっぱり』なのか片山には理解できない。

「片山、潜入捜査お疲れ様って言いなさい」

「ああ、そうだな……。お疲れ様」

ねぎらいつつ、棒つきキャンディを一本差し出す。ホステスがタバコを差し出す手つきだ。『放課後すぐに舐めたいから』と、用意するようヒメに命じられていた。

「ん……。オレンジ味とはわかってるじゃないの」

「まあな」

本当は適当だ。嫌いなハッカ味以外ならなんでもいいとランダムで選んだに過ぎない。

「まったく、何よあの悪ガキたち。生意気にいっちょまえの中毒者《ジャンキー》気取りでさ。子供なんだからお菓子でも食べてればいいのよ。キャンディとか」

ヒメが高校生を子供扱いするのには違和感があったが、とはいえ話の内容には片山も同意する。ストレス時代とはいえ、なぜ高校生に麻薬が必要なのか。菓子とテレビゲームで充分幸せな年頃だろうに。

（いや……。そんな風に子供を雑に考えてるから、俺はいい父親になれなかったのかもしれないいな）

我が身を振り返ると恥ずべきことばかりだが、それでも子供に薬物を与える〝パパ〟は人の親として許せなかった。

ヒメは咥えたキャンディを口の中でかりかり鳴らす。

「さて、と……。潜入したおかげで、初日だけでいろんなことがわかったわ。〝パパ〟と〝プレゼント〟、それから不良グループ。――片山、あの学校で〝プレゼント〟使ってるのは何人くらいいると思う？」

「今の情報だけじゃ半分勘で答えることになるが……せいぜい十人ってとこだろ。今日のグループや死んだ子も合わせて」

「勘以外の根拠は？」

「高等部の生徒数が二百五十人程度だからな。十人より増えたら噂が広まって騒ぎになる。それに〝パパ〟の手口は慎重すぎて効率が悪い。わざと人数を絞ってるんだろう」

「いい分析ね。さすが、もと生安。ちなみに、小宮山かりんの検査結果は？」

「もう出てる。分析センターがさっきメールで送ってきた」

超特急便だ。午前中に髪と血を手に入れてくれたおかげだ。

「まずは血液の方、結果はシロ。『検出されず』だ」

「それ、本当なの？　小宮山たち、〝プレゼント〟やってるって言ってたじゃない」

血液検査の限界だ。ドラッグの種類にもよるが、早ければ一日、遅くとも十日あれば、体内で成分が薄まって薬物反応は出なくなる。実際、〝パパ〟から錠剤をもらったのは十日くらい前と言っていた。――もしかすると成分を検出されないために、一、二週間に一度しか配布していないのかもしれない。用心深いことだ。

また、今回は採血の量がわずかであったため、検出が難しかったという理由もあろう。

「それと毛髪。こっちからも検出されなかった」

毛髪での検査は血液に比べ精度は低いが、そのかわり長期にわたって薬物成分が蓄積する。髪の伸びる速度と照らし合わせることで、何日前に使用したのかまで調べることが可能だった。

――しかし最新のガスクロマトグラフィー機材で分析したにもかかわらず、結局何も見つからなかったという。

「センターの担当者は、うんと弱い薬なのか、それともデータのない新薬なんじゃないかと言っていた」

あるいは、その両方だ。ヒメは顔をむすりとさせる。

「検査センターに電話して。もっと本気で調べさせてちょうだい」

「そりゃいいが時間がかかるぞ。向こうも手を抜いてるわけじゃない」

警視庁の検査センターとは片山は付き合いが長い。

担当の研究職員とは一杯飲みに行ったこともある仲だ。手抜きをするような怠け者でもなければ薬物反応を見逃すような迂闊者でもないはずだった。

「時間かかってもいいから調べさせて。あと、お前、専門分野だからって生き生きしすぎ」

「そうか?」

言われてみれば、我ながらいつになく生き生きとしている気もする。

理由は、ヒメの言う通り『専門分野だから』だ。やはり麻薬捜査は水が合う。

あるいは、もしかすると子供を守る仕事だからかもしれない。抜け殻だった自分の中に少しずつ中身が詰まり直しているかのようだ。警察官として、父親として、久々に仕事にやりがいを感じていた。

「片山、もしかしてお前『自分の娘が大きくなったとき、似たような犯罪に巻き込まれないように』みたいなこと考えてる?」

「……まあな。ちょうど今、近いこと思ってた。悪いか?」

「別に。いいんじゃないの」

彼の娘の話が出ると、横で聞いていたトモウチは何やら複雑な顔をする。

『ヒメを止めた方がいいだろうか』とでも言いたげな、はらはらと不安げな表情だ。――ということは、彼は〝片山の過去〟を調査済みであったのだろう。もし違うなら、この反応はあり得まい。

(まあ、調べるのが当たり前だな。気にしないヒメの方がどうかしてる)

だが当の幼女刑事は、部下《トモウチ》の気遣いなど一切気にかけぬまま――、

「そうそうトモウチ、今思い出したんだけど」

と、勝手に自分から話題を変えた。

「小宮山かりんのスマホ、データ解析はできてるかしら?」

「はい。〝パパ〟らしき番号との通話記録はありましたが、相手は偽名で契約したヤミ携帯ですね。捜すのはホネです」

しかも通話のみなので、メールやLINEの文面も残っていない。

相変わらず用心深い。〝パパ〟の存在自体が疑わしくなる。――かつての片山のようにやる気のない刑事なら、今ごろは不良高校生の狂言ということで捜査を打ち切っていたはずだ。

「じゃあ手がかりナシってこと?」

「いえ、それなんですが……これ見てください。気になりませんか?」

ヒメと片山は身をよじり、狭いスペースで彼のノートパソコンを覗き込む。画面には数字が無数に羅列されていた。

「ほら、ここ。この部分です」

「へえ。よく気づいたわね……。偉いわ、あんたもお手柄よ」

4

その後、ヒメと片山は張り込み用のアパートを後にする。トモウチ青年とは別行動だ。

「片山、びっくりよね。さっき時計見たけど、まだ午後の四時なのよ。授業終わるの早いおかげねえ。子供は時間がいっぱいあってうらやましいわ」

「自称七歳児の言う台詞《せりふ》じゃないな。それに子供は子供で大変みたいだぞ。遅くまで塾や予備校に通うのが普通らしい」

「そりゃ、『いい子』はそうでしょうよ。お友達になった真由莉ちゃんも塾行ってるって言ってたし。──けど、ひょっとすると悪い子も放課後忙しいかもしれないわね。万引き女の小宮山かりんみたいに、バイト気分で犯罪《バカ》やってる不良《バカ》も多いでしょうから」

「まあな。それで、このあとはどうする？」

「トモウチたちの〝仕掛け〟が終わるまで待機よ。せっかく時間余ってるし、いっぺん家に帰りましょ」

片山の自宅マンションまでは、ほんの一キロメートル足らず。徒歩で十分。

一階の〝小料理あゆみ〟の店先ではママが落ち葉を掃いていた。

「まあ片山さん、昨夜はどうも。それにヒメちゃんも可愛い制服着ちゃって。貴方、バーネットの子だったのね。……あら、ちょっと待って」

まだ開店前だというのに着物姿で化粧も既に済ませていたが、陽光の下ではどこか印象が違って感じられた。――具体的に言えば、昨夜よりも五歳ほど上に見えた。

ヘアカラーの茶色や口紅の赤はややキツく、水商売の女であると一目でわかる。やはり夜の店内でこそ輝く人種《チョウチョ》であったのだろう。

とはいえ穏やかな笑顔と丁寧な物腰は変わらない。母性溢れる微笑みを浮かべつつ、ヒメのスカートの尻をぱたぱたとはたく。

「ヒメちゃん、お尻、埃やパン屑がついてたわよ。どこか汚いところに座ってたの？」

「あー……ええ、まあ。汚い部屋で、汚い布の上に座ってたんですよぉ」

ジャケットを敷いてはいたのだが、そもそも片山の服自体が汚れていたということらしい。

「駄目よ、そんなお転婆しちゃ。せっかく素敵なお洋服を着てるのに」

「はぁい」

「それとね、髪のおさげ、ほんのちょっと左右でずれてるんじゃないかしら。よかったら直してあげましょうか？」

さすが女同士だと目ざとい。一目でツインテールが非対称だと気づいたようだ。

だが、その申し出をヒメは、

「んー……いえ、このままでいいです」

と断った。

「いいの？　おばさん、そういうの直すの上手なのよ」

「ううん、修也おじさんがやってくれた髪だから」

「まあ！　うふふっ、仲のいいこと」

修也おじさんこと片山は、傍《はた》で聞いていて不意を突かれた。いつも生意気な幼女刑事が、こんないじらしい言葉を口にするとは。

（いや……よく考えたら本心じゃないな）

単に、まだ変装を解きたくないから髪をいじらせなかっただけだ。動揺するようなことではない。左右対称にしたら〝愛されてない子供〟のふりができなくなってしまう。それだけのこと。——そのくらい察しはついたが、悪い気はしなかった。

「じゃ、ママさん、私たち帰りますんで」

「はいはい、また晩ごはん食べに来てね。——それとね、片山さん」

ママは耳元で、うんと声を潜めて囁いた。

「あの子、服装がちょっとよくないわよ？　アクセサリーつけてるし、制服もきちんと着てないし。あんまり感心できないわ」

「はは……。俺から叱っておきます」

彼女はただ穏やかなだけでなく、『厳しい方の母性』も具《そな》えた女性《ひと》だ。


片山たちはママと別れてマンションの階段を上るが、その際に——。

「お前、なんでニヤニヤしてるの？」

「ニヤニヤ？　そんな顔してるか？」

「してるわ。ふふン、さてはさっき私の言った『修也おじさんがやってくれた髪だから』が嬉しいんでしょ？」

「いいや、してない。あんなの髪形変えないための言い訳だろ」

「あははっ、まあね。けど、ちゃんとお前のことは好きだし、お前のやってくれた髪に触られたくなかったのも嘘じゃないわ。だから思う存分ニヤニヤなさい」

「そうか……。けど、してないんだから関係ない」

部屋の玄関のドアを開けると、中はいつものように散らかっていた。

薄暗く、そして汚い。——閉めっぱなしのカーテンの隙間から、午後四時の陽光が差し込み、ゴミだらけのリビングを照らし出す。こうして昼間に見ると改めてひどい。張り込みに使っていた第二松井荘の方がまだましだろう。

しかしヒメは目の前に広がる光景など一切気にせず、紙屑やコンビニ弁当の空容器を踏み分け、今や定位置となったソファーに腰掛ける。

まるでゴミ捨て場ランドのお姫様だ。

（さすがに見過ごせないな……）

片山はこのとき、一つの決意をした。

「まだ時間、あるんだよな？」

「ええ。何かして遊ぶ？」

「いや……」

それより先にやることがある。彼は台所からポリ袋を探してくると、床に散乱するゴミを片っ端から詰め始めた。

「なあに？　お掃除するわけ？」

「まあな」

ヒメのためだ。新品の制服のまま汚部屋に座る彼女の姿は、さすがに痛々しくて見ていられない。見た目だけとはいえ、とびきり愛らしい女の子なのだ。せめてもう少し綺麗な場所にいるべきだろう。

急にこんな気分になったのは、さっきの『修也おじさんがやってくれた髪だから』で浮かれていたために違いない。我ながら単純なものだ。

「お前は座ってテレビでも見てろ」

「うん、そうする」

『手伝おうか？』と申し出ないあたりが、このお姫様らしい。

汗を掻きつつ作業を続け、ゴミが四袋、発泡酒の空き缶が一袋。やっと床が見えてきた。外では既に日が傾いている。

「どうだ、だいぶ片付いただろ？」

「ん。まあね」

鈍い返事が『そこまで綺麗でもない』と言外で告げていた。

ただ彼女も、片山が急に掃除を始めたのは自分のためだと理解していたからか、わざわざ口に出して否定はしなかった。

「掃除、この部屋だけ？　奥の部屋はいいの？」

「奥、か……」

片山のマンションは２ＬＤＫ。奥にもう二つ部屋がある。これまでは入り口の前にゴミが積まれ、近づくことすら不可能だった。

今はある程度片付いたため、ドアを開けられそうだったが——。

「……いいや、いい。ずっと使ってない部屋だ。散らかってない」

「ふうん?」

埃が積もっていないか気になるものの、それでも中に入る気にはなれない。

あそこは、いわば開かずの間。

二年も経つのに、まだ近寄れない部屋だった。

「片山、もうすぐ時間よ。どうする? 留守の間にヒメ機関の手の空いてる人に片づけさせておいてもいいわよ。ハウスクリーニングが得意な人がちょうどいるし」

さすがは諜報組織だ。朝、冷蔵庫に食材を入れたときの要領で、忍び込んで家事をするくらいお手のものであるらしい。

ただし、その〝ハウスクリーニング〟はきっと文字通りの意味ではあるまい。証拠隠滅作業のことだ。

「お掃除上手なのよ。手際いいし。おとといの狙撃現場も綺麗にしてくれたんだから」

ほら、やはり。

とはいえ、手伝いを頼むのも悪い手ではなかろう。今のままでは掃除完了がいつになるかわかったものではない。片山は、しばし迷いはしたが………やはり、やめた。

「いや。やっぱり、いい」

ただの掃除を〝専門家〟に頼むのは気が引けたし、それ以上になんとなく『自分で片づけねば』という気がしたからだ。

「そう？　いいならいいけど。――じゃあ、そろそろ出かけましょうか」

5

もう夕方の六時半。

（怖いな……。ここまで本格的にグレる気、なかったのに）

不良少女の小宮山かりんは、常に金を必要としていた。

グレるのにも金が必要だ。化粧やアクセサリーなしでは舐められるし、先輩たちから遊びに誘われれば興味がなくとも断れない。――おまけに、あれの費用まで要る。

親は金持ちだが、小遣いは無限ではない。普段は万引きや恐喝《カツアゲ》で凌《しの》いでいた彼女だが、さんざん迷った末、ついに、グループの先輩から教えてもらった『チョロくて割りのいいバイト』をすると決めた。他に選択肢も存在しない。

制服のまま駅の近くで待っていると〝客〟は時間通りに現れた。

「君が、かりんちゃん？」

つい一、二時間前にＳＮＳで出会った相手だ。歳は見たところ二十代半ば。妙に愛想のいい青年だった。

「え……ええ、そう……。ふうん、まあまあイケメンじゃない？　お兄さんみたいな人が相手なら、この仕事も悪くないかもね……」

「はは、そりゃ光栄だ」

軽口を叩いていたが、肩はずっと震えていた。

「じゃあ、軽く食事でもして、そのあと例のことをしようか。気が変わったりはしてないよね？」

「うん……」

いわゆる〝パパ活〟。

デートして礼金をもらうというアルバイトだ。何年か前から流行しており、一時は社会問題にもなっていた。

つまりは、みんなやっている。テレビやネットでも言っていた。難しく考えることではない。

——彼女はそう自分を納得させていたが、本当は理解していた。

これは、いけないことだ。いくら言葉を濁しても援助交際や売春と同じもの。自分の肉体と人生を切り売りする行為だ。この客は『変なことはしない』『ただ一緒に遊ぶだけ』と言っていたが信用できるはずもない。

（人間、落ちるときはあっという間なんだな……）

つい二日前は、本屋で万引きするかどうかであれほど悩んでいたというのに。一度悪事に手を染めると、すぐに引き返せぬところまで来てしまう。

親でも教師でも刑事でも、誰かちゃんとした大人が本気で止めてくれていれば……。言えた義理でないのはわかっていたが、心の底からそう思った。

「かりんちゃん、乗って。いい車だろ？　駅から遠いところに、いい場所があるんだ」

彼女は男のスポーツカーに乗って小洒落たイタリアンレストランに向かう。パスタを食べたはずだが味は全く憶えていない。

それから再び移動し、そこいらをぐるりとドライブ気分で回ったのち、町外れにある小さな建物の前で車を停めた。

看板には、レンタルフォトスタジオと書かれていた。

「さ、ここだよ」

「うん……。やっぱり写真、撮らなきゃ駄目……？」

「もちろん。今さら嫌になったとか言われても困るよ。最初から言ってたじゃないか。――だいじょうぶ。顔は写さないし、一人で愉《たの》しむだけだからさ」

スタジオと名乗ってはいるが、実際にはただの空き家だ。趣味のアマチュアカメラマンや自撮りをこじらせたインスタ女子が、一時間三千円で部屋を撮影スペースに使う。

一般にはあまり知られていないが、スマホの普及で写真愛好家の裾野が広がり、都内には似たような簡易スタジオが増えていた。

管理は適当で、入り口で金を払えば、あとは客任せのほったらかしとなる。それ故に『普通の場所で撮れないような写真』を撮るために使う者も多かった。――たとえば、ＳＮＳで知り合った女子高生のポートレートもそのひとつだ。

洋風のアンティーク家具が並んだ部屋で、青年はカメラを構える。

「その椅子座って。こっち見てポーズ」

「こう……？」

「うーん、ちょっと表情硬いかな？　それと、スカートの裾、ちょっとだけまくってくれる？」

「脱ぐのはなしって言ったはず……」

「いいから早く。何か欲しいものがあったんじゃなかったのかい？　そんなんじゃお金払えないよ。――そうだ、動画で撮らせてくれたら約束の倍の二万あげよう。どうかな？」

「う、うん……」

二万あったら『三回分』は買えるはず。そう思うと躊躇いは消えた。

少女は言われるままにポーズを決める。男は「下着見えてないから安心して」と言っていたが、本当かどうかわかったものではない。後悔で震えはひどくなる。

「はい、次のポーズ。今度はベッドで横になって。――いいよ。綺麗だよ。素敵だ。君、何が欲しくて、こんなことしてるんだっけ？　カメラの前で言ってごらん。ほら」

「えっ……？　どうして、そんなこと……」

「いいから、言って。早く」

「え……」

「言って」

「え……えむ、ＭＤＭＡ……。学校の子が、高校生にも売ってくれる人、教えてくれて……」

「あははっ、よく言えました。まだ一年生なのに進んでるなあ。一錠いくら？」

「七千円……。三粒セットで二万円におまけしてくれるって聞いてる……」

「へえ。だったら、ちょうど三錠分のお仕事ってわけだ。――それじゃカメラに向かって言ってみようか。『あたしは高校生なのにＭＤＭＡが欲しくて知らない男の人とパパ活してます』って」

「あたし《あーし》は高校生なのにＭＤＭＡが欲しくて知らない男の人とパパ活してます……。ねえ、もういいでしょ！　動画撮ったら終わりって言ったじゃない！」

「はは、わかったよ。本当はこんな簡単にお金を稼げると思ってほしくないんだが――。でも、かりんちゃんが可愛いから特別だよ」

小宮山かりんはもらったばかりの万札二枚を握り締めて新宿に向かった。

すっかり夜になってはいたが、まだ二時間も経っていない。やはり、このバイトをしてよかった。短時間でこれほどの大金を稼げるとは。なんと容易い商売だろう。

駅から徒歩五分。聞いた話によれば、MDMAは有名ライブハウス近くの道端で売られているという。

治安のよくない裏通りだ。時間も遅いため、制服姿の高校生など他に一人も歩いていない。

売人は金髪の若い男であるらしいが――。

「おゥ、そこのお嬢ちゃん」

そう声をかけてきたのは、まるで冷蔵庫のような大男だ。たしかに髪を金色に染めており、歳も二十代ではあるようだが、聞いた話とはだいぶ印象が異なる。

男はなぜか両足を怪我しており、ギプスと松葉杖で必死にヒョコヒョコと歩いていた。

「お嬢ちゃん、迷子かい？　それとも俺のお客さんか？」

「お客って……？」

「クスリだよ、おクスリ、おドラッグ。このへんでガキにも売ってんのは俺だけだ」

どうやら、この冷蔵庫男で間違いないらしい。

「ハッパとツブ、どっちだ？」

「ツブの方……。ツブがMDMAでいいのよね？　MDMAちょうだい！　三粒！　セットで！」

「バカ、隠語で言ってんのに確認すんじゃねえよ。ほら、三錠で二万円だ。次から制服で来るんじゃねえぞ」

少女はパケ三つの入った紙袋を受け取ると、まずは一粒、その場にてペットボトルのミネラルウォーターで流し込む。

初めてのＭＤＭＡ。いつもと違うドラッグは初体験だ。

〝パパ〟の〝プレゼント〟とは効果が異なる。脳だけでポーッと春の日差しを浴びているかのようだった。

6

実を言えば、パパ活のカメラ男はヒメ機関のトモウチ、売人の冷蔵庫は高円寺のレイであった。

無論、一介の不良少女には知る由もない。なので彼女は――、

「あら、小宮山さんじゃない。こんなところで会うなんて奇遇ね」

「転校生……⁉　どうしてテメェここに！」

帰りのバスで声をかけられ、心臓が止まりそうなほど驚いた。

チビガキ転校生の八代ヒメだ。棒つきキャンディをコロコロと舐めていた。

「隣、座るわよ。『どうして』も何も偶然だってば。新宿くらいみんな来るでしょ。ところで――あんた、クスリの匂いがするわね。カバンに入ってるんでしょ？　見せて」

「は……入ってないわよ！　つうか偶然って嘘でしょ⁉　テメェ、あたし《あーし》のこと尾行《つ》けてたのね？　いつから⁉」

「ライブハウスんとこからよ。私もあの冷蔵庫男からＭＤＭＡ《ッブ》買ったの。で、受け取って帰ろうとしたら、後からあんたが来たじゃない。面白いから隠れて見てたのよ」

「そう……」

「小宮山さん、バスが着くまでお喋りしましょ。あんた、どうしてあそこでクスリ売ってるって知ってたの？」

「そんなの、別にいいでしょ……。知り合いに聞いたのよ」

「へえ〜、知り合いねぇ」

車内が暗いということもあり、真横に座る転校生は昼間よりも不気味に見えた。口元はにこやかなのに目は冷たい蛇のよう。

彼女は、唇を耳元に近づけ、囁く――。

「それって昨日死んだ二年生でしょ？」

「――っ⁉　どうして知ってんの！」

誰も知らないはずなのに。

「あのシマで売《バイ》してた男、例の死んだ二年に売ってたからね。訊いたら教えてくれたの。高校生の客、あの二年生だけだったんですって。――だから、あんたは死んだ二年と知り合いだったってことになる」

「それは……‼」

今の理屈には穴がある。

『高校生ではない別の知り合いから聞いた』『死んだ二年生もその知り合いから聞いたんじゃないの？』とでも反論すれば言い逃れができたはずだ。

――しかし、それは親や教師が相手の場合だ。この転校生には通用しまい。彼女は話の筋道や証拠などでなく、真相のみを求めていたのだ。

反論だの言い逃れだのという行為は、他人の権利を尊重し、甘やかしてくれる相手にのみ効果を持つ。八代ヒメのような暴力に躊躇《ちゅうちょ》のない人間には一切無意味であったろう。

それと、飲んだばかりの薬の効果もあった。

自白剤と同じだ。トリップにより小宮山は『気前のいい状態』となっていた。

「本当は、こっそりツルんでたんでしょ？　あんたはグループの先輩たちより、あの二年生と仲が良かった。〝プレゼント〟を盗まれたときも、実はあんたが手伝ってたんじゃない？　半分もらうとかって約束で。どうなの？」

八代ヒメへの恐怖と薬物の効果。この二つにより少女は、

「う、うん……。本当は、あの二年とツルんでた……」

白状してしまった。この恐ろしい転校生に。今までずっと隠してきた秘密を。

「だって仕方ないじゃない！　先輩たち、あたし《あーし》が年下だからって、二回にいっぺんは難癖つけて〝プレゼント〟を取り上げるのよ!?　そんなときに声かけてきたから、なんとなく仲良くなって……」

話を聞く限りでは、死んだ二年生はなかなか狡猾《こうかつ》な少女であったようだ。おそらく最初から、グループの〝プレゼント〟を盗むつもりで小宮山に近づいたのだろう。

「そう。小宮山さん、教えてくれて嬉しいわ。――これから私とあんたはお友達よ」

「はあ？　なんで、あたし《あーし》とテメェが友達に？」

「それはね、仲良くしてくれてる間は特別に、今の話を秘密にしといてあげるからよ。はい、ゆーびきりげーんまん、うーそついたら、はりせんぼんのーます」

ヒメは胸ポケットからスマホをちらりと覗かせる。

録音アプリが起動していた。

こうして幼女刑事八代ヒメは、学校での〝協力者〟を手に入れた。

逆らえはしまい。もし裏切れば、音声データを不良グループの連中に聞かせるだけのことだ。他のメンバーは全員上級生なので、ヒメの次くらいには怖かろう。

「じゃあ小宮山さん、また明日。私の方から保健室に遊びに行くわ」

自宅近くでバスから降りる小宮山かりんを、ヒメは〝悪い笑顔〟で見送った。

『――お前、やり方えげつないな？　さすがスパイだ』

「でしょう？」

片山から無線が入る。といっても遠隔地からではない。すぐ真後ろの席にいた。無線と肉声、両方一度に聞こえて耳障りだ。

全ては仕込み。

不良少女一人を嵌め込むための大芝居に、片山も〝責任取り係〟として同行していた。

――第二松井荘にてトモウチが小宮山かりんのスマホを解析したところ、ある事実が浮かび上がった。彼女は死んだ二年生とたびたび接触していたのだ。二人分のＧＰＳデータを照らし合わせて判明した。

では、小宮山も同じ売人からＭＤＭＡを買う気でいたのではないか？　だから万引きや恐喝で金を集めていたのでは？

そう考えたヒメは、まずトモウチをパパ活の客として送り込み、彼女にクスリを買えるだけの資金を渡す。案の定、金を手にした小宮山はその足ですぐさま新宿へ。やはり購入先は二年生と同じ売人であった。

ただし当の売人気取りの半グレはとっくに逮捕済みであったので、昨日の原岡組から手の空いているチンピラを借りて演技をさせた。——薬もＭＤＭＡではなく別のもの。

成分は似ていたが効き目は弱く肉体への負担も少ない。本当は、南米の一部警察で使われている自白剤だ。

「うんと褒めていいのよ。さすがは女ジェームズ・ボンドでしょう？」

『——いいや、ジェームズ・ボンドはこんなことしない』

「するわよ。諜報工作員なんだもの。みんな、このくらいやってるわ」

本職のヒメが言うなら、そうかもしれない。

こんな大掛かりなことをしたのも全ては小宮山かりんを味方につけるためだった。古来、情報収集という行為は、敵方を裏切らせることがコツとなる。

犯罪捜査も同じだ。よく刑事ドラマに出てくる〝情報屋〟や〝Ｓ《スパイ》〟というのも要は犯罪社会の裏切り者のこと。彼らの協力なしでは犯人検挙は難しい。片山も経験上よく知っていた。

『——朝、お前があのガキと喧嘩してなきゃ、こんな大芝居打たなくても済んだんだけどな。トモウチ君も可哀想に。ゲイなのにロリコンの真似させられて』

「じゃあ、可哀想ないじめられっ子の柴真由莉ちゃんを見捨てるべきだったってこと？　警察官の言うことじゃないわ」

『——いや、そういうわけじゃないが……』

「そうそう、それで思い出した。真由莉ちゃんにＬＩＮＥしなきゃ」

『——用事か？』

「馬鹿ね。お友達だからよ。友達なんだから一日一回はＬＩＮＥするものなの」

片山がスマホを覗くとヒメは『今、どうしてる?』『明日、また学校で』といった、どうってことのない文面を打ち込んでいた。

まるっきり普通の女の子だ。人殺しの女スパイとは思えない。

7

バスは夜道を走り続ける。

「片山、キャンディちょうだい」

「またか。太るぞ」

小宮山かりんと別れてからだけで、もう二本目。

おそらくはストレスで甘いものを欲しがっていたのと、プラス疲労回復のためだ。朝から働き通しでヒメは疲れていたのだろう。

この自称幼女は戦闘能力と頭脳には優れていたものの、スタミナという意味での体力はさほどでもないらしい。常人よりは優れていようが、限界は常識の範囲内にあるようだ。――そういえば初めて会ったときも時間ギリギリまでソファーで寝ていた。

(……普通の七歳児が、無理してるだけだったりしてな)

そう思うのは、子供らしい姿を見た直後だからかもしれない。

やがて二人はバス停で降り、歩いて五分で片山の自宅マンションに着く。

ドアを開けると、いつもと変わらぬゴミ屋敷だ。掃除をしたので少しはマシになったと思っていたが、時間を置いて眺めてみるとよくわかる。まだまだ汚いままだった。

ヒメは、ゴミを寄せたせいでかえって歩きにくくなったリビングを突っ切り、いつものソファーに寝転がる。

「私、もう寝るね。おやすみ」

「着替えろ。学校の制服のまま寝るんじゃない」

「なあに、そんなに私の寝巻き姿を見たいの？　ホントいやらしいんだから」

「そうじゃない。だらしないし、疲れが取れないから体にも悪い。あと歯を磨け。できれば風呂にも入れ」

「やれやれ、わかったわよ……。ねえ片山ぁ、私、幼女だから一人でお風呂入れなぁい」

「そういうのいいから、さっさとやれ。それとツインテールのゴムも外せ。そのまま寝たら頭痛くなるぞ」

「はいはい」

そんなおざなりな返事をしつつ、ソファーの上で制服を脱ぎ始める。片山は慌てて目を逸らした。

「おい。少しは恥ずかしがって着替えろ」

「疲れてるんだから仕方ないでしょ。ちょっとなら見てもいいわ。今日はお前もがんばったからサービスよ」

「いいや、見ない」

床からリモコンを探してテレビを点け、興味のないバラエティ番組に目を集中させる。

もしかして自分のだらしないライフスタイルが、この子に悪影響を与えているのかもしれない。

だとすれば反省せねば。もっと早く部屋の掃除をするべきだった。

それと、もう一つ気になることがある——。

「ヒメ、お前、今夜もソファーで寝る気か？」

「悪い？　お前の布団で一緒に寝てほしいの？」

「いや……」

この子が疲れているのは、いつもソファーで寝ているからではないのか？　そんな疑念がふと頭をよぎった。

そうでなくとも成長期の子供はちゃんとした布団で寝かしてやりたい。もと人の親としての純粋な想いだ。

「よければ、あっちの部屋で寝るか？」

そう言って、使っていない二部屋の一方を顎《あご》で指す。

「ベッドと布団がある。ずっと使ってないから埃っぽいかもしれないが、まあ、はたけば平気だろ。——もう片方の部屋でもいい。向こうの方がベッド大きいんで寝やすいかもな」

「いいの？　入りたくない部屋なんでしょ。他人だって中に入れたくないんじゃないの？」

「まあな……。けど、お前に苦労させてまで使わないってのは、俺の方が寝覚めが悪い」

寝床の話だけに寝覚めが悪い。偶然ながら上手いことを言えた。

「それに、いい切っ掛けだ。いつまでも〝開かずの間〟にはしておけないしな」

「ふうん……」

気がつけば、ヒメはいつものナイトガウンに着替え終えていた。ソファーベッドに胡坐をかいていたため裾がまくれて白い脚が見えている。——口元にはいつもの悪戯っぽい笑みを湛えていたが、なぜか目だけは真剣だった。

「別に。このソファーでいいわ。——片山、あの使ってない二部屋、奥さんと子供の部屋なんでしょ？」

「……知ってたのか。ヒメ機関に調べさせたんだな？」

「ううん、ただの推理。ていうか話を聞いてりゃ誰でもわかるわ。なんとなく想像つくもの」

正解だ。最初に勧めた部屋は、娘のための子供部屋。

隣の大きいベッドの部屋は、夫婦のための寝室だ。

いずれも当時のままにしてある。ベッドや布団もそのままだ。部屋の主が戻って来ることはないと知っていながら、どうしても手を触れる気にはなれなかった。

「部屋に入れないのは、奥さんたちに未練があるから……じゃないのよね？　だって、それなら必死に謝って仲直りすればいいんだもん。そうできない理由があるってことでしょ」

そう。これまた正解だ。

もし土下座して許されるなら泥の中ででも跪《ひざまず》こう。ヤクザどものように小指くらい詰めても構わなかった。——だが、いかに謝罪しようとも二人は決して帰って来ない。

「………死んだのね」

「ああ」

ドアを開けると、写真があった。

子供部屋には娘の顔が。

夫婦の部屋には妻の顔が。

どちらも黒い額縁入りだ。

第五章

1

「お前も昔話をしたいんじゃない？」

「そうだな……。けど、楽しい話じゃないぞ」

「ええ、おやすみ。……眠るまで何か話でもしてよ」

「電気消すぞ」


今から二年と少し前のことになる。

当時、熱血刑事だった片山修也は、滅多に家に帰らなかった。

若手の刑事には普通のことだ。警察官というのは世の中で最も忙しい職業の一つであり、彼らの尊い犠牲の上に、世間の人々の『そこまで忙しくない暮らし』は成り立っているのだ。警察学校でそう教わる。眉唾《まゆつば》な理屈ではあるが、理想に燃える片山刑事は少しも疑っていなかった。

……いや、嘘だ。仕事に没頭する暮らしが楽だったからだ。刑事だから忙しいと言い訳していれば、家事や子育て、近所づきあい、妻のご機嫌取りといった、家庭の一員としての義務を完全に無視することができた。大した給料ももらっていないくせに。

こうして彼は、生活安全課のエースとして活躍を続け――ついには家族を失った。

ある日、彼が帰宅すると、ローン山盛りのマンションには誰もおらず、置き手紙と片側だけ押印済みの離婚届が残されていた。

ここまでは、よくある話だ。警官の離婚率が高いのは世間でも有名な話で、一説によれば実に妻帯者の十七％が似たような理由で妻子に捨てられるという。

だが、その先は違った。十七％中、おそらくワーストワンであろう。

家を出た妻と子は、軽自動車で実家の長野県に帰る途中、あまりに不審な〝事故〟に遭う。

車同士の衝突事故などではない。高速道路を走っている最中、突然ガソリンタンクが爆発したのだ。

周囲の車輌を巻き込んで大勢の負傷者を出し、中心にいた彼の妻と五歳の娘は行方《ゆくえ》不明となってしまった。この場合の『行方不明』は『死体も残さず燃え尽きた』という意味だ。

当然、殺人の可能性も示唆《しさ》された。生安のエースともなれば何人もの犯罪者から恨みを買う。また同時期ちょうど麻薬事件を扱っていたことから、その関係の脅しではないかとも推測された。

しかし結局真相はわからず、それどころか一般人を巻き込んだことから逆に警察がマスコミの非難を受け、最終的には単なる『整備不良による事故』として処理されるに至る――。

思い出したくもない……しかし、忘れることなどできぬ〝事件〟だ。

「妻と娘は、俺のせいで死んだ……。事故なものか。警告か、でなければ意趣返しか、とにかく誰かが殺したに決まってる」

「でしょうね。普通に考えて」

「最初は、自殺しようと思ってた。だが後輩の加島や、他の世話になった人にも説得されて――」

「へぇ……」

「だから死ぬのはやめて、逆に皆殺しにしてやろうと誓った。犯人だけでなく、世の中の犯罪者全員を。ヤクザからケチな万引きまで一人残らず……。もしかすると本当に憎くて皆殺しにしたかったのは、世の中全部だったのかもしれない。——だが、葬式に出たり、巻き込まれた被害者の見舞いに行ったり、義父母に謝ったりしているうちに……また気が変わった」

「どう変わったの?」

「……殺したのは、俺なんだ。俺がもっと家庭に気を遣っていれば二人は死なずに済んだ。それに気づいて、もうどうでもよくなった」

妻子と仲良くしていれば、車で長野なんかに向かわなかった。ガソリンタンクに細工されても平気だったはず。そもそも刑事として活躍し過ぎねば、狙われることさえなかったろうに。

かもしれない。かもしれない。後悔ばかりが脳裏に浮かぶ。

結局、片山は刑事の仕事にしがみつきつつも、犯罪と戦う情熱を失い、すっかり抜け殻と化してしまった。

こうして彼は〝刑事の死体《ズルケイ》〟となり、無為な時間を過ごしてきたのだ。

「いや……こんなの昔話じゃないな。つい最近までの話だ。ほんの一昨日《おととい》の夕方まで、現在進行形でそんなだった」

つまりは、ヒメと出会うまでは。

幼女刑事との暮らしの中で、彼は少しずつ失われたものを取り戻しつつあった。それは刑事としての使命感であり、よき隣人、よき家族であろうという気持ち。

あるいは最初から欠けていた〝人間らしさ〟だ。

「……ヒメ、ありがとな」

「……どういたしまして。片山、お前、夜目は利く方？」

「夜目？　いや、別に」

「そう、よかった」

電気を消した暗闇の中で、幼女の声はすぐ耳元から聞こえていた。知らぬ間にソファーから移動していたらしい。きっと『夜目が利く方』なのだろう。

そして、音も気配も一切感じさせぬまま――、

――なで、なで

片山は、頭を撫でられた。子供の小さな手のひらで。

「……？　ヒメ、お前――」

「おやすみ、片山」

このあと、ヒメはまた音もなくソファーに帰ったのだろうか？　それとも、まさか今もそのまま彼の布団で寝ているのだろうか？　闇に潜むスパイの居場所はわからない。

ただ、いずれにせよ、

「ああ、ありがとな……」

礼を言い、朝まで眠った。

悪夢は見ない。

二年ぶりの安らかな夜だ。

2

三十五歳の山田某は、自転車のサドルフェチだ。

女子高生が尻を乗せたサドルを何よりも尊ぶ。狭いアパートは見渡す限りのサドルだらけ。錆《さ》びかけた金属部品の臭いと、クッションに染みた汗の匂いが、部屋と鼻腔を満たしてくれた。

（あの〝三千円の子〟、残念だったな……。まさか先約があったなんて）

休憩時間に見かけた一年生だ。気になって後を尾行けてみたのだが、別の男と車に乗っていってしまった。どうやらパパ活だか援助交際だかであったらしい。バーゲン品をタッチの差で横取りされた。

腹立たしいが諦めなければ。他の客と女子高生の取り合いなどすれば警察沙汰になりかねない。

——そもそもあの子は駐輪場の近くを歩いていたが、今日は自転車登校でなかったようだ。男との待ち合わせ場所には徒歩で行っていた。どうせお宝は手に入らなかったのだ。

（そういや三千円の子を連れてった男、どこか様子が変だったな）

どこが、というわけでもないが思い返すと奇妙だった。

長年、女子高生を観察し続けてきた山田某には〝仲間《ののし》〟を見分ける力がある。サドル好き以外にも、靴下フェチに下着フェチ、単なる援助交際好きや罵られフェチなど、近いジャンルの愛好家なら一目見れば何となくわかる。

『金で何でもする子を一瞬で見分ける能力』よりはずっと一般的な才能だろう。女子高生と関係なく、マニアックな趣味の持ち主ならば皆似たようなことができるものだ。

なのに、そのセンサーに反応がなかった。

(あの男、本当は女子高生好きじゃないんじゃないのか……？　だとしたら刑事か、それとも脅し目的のヤクザか？　あの、妙に愛想のいい若い男――)

――山田は当然知らぬことだが、男はヒメ機関のトモウチだ。

いずれにせよ、声をかけなくてよかった。余計なトラブルに巻き込まれずに済んだ。自分の自制心に感謝する。それでも悔やしくて仕方がなかったが。

歯噛みしながら山田は、膝の上に置いたサドルを撫でた。数日前に手に入れたばかりのお宝だ。もとの持ち主はまあまあ可愛い子であったが金にがめつく、サドルの現物と動画撮影で二万も取られた。それで金がなくなり三千円でクヨクヨしているようなものだった。

せめて撮った動画をもう何度か見て、少しでももとを取るとしよう……。

3

翌朝も、ヒメはツインテールヘアとランドセルで学校に行く。

見た目が小学生で、初日から不良と喧嘩した転校生は、明らかにバーネットの一年A組にとって〝異物〟であった。クラスの少女たちは皆、ヒメから自然と距離を置き、存在が目に入らないかのように振舞っていた。――多少寂しいが、極めて正しい態度であろう。危機を回避する本能に優れている。

ただ、もちろん例外もいた。

「ヒメちゃん……」

隣席のいじめられっ子、柴真由莉だ。彼女は教室に入ってきたヒメを、じっ、と不安げな瞳で見つめていた。

「おはよう、真由莉ちゃん」

「うん、おはよう……。ヒメちゃん、昨日は大丈夫だったの？」

「大丈夫って？」

「上級生に呼び出されたんでしょう？」

「なんだ、あれね。あんなの全然へっちゃらよ」

「ほんとに？　だったらよかったけど……。わたし心配で、たまたま学校に来てた刑事さんに助けてって頼んだのよ。間に合った？」

「ああ、なるほど――。あれってそういうことだったのね」

巨乳の加島刑事が駆けつけたのは、彼女が呼んだからであった。結果としてありがた迷惑ではあったものの、この子がヒメの身を案じ、救いの手を差し伸べてくれた事実は変わらない。

無敵の幼女刑事ヒメにとって、他人に守ってもらうというのは久方ぶりの体験であった。

「ありがと、真由莉ちゃん。おかげでボコボコにされずに済んだわ。あのおっぱい大きな刑事さんが来てくれなかったら危なかったもん。真由莉ちゃんは命の恩人で心の友よ」

〝心の友〟は『赤毛のアン』に出てくる用語。一番深くて尊い友情を示す言葉だ。

「そんな……。でも、ヒメちゃんが無事でわたしも嬉しい。刑事さん呼んだ後でわたしも裏庭行ったけど、もう誰もいなくって。だからずっと心配で……」

「ううん、心配かけてごめんね」

この臆病な子にとって、告げ口はどれほど勇気のいる行為であったろう。

ヒメは真由莉と、そっと机の下で手を繋ぐ。――これは感謝の表現。今、とっさにできる最大限の礼だった。

「本当にありがとう。真由莉ちゃんのこと、冗談でなく、本気で心の友って思っていい？」

「ヒメちゃん……」

いじめられっ子だった少女は、頬を染めながら細い指を握り返した。

――りーんごーん、りーんごーん

始業時間の鐘が鳴る。

担任の女性教師が入って来たのは、その直後だ。

「はい、皆さん席に着いて。お静かに」

しかし、号令したにもかかわらず教室はなかなか静かにならない。少女たちはひそひそとお喋りを続けていた。――前に片山も言っていた通りだ。この学校の生徒たち、世間の評判ほど上品ではないらしい。

『――先生、気苦労多そうだな。教師の仕事も大変だ』

片山からの無線に、かつん、と歯で返事をする。今のは『黙ってて』の意だ。

教師が大変な職業であることに異論はないが、この担任にも問題はある。彼女は産休代理として二学期から来た非常勤であったため、まだクラスを統率できていなかった。

なので、ことあるごとに、

「全員、静かに！　次、喋った人は廊下に立たせます！」

ヒステリックな大声や罰で、言うことを聞かせようとした。

教室は一旦静かになるが、どうせすぐにまたざわめき出すはずだ。十代の少年少女というのは怒鳴れば服従してくれるというほど単純なものではない。むしろ『すぐ怒るくせに、小宮山かりんのような本物の問題児には見て見ぬふりをするなんて』と、逆に舐められる原因になりかねなかった。

ヒメはまた、かつん、と歯を鳴らす。

『――ああ、言いたいことはわかる。先生の悪口を言いたいんだな？』

そうだ。だが、この担任だけではない。

彼女は極端な例ではあるが、バーネットで唯一の駄目教師というわけでもなかった。

上品で知られた名門私立でありながら、ここの教員の質は決して高いものではない。伝統に胡坐をかき、教育や風紀についての向上心をおろそかにしていたのだろう。

柴真由莉に対するいじめも、不良グループが野放しになっていることも、さらには〝パパ〟と〝プレゼント〟の件も、全ては一直線に繋がっていた。

もちろん生徒の起こした問題全てを学校に押しつけるべきではないのだろうが――。

「ふう、やっと静かになったわね……。では授業を始めます。そこの貴方、前に出て問題を解きなさい」

教え方はそこそこ上手であるものの、本物の高校生でないヒメには無価値なことだ。

この調子で今日一日の授業は終わった。


放課後。再び、りんごんと鐘は鳴る。

「ヒメちゃん、よかったら一緒に帰りましょ」

せっかくの〝心の友〟の誘いであったが、ヒメはあえなく断った。

「ごめんね、真由莉ちゃん。今日はちょっと用事あるの。明日、遊びに行きましょう」

「ううん、明日はスクールカウンセラーさんが来る日だから……」

「じゃあ、あさって！　あさっては絶対だから！」

「うん……」

少女はしょぼんと俯《うつむ》きながら教室を去っていく。

革製の通学鞄には、悪戯でつけられた無数のカッター傷があった。ずっと前からいじめられていたのだろう。傷口の古さでわかる。そんな真由莉にとって潜入中の幼女刑事は初めてできた友人であったのかもしれない。ヒメは、ちくりと心が痛んだ。

『――どうする、ヒメ？　遊びに行ってもいいんだぞ』

「片山、お前、無線で無責任なこと言うもんじゃないわ。『いいんだぞ』って、いいはずがないでしょ」

捜査は六時限目で終わりではない。むしろ放課後こそが本番だ。

『――じゃあ、どうする気なんだ？　あさって遊ぼうなんて適当言って。明日もその次も、今日と同じで遊ぶ暇なんか本当はないだろ。心の友に嘘ついたのか？』

「……まあね。だってスパイだもの。心の友にだって嘘くらいつくわ」

『――そうか……。俺も税金払ってる身なんで、年間百億円の諜報工作員にはマジメに働いてほしくはあるが――けど、子供なんだから友達一人は税金百億円より大事だぞ。それにただのスパイはともかく、ジェームズ・ボンドは女に嘘をついたりしない』

「…………バーカ。いいから仕事するわよ」

ヒメはランドセルを背負って廊下に出る。

ずしりと重みを感じたが、これは銃と防弾プレートが仕込まれているせいだ。メンタル面とは関係がない。

「まったく……。片山、次からそういう〝お父さん気取り〟の発言やめて。ゆうべ甘やかすんじゃなかったわ」

ヒメの行き先は保健室。

不良の小宮山かりんに会いに行くのだ。

4

「小宮山さん、ちゃんと午後もいい子で保健室登校してた？」

「チビガキ転校生！　また来たの⁉」

今日だけで三度目だ。二時限目の休み時間に、昼休み、そして放課後の今――。

不良少女は、顔いっぱいに怯えた表情を浮かべていた。

警察の取調室でもふてぶてしい態度を崩さなかったワルの少女が、小学生にしか見えぬ転校生に背をびくびく震わせ、視線も左右に泳がせる。今の彼女の態度は、かつての柴真由莉に近い。まるっきりいじめられっ子のそれであった。

「テメェ、一日に何度来る気……？」

「あら、忘れちゃったのおバカさん？　私たち、ゆうべお友達になったんじゃない。お友達なんだから一日に何度も会いに来るのが普通でしょ」

「誰がお友達よ」

「いいから遊びましょ。放課後も、昼休みの続きで――『学校内の〝プレゼント〟やってそうな子を全員探すゲーム』！」

「またそれ？　なんで、あたし《あーし》がそんなことしなきゃいけないのよ！」

「その『あーし』って、もしかしてギャルぶってるつもりで使ってる？　板についてないから、やめた方がいいわよ」

「うるせえっての！　勝手でしょ！」

「はいはい。で、さっきの質問の答えだけど、何度も説明してるじゃない。ほんと小宮山さんって記憶力のないおバカちゃんね。――私がクスリやるために、ほかにクスリやってそうな人を把握しておきたいの。〝プレゼント〟以外のもの売ってるところ教えてくれるかもしれないし、ぼけっとしてるようならお金やクスリを盗んじゃうのも手だと思うわ」

言うまでもなく嘘の理由だ。

「あと、『なんでそんなことしなきゃ』っていうんなら、これが一番の答えね。素直に言うこと聞かないなら、この動画をあんたの親に見せるからよ」

そう言って取り出したヒメのスマホの画面には――、

『――あたし《あーし》は高校生なのにＭＤＭＡが欲しくて知らない男の人とパパ活してます……』

小宮山かりんの姿が映っていた。トモウチがフォトスタジオで撮ったものだ。

「ちょ……っ!? やめてよ! テメェ、その動画消せって言ったでしょ! どっから手に入れたのよ!?」

「あんたには想像さえつかないルートよ。言うこと聞いたら消してあげる。でも嫌なら、あんたの親だけでなく、父親の会社や近所の人にも見せる。そしたら、あんたんちは貧乏になって、この学校にも来られなくなるわね。さよなら小宮山さん。がんばって高校中退で働いてね」

「そんな、ヤダ……!! それだけは許して!」

この少女が不良でいられるのは、親が裕福だという安心感があってのことだ。学校も名門とはいえ経営難の私立校で、学費さえ払っていれば簡単には退学にならない。つまりは甘えと言えただろう。

そんな彼女にとって、実家が没落するのは何よりの恐怖であった。

「そんなにイヤならグレなきゃよかったのに。動画がなくてもドラッグなんて一発アウトよ?――で、どうする? 放課後も私と『ゲーム』する?」

「わ、わかったわよ……。けど、あのさ――テメェ、まさかマジで警察のスパイじゃないんでしょうね?」

以前も似たようなことを訊かれたが、ヒメはこの問いに対して今度は、

「ふふン。さあ、どうかしらね」

と、とびきりの〝悪い笑顔〟で、はぐらかした。

こうしてヒメと小宮山かりんは『学校内の〝プレゼント〟やってそうな子を全員探すゲーム』の

続きを始める。

不良やギャルと噂されている生徒を片っ端から、見つからぬようそれとなく観察し、場合によっては直接接触することで〝プレゼント〟をもらっていないか調べるのだ。

ヒメとしては真由莉の誘いを断って小宮山と行動を共にせねばならぬことを、なんとも苛立たしく感じていたが、とはいえ――、

「転校生《チビガキ》、あそこで練習してる陸上部の二年見て。あの人、もらってると思う」

「どうしてそう思うの？　真面目そうな人じゃない」

「けど、うちのグループの先輩が前言ってた。昼休みにヘンな薬飲んでるところ見たって。それに普段から、いつでも飲めるように水のペットボトル持ち歩いてるらしいし」

彼女は、なかなか役に立った。

やはり協力者がいると捜査ははかどる。

5

「ヒメのやつ、アーシちゃんとも仲良くやってるじゃないか」

アーシちゃんは片山のつけた小宮山かりんのあだ名だ。

第二松井荘の二階にて、彼は脚を掻きつつ微笑ましく思う。

「あいつ、友達作るの下手なタイプと思ってたから心配してたんだ。安心した」

そうでなくとも七歳（自称）と十五、六歳の高校一年生では歳が離れすぎている。――しかし無用な不安であったらしい。高校生は思った以上に子供だった。精神年齢はさほど違っているように

感じない。

小宮山かりんや柴真由莉に至っては、目の前にいる転校生が小学生の姿をしているのを忘れているのではないかというほどだ。

もちろん、それはヒメが大人びているから、というのもあったのだろうが――。

「――いや、そもそもヒメのやつ、別にそういうの下手じゃないのかな？　よく考えてみれば話術の訓練くらい受けてるか」

「いえ、ヒメさんは友達作るの下手ですよ。いつもはもっとムスッとしてるし、すぐ子供同士で喧嘩しますんで」

来る途中に買ってきた揃いの座布団で、トモウチ青年は笑って答える。

「たぶん、片山さんが見てるからじゃないですかね。普段より張り切って仕事してます」

「そうなのか？」

「はい。なんというか――片山さんが一緒だと、ヒメさんはどこか子供らしくなります。きっと懐いてるからなんでしょう」

無線の向こうで、

『――かつん！　かつん！　かつん！』


と歯が鳴っていた。どうやらトモウチに『余計な話をするな』と言っているらしい。

「おっと。叱られたから無駄口なしで仕事をしましょう。今の子は、ええと――」

ヒメのリボンタイには隠しカメラが仕込まれていた。リアルタイムで転送された映像を見ながら、生徒アルバムの集合写真と照らし合わせる。

「見つけた。二年B組の後藤杏花《ごとうきょうか》ですね。学校では優等生ですが、母親が区役所の〝子育て相談サービス〟に二度ほど電話しています」

この若者、さすが諜報組織の〝コンピューターに詳しい人間〟だ。クラッキングで個人情報を丸裸にしていく。

「相談内容は、家庭内暴力といじめ加害、恐喝です。塾の子からお金を巻き上げていたとかで……。母親はスマホでも『子供　親を殴る』『子供　かつあげ』『子供　非行　教師が信じてくれない』といったキーワードで検索してます。教師にも区から連絡が行ってますが、学校では問題を起こしてないので特に指導はしてないようです」

「隠れて上手にグレてるってわけか」

「子供はいつだって大人より一枚上手ですからね。ついでに仲のいい友達も探っておきましょう。……おっ、やりましたよ！　この子の友達、SNSの鍵つきアカウントで『パパからの電話まだ？』と書き込んでます。実の父親のことは『ジジイ』『あの人』などと呼んでいるから、例の〝パパ〟に間違いありません」

鮮やかなお手並みだった。この調子なら、すぐにもバーネットの問題児リストが完成するだろう。

「書き込みの内容から〝プレゼント〟をもらった日も推測できますね。これもリストに記載しておきましょう」

「トモウチ君、たいしたもんだな。しかし、今さらだが法律違反だ」

「ははは、ですよね。だから片山さんの前でやってます」

ヒメと同じく、彼も片山を〝責任取り係〟にしていたらしい。

「ふん……。まあ、いいさ」

今さら文句を言っても始まらない。

(この仕事も、悪いことばかりじゃないしな……)

最大のメリットは、学校を覗き見できることだ。

女の子《ヒメ》が友達を作ったり、授業を受けたりという『子供の日常』を眺め続けることができる。

――とっくに失ってしまったものを、代用品ながらも、少しだけ取り戻せたような気持ちになれた。

(いや――。もしかすると本当に最大のメリットは、ヒメと出会えたことそのものかもしれない……)

しかし、口には決して出すまい。恥ずかしい。

「片山さん、いいですか？　この学校、〝パパ〟から薬もらってるのせいぜい十人ってことでしたよね？」

「おそらくな。いても、プラス一人かそこらだ。それ以上だと秘密が漏れる」

「じゃあ、次でたぶん最後です。ほら、十人目」

「やるな。想像以上に早く終わりそうだ」

「はは、すごいでしょう？　それとヒメ機関の別ルートから気になる情報が入ってます。これ、見てください」

ノートパソコンの画面には、一枚の写真が表示されていた。

「へえ……。これは驚いた」

「でしょう？」

ヒメが第二松井荘に来たのは、もうしばらく経ってからのことだ。

時間はもうすぐ夕方。日は傾き始め、空もほのかに赤くなり始めていた。

「フー疲れた。片山、お疲れ様って言いなさい」

「ハイハイ、お疲れ。飴食えよ」

昨日と同じく、ホステスの手つきで棒つきキャンディを差し出す。

今回はチョコ味。あまり好きな味ではなかったのか、しかめっ面になっていた。

「真由莉ちゃんと遊びに行くの諦めてまで捜査したんだから、もっと心の底からねぎらいなさい。

――明日も続きをするけど、まあ今日のでだいたい全部でしょ」

「たぶんな。さすがの手際だったぞ」

相槌を打ちながら片山は、新品の座布団を差し出すが――、

「……ん」

とヒメは顎で、彼の肩あたりを指し示す。

ジェスチャーの意味を理解したのは、十秒以上も経ってからだ。

「……？　ああ、上着か」

着ていたジャケットを床に敷くと、その上に幼女刑事は小さな尻を下ろした。

「気づくの遅いわよ。――で、片山はどう思う？」

「〝プレゼント〟をやってる生徒のリストを見てか？　そうだな……」

トモウチがまとめたリストに目をやりながら感想を述べる。

「当たり前だが、全員、素行の悪いガキどもだな」

「ほんとに当たり前のコメントね」

「だが、一目でわかる悪ガキだけじゃない。見た目は普通なのにコッソリ悪さをしてるような小賢《こざか》しい子も混じってる。万引きに、いじめに、カツアゲ、喫煙……」

「びっくりよね。よく調べてるわ。どうして〝パパ〟は、こんなに生徒のことに詳しいのかしら？　こんなの外部の人間にできることじゃないわ」

そう。外部の人間には無理だ。

——さらには、もう一つ気になる点がある。少女たちのスマホをハッキングしてわかったことだ。

「知ってるか？　〝パパ〟のやつ、ここしばらく〝プレゼント〟を配ってないそうだ」

「そうなの？」

「何人かのガキが、メールやＬＩＮＥで文句を言ってた。普段ならそろそろもらえているらしい。こんなに間が開いたのは初めてなんだとさ」

おかげで〝プレゼント〟の常用者かどうかを判別するいい手がかりになった。不平を漏らしてる女生徒は全員クロだ。

「……？　何かの事情で〝パパ〟が身動き取れない？」

「そうだ。そこで、お前が留守のうちに入ったネタだが——」

ここで片山の合図にて、トモウチ青年が芝居がかったタイミングでノートパソコンの画面を見せる。

窓からの盗撮画像だ。高級中華料理店の個室で、二人の男が歓談していた。

「メールの添付画像を見ろ。警視庁《ホンシャ》の組対から回ってきた写真だ。——右のオッサンはバーネット高等部の校長だぞ」

「知ってる。転校の手続きをするとき、この人、わざわざ直々《じきじき》に挨拶しに来たもの。子供相手に媚《こ》びた笑顔でペコペコしてたわ」

多額の寄付金をチラつかせたおかげだ。渡した小切手は換金できない架空銀行のものだったが、来週まではバレないようになっていた。

「じゃあ隣はどうだ？　一緒に写ってる髭面《ひげづら》のブサイク、知ってるだろ？」

「ふうん……。ええ、もちろん憶えてるわよ」

シャブジローこと雉原次郎。

大阪竹河会系の三次団体、雉原組の組長——否、〝故〟組長だ。

「こないだ私が殺した組長じゃないの。学校と関係あったの？」

「この校長は学校法人の理事でもあるが、立場を利用して組織的な裏口入学ビジネスに手を染めてる。雉原は大学時代の親友だとかで、客探しとアフターケアで一枚噛んでた」

もし裏口入学の件で、校長が客に脅された場合、あるいは客が第三者に脅された場合、武闘派で知られたシャブジローが逆に脅迫し返す。——これが、この場合の〝アフターケア〟だ。

「あのヤク中組長に客探しなんかできたのかしら？　それに大学ですって？　意外ねえ」

「詳しいことは知らないが、数少ないドラッグと暴力以外のシノギだったんだろ。——けど、俺の言いたいことはわかるな？」

「ええ。シャブジローだもんね」

〝プレゼント〟は雉原組が用意したものだったのではないか？

あの組は上部組織からドラッグの取り扱いを黙認されている。検査に引っかからないマイナーな麻薬を調達できてもおかしくはない。

それに校長――。外部の人間にはわからない生徒たちの事情も、学校内部の人間ならば話は別だ。

「〝プレゼント〟がしばらく配られてないのは……抗争の準備をしてたのと、私が組長を殺したから?」

「辻褄《つじつま》は合うだろ? つまり――」

「校長と雉原組長《シャブジロー》が〝パパ〟ってことね。やるじゃない片山。お前が真相突き止めたの?」

「いいや……」

そう言われると気恥ずかしい。

実際にはヒメ機関から送られてきた情報に、多少の推理と分析を加えただけだ。しかし横に座っていたトモウチ青年は、

「そうですよ。片山さんのお手柄です」

と、いつものように笑っていた。

「よせよ、トモウチ君。お世辞で持ち上げられても困る。君ら機関の情報だろ」

「ですが、僕より早く答えを出しました。貴方こそ謙遜する必要はありません。僕らの世界じゃ自己評価の低さは、慢心以上に死を招きます」

「そうかい? なんだか照れるな……」

「片山、トモウチ! お前らイチャイチャしてんじゃないわよ、気持ち悪い。……でも実際、片山は役に立ってるわ。思った以上にね」

所轄署とはいえ、もとは薬物と少年事件の担当者だ。今回の事件にはピッタリ嵌る人材だったということらしい。

「役に立ったからご褒美あげるわ。口開けて」

「口？」

返事をした刹那《せつな》。わずかに開いた彼の口に、突如甘ったるい味が広がった。

チョコ味だ。

ヒメが自分の咥えていた棒つきキャンディを突っ込んだのだ。突然の行動なので反応できず、何が起きたのかも一瞬理解できなかった。聞き込みでチンピラどもを骨折させた予備動作なしでの攻撃だった。

「おい《ふぉ》、汚《ふぃはは》いな⁉」

口に飴が入っていたため、間の抜けた発声になってしまった。

「ふふン、傷つくから汚いなんて言うもんじゃないわ。それあげる。もったいないから最後まで舐めちゃって」

「何がご褒美《ふぉうひ》だ……。好《ふ》きな味《あひ》じゃないから俺《ふぉれ》に押《ほ》しつけただけのくせに」

「でも間接キスよ。喜びなさい」

片山は何か言い返してやろうと思ったが、そのタイミングで――、

――RRRRRRRRRRR

ズボンのポケットでスマホが鳴った。

基本《デフォルト》の着信音。番号も見知らぬものだ。

「はい《ふぁ》、誰《られ》です？」

『――片山クン？　ボクだよボクゥ。どうした、虫歯でもできてるのかい？』

「室長《ひふひょう》!?」

室長の美波からだった。ずっとヒメとばかり行動していたので忘れかけていたが、彼の直属の上司はこの横領犯になる。――片山は慌てて口から飴を出す。

「これは失礼いたしました!」

『――いやいやいや、いいんだよ。何か食べてたんだね。遅めの昼ごはんかい? それとも、まさかこんな早くから晩ごはん?』

「いえ、そういうわけでは……」

『――ホント? だったらよかった。夕食まだなら今夜一緒にどうかと思ってねえ。ボク、いい店知ってるんだ。キミんちからも近くだよ。どう?』

「それは構いませんが……」

『――よし、決まりだ。あ、そうそう。悪いけどヒメちゃんは呼ばずに一人で来てよ。お店の場所はあとでメール送るから』

美波は用件を言い終えると、一方的に通話を切った。

「なあに、片山? 今の美波?」

「ああ。よくわからないが一人で来いとさ」

「私抜き? ふうん……。じゃあ、きっと女の子のいるお店に行きたいのね。アジアンパブか熟女キャバクラよ。美波、そういうとこ大好きだもん」

知っている。十二億四千二百万円貢ぐくらいの愛好家だ。

一方で片山は、その手の店は正直あまり好きでない。むしろ苦手としていた。――妻に操を立てているというわけでなく、独身時代から行く習慣がなかっただけだ。

そもそも性格が社交的とは言えぬためホステスと話をしても盛り上がれない。キャバレーやクラブというものは楽しむのにそれなりの才能を必要とするものだった。

「俺、キャバ系の店なら断りたいんだが」

「あら、上司の誘いを断るなんてサラリーマン失格よ。いいから行ってらっしゃい。許してあげるから、せいぜいモテてくるといいわ」

「まあ、お前がそう言うなら……」

ヒメに許してもらう理由などなかったが、たしかに『上司の誘いを断るなんてサラリーマン失格』ではあるのだろう。

片山は誘いを受けることにした。——おそらく気のせいではあるのだろうが、幼女刑事はどこか不機嫌そうにも見えた。

6

中野駅前、夜八時。

新宿から中央線で約五分。交通の便がよく、周辺には小洒落たレストランや富裕層向けのマンションも多い。——なのに、どこか突き抜けきれない雰囲気の街だ。この中野は、シケた若者とハジケてない大人の住む土地だった。

片山は繁華街のビルの二階に、待ち合わせの店を見つける。夕食という話であったが明らかに食事向けではない店構えだ。

（どうせ『ホステスがいる系の店』とは思ってたが……）

とはいえ予想を遥《はる》かに超えていた。

――〝CLUB　中野にゃんにゃんメイド女学園〟

テレビアニメのキャラクターを無断使用した看板が、ライトで眩しく照らされている。無論、私立バーネットと違って本物の女子学校ではない。

店に入ると中は薄暗く、なのにピンクの照明とミラーボールがびかびか毒々しく瞬いていた。

「連れが先に来てるはずなんだが」

「こちらのＶＩＰルームです」

眩暈《めまい》がしそうな光の洪水の中、奥の個室へ案内されると――、

「おっ、来た！　こっちだよォ、片山クン！」

「室長……」

美波はトップレスのホステス二人をはべらせながら、先に一杯やっていた。

「さ、片山クン、座って座って！　女の子、そっちに一人行って！　ええと……キミじゃなくて、むこうの子が彼についてよ！　ボクは理解のある上司だから、オッパイ大きい方を部下に譲ってあげるよォ！」

「いえ、おかまいなく……。この店、何なんです？」

「何って――見てわからないかい？　世間では『おっパブ』とか『セクキャバ』と呼ばれてるタイプのお店だよ。キミぃ、こういうところは初めてかね？」

「ええ、まあ」

実を言えば、来たことはある。それも、まさしくこの店に。

三年ほど前のことだ。違法営業のタレコミがあり、隣の署と合同でガサ入れをした。

当時は別の店名であったが内装は今と全く同じであった。

「いいからキミ、さっさと座りたまえ。上司の命令だよォ？　ほら、オッパイ揉んで！　キミが揉まないと女の子が叱られちゃうんだぞ？　可哀想だと思わないのかい。ボクら警察官なんだから人助けと思ってどんどん揉まなきゃあ」

「はあ……」

この上司、こんな店だというのに警察官だと身分を明かした。

（何を考えてるんだ……？　それとも何か考えがあるのか？）

あるいは単に酔っているだけなのかもしれない。——席に座ると、顔は地味だがバストサイズは軽く九十を超すホステスが、乳房を彼の顔面に押しつけてきた。

この手の店には興味の薄い片山だったが、女体に興奮を覚えぬというわけではない。煙草と消毒液の匂いの染みた豊かな胸が、柔らかに彼を包み込む。

「どうだね片山クン、どんどん揉みたまえ。そして乳首も吸いたまえよ。ここは高級店だからね、何も心配せずに遊べる。——キミは高級店とそうでない店って、どこが違うかわかるかい？」

「違い？　女の子が美人かどうかですか？」

それとも店内の豪華さや、出している酒の違いか？

どちらにせよ、今自分たちのいる〝中野にゃんにゃんメイド女学園〟が高級店とは思えない。ただでさえ『中野のキャバクラ』といえば『銀座のクラブ』の対になる低ランク店の代名詞であったが、特にこの店は内装や調度が安っぽく、酒も業務用ウィスキーを限界まで薄く水割りにしたものだった。

女の子も……顔を埋《うず》めているこの乳房には悪いが、決して美女とは言いがたい。

（サービス、と言いたいのか？　合法の範囲ならいいが……）

風営法を逸脱したサービスをしているなら、さすがに捨て置くわけにはいかない。警察官として黙って楽しむような真似はできなかった。

――だが美波の答えは、いずれとも違った。

「ははは、まだまだ若いねェ。女の子がどうとかなんて、そんなの誤差だよ誤差。店の格とは関係ない」

「……？　じゃあ何が違うというんです？」

「フフフ、高級店とそうでない店の差はねェ……」

かつて水商売の女に十二億四千二百万使った男は、嬢の乳首を弄《いじ》りつつ答えた。

「口の堅さ、だよ」

意外な解答だ。

「口……ですか？」

「そう。銀座の超一流店では、秘密を女の子に喋っても決して外部に漏れたりしない。書類の封筒を置きっぱなしにしたって中を覗く子は誰もいないし、芸能人がテーブルでいきなりセックスをおっぱじめようが週刊誌にチクられない。そこいらのスパイにさえ内緒にできる。――だから政治家や経済人、有名タレント、裏社会の大物なんかが、安心して飲みに行けるってわけだ」

「この店もそうだと？」

「ウン。秘密の話をしても絶対他人に知られない。盗聴の対策もしてある。中野じゃ唯一の〝高級店〟だよ」

「……なるほど」

片山は、やっと理解した。

美波室長はこの店で、秘密の話をしようとしていたのだ。他人に知られたくない──スパイにも隠しておきたい内緒話を。

(……つまり、ヒメたちのことだな)

ヒメやトモウチたちに知られたくない件がある。──この上司は遠回しにそう告げていた。

「室長、それはどんな──」

「待って待って、慌てるもんじゃないよォ。そろそろ〝もう一人〟が来るはずだ。それまでオッパイを楽しもうじゃないか。……おやっ、音楽が変わったけど、これフィーバータイムなんじゃないの？　女の子たち、早く始めて！　片山くん、フィーバータイムってわかるかな？　今から三分、もっと過激なサービスを受けられるんだよ。はぁいフィーバー、フィーバー」

「あ、いや……」

美波の言う〝もう一人〟が来たのは、そのフィーバータイムとやらの真っ最中のことであった。

「お楽しみ中、失礼する……。美波さん、ひどい店を選びましたね」

お堅い黒のスーツに、整髪料で固めた面白みのない髪形。そしてピリピリと神経質めいた険しい顔つき。やたらシャキッと伸ばした背筋といい、立ち居振る舞いは服装以上に堅苦しい。──まだ三十代でありながら一挙手一投足に若僧めいた隙がなく、ひりつくような緊張感を全身から漂わせていた。

業界内部の人間ならば一目でわかる。彼は警察官……それもエリート警察官僚だ。この特有のオーラ、出世コース邁進中《まいしんちゅう》のキャリア組以外にはあり得まい。

ただし、片山が瞬時にそこまで見抜けたのは、オーラ以外の理由もあった。

「片山、久しぶりだな」

「斉藤《さいとう》先輩⁉」

顔見知りだ。高校時代からの知己だった。

ひどく苛ついているようだったが、それは知り合いでなくともわかることだ。


斉藤友則《とものり》は三十四歳。片山より二つ年上になる。——階級は警視で、美波と同じだ。難関の国家I種に合格し、入庁後も順調にキャリアを重ねた超エリートだけが、この若さで金の土台に三本ラインの階級章を襟にすることができるのだ。

そんな彼の所属は、警務部監察官室。

警官ならだれもが恐れる〝鬼の監察〟の一員だった。警察内部の不正を摘発する部署であり、第八別室のような非合法の部署にとっては天敵とも呼べる存在だろう。

「美波さん、片山と二人で話したいんだが」

「ええ、そりゃもう！　ホラ、女の子たち、こっち来て！　さ、キミたち、向こうでボクらだけで遊ぼうねェ」

やはり天敵には弱いらしい。美波室長はホステスを連れて、VIPルームから逃げるように去っていく。——年下の同階級を相手に、彼はどのような感情であったのだろう？

『生意気な』と憤っていたのだろうか？　それとも『女の子を独り占めできてラッキー』くらいに

思っていたのだろうか？　見た目だけなら後者のようだが、実際はどうであるのか片山にはわからなかった。

美波とトップレス嬢たちがいなくなり、部屋には片山と斉藤の二人きり――。

「……片山、お前には呆れたぞ」

やはり怒っていた。憤怒と言ってもいい。感情が高ぶるほど語調が静かになるのは、この先輩の昔からの特徴であった。

「あ、いえ――。この店は美波警視が選んだので、仕方なく……」

斉藤とは、高校剣道部からの縁になる。卒業してからも公私共に世話になり、結婚式ではスピーチも頼んだ。独身でなかったら仲人もやってもらっていたはずだ。

亡き妻とも面識のある恩人に見苦しい姿を見られ、片山はばつの悪い思いをしていたが……、

「いいや、呆れたのは別の件だ。『若い女の子』の話ではあるが、水商売の女でなく――お前と同じ職場の女だ」

「同じ職場の？」

つまりは幼女刑事ヒメの件だ。あれより若い女は他にいまい。

「じゃあ先輩は、第八別室をマトにする気なんですか？」

「いずれな。そのうちだ。今日はお前だけ救いに来た」

幼女刑事とヒメ機関は総理肝《きも》入りの国家事業だ。既に多額の予算がつぎ込まれ、その存在は国防や外交といった様々な政策とも絡んでくる。

警視庁の監察とはいえ、たかだか地方官公庁の一部署に手出しができるはずもない。だが――、

（いずれ、ということは、監察官室は幼女刑事を敵視してるのか……）

否、監察官室だけではあるまい。日本の警察機構内部に、ヒメたちを疎ましく思う者たちがいるということであろう。

当然といえば当然だ。毎年百億円もふんだくられ、非合法の諜報活動に協力させられていたのだから。歓迎すべき理由は一つもなかった。

「ですが、俺だけを救うというのは？」

「言葉通りだ。今すぐ、くだらない007ごっこから抜けろ。このままでは取り返しのつかないことになるぞ」

「つまり、ヒメの相棒をやめろと……？」

「他にどんな意味がある？　あの子が何人殺しているか知っているのか？」

合計は知らないが、片山が知っているだけで既に三人。——幼女でなく大人なら、とっくに死刑の人数だった。

「今のままでは、お前も死ぬぞ？　ヤクザや犯罪者から仕返しで殺されるか——それとも、あのちびっ子スパイが何かヘマをした際に、責任を押しつけられて刑務所に行くかだ」

「ですが……」

「何が『ですが』だ。……いや、よく考えたらお前は刑務所に入ることはないな。間違えた。熱くなって刑訴法に反した発言をしてしまった。お前は、あの子供ボンドの代わりに死刑になる。死刑囚は拘置所から直行なので刑務所には行かない。——あるいは死刑や刑務所どころか、そもそも裁判にすらかけられない可能性もある。ことが公になる前に、口封じで消されてな」

「さすがにそこまでされるはずは——」

「ないと思うか？　設立に一千億、維持に年間百億かけてる国家の重大機密だぞ。殺しに来るのも下手をすれば……あの子自身《ヒメ》だ」

ヒメに、口封じで暗殺される――。

あり得ない……とは言い切れぬ。そのための諜報工作員、そのための幼女刑事だ。国内の組織で困難な任務は、彼女のもとへと回される。

（……いつかの狙撃銃《チェロ》で、撃たれるってわけか）

そのときヒメの隣には、別の〝責任取り係〟がいるのだろうか？

「片山、俺はお前を助けたい。お前が死んだら俺は悲しい。お前が妻子を亡くしたときには敵《かな》うまいが、きっと何日も泣くはずだ」

「先輩……。ですが、どうやって？　俺は正式に第八別室での勤務を命じられているんですよ。警察を辞めろと言うんですか？」

「いいや、辞職はしなくていい」

斉藤は、鞄からＡ４封筒を一枚取り出す。その中身は――。

辞令
令和二年十一月十二日付をもって現職の任を解き、十一月十三日より、下記のとおり勤務を命ずる。

記

警視庁第四方面本部所属　北杉並警察署　生活安全課第一係　係員として

「人事に手を回した。明日から、もとの署に戻れ」

以上

幕間　三

(やっぱり、悔しい……。ムカついて寝られない)

三十五歳の山田某は、昨日の〝三千円ちゃん〟に思いを馳せる。

今日も彼女の姿を見たが、どこか雰囲気が違っていた。――言うなれば『どうしても欲しいものがあって客を探したものの、お金を稼いで実際に買ってみたら想像と少し違っていた』というような様子であった。

値段も、今となっては三千円では済むまい。

(まあ、いいさ……。どうせ、手を出すべきでない子なんだ)

女子高生マニアとして長くやっていくためには自制心が必要だ。家や職場の近くでは迂闊なことをするべきではない。

まして、あの三千円ちゃん――一年A組の小宮山かりんは顔見知りだ。多少変装したところで、すぐに山田だと気づかれるだろう。

それに生活態度がでたらめな生徒だ。あの子が可愛らしいピンクのサドルの自転車で通学しているのは知っていたが、放課後の遊びの予定によってはバスや電車で登下校することも多い。昨日に引き続き今日もあのピンク色を見ていなかった。

ひょっとすると自転車通学自体をやめてしまった可能性すらある。前に『不良に自転車は似合わないから、バス通にしようかな』と、別の子に話しているのを聞いた。——だとすれば、どの道お宝は手に入らない。固執するべきではないだろう。

（我慢しなきゃ……。うちの学校の子だ）

酸っぱい葡萄《ぶどう》だ。諦めなければ。

第六章

1

ヒメから離れ、もとの生活安全課の刑事に戻る——。

それは片山にとって、あまりに意外な申し出だった。

「片山、不服か?」

「いえ、そういうわけでは……」

不服、とは違う。ただ戸惑っていただけだ。今さら古巣に帰るなど想像すらしていなかった。

(俺が、もとの俺に……?)

ヒメたちのいない、三日前の自分に戻るというのか?

「どうした、喜ばないのか? それとも、やはり嫌なのか? 生安に戻りたくないというのなら、お前は今後どんな人生を歩む気だ? 定年までミニ007の子守りをする予定だったのか?」

指摘され、このとき初めて気がついた。片山は『先の人生』というものを一切何も考えていなかったのだ。

興味すらなかった。もしかすると、未来を持つこと自体を拒否していたのかもしれない。——先ほど斉藤の語った『責任を押しつけられて逮捕され、ヒメの手で暗殺される』という結末こそを、心の奥底で望んでいたようにすら思えてきた。

自分はここまで破滅的な人間であったのかと、彼は自身に驚かされる。

「片山、お前はまだ三十二だ。平均寿命の半分も生きていないし、定年までの半分も働いていない。その場その場で無計画に生きるのは緩やかな自殺と変わらんぞ。死ぬのは皆で止めたはずだ」

「斉藤先輩……」

二年前、妻子を亡くして思い詰めていた彼を止めたのは加山後輩とこの斉藤だ。いわば命の恩人と言える。今の言葉は重かった。

「それとも、まさか仇討《かたきう》ちをしたいのか？　ちびっ子スパイの手で、ヤクザや犯罪者を殺させようと？　それで積極的に協力しているのか？」

「仇討ち……？　いや、まさか――」

だが、これまた、はっとさせられた。

『ヒメを利用して、犯罪者どもに復讐する』――自分で意識はしていなかったが、心のどこかにそんな気持ちがあったのかもしれぬ。

だとすれば決して正しいことではない。自称七歳の子供に罪を犯させ、憂さ晴らしをしていたというのだ。自分は手出しせず、ただ横で見ているだけで。

（他人にだけ手を汚させている俺は卑怯者だ……。しかも、あんな――純香と同じ歳の子供に）

あるいは幼女《ヒメ》に犯罪者と戦わせることで、我が子が自ら復讐している姿を無意識に夢想していたとでも？　だとすれば、いっそう最低だ。ヒメは死んだ純香の代理であるのか？

（俺は……間違ったことをしていたのか？）

目の前がぐらぐらと揺れる。真っ直ぐ立っていられない。まるで大地震に遭ったようだが、揺らいでいたのは片山自身だ。

冷徹な監察官室員は、怯えた瞳の後輩にさらなる一言を浴びせかける――。

「片山、気づいているか？　ヒメ機関と呼ばれる諜報組織が設立されたのは約二年前……。ジュンちゃんたちの事故と同時期だ」

「……？　だから、何です？」

「あの事故、どれほど調べても原因不明のままだった。当時、皆も言ってたはずだ。『もし誰かの細工というのなら、これは素人《しろうと》の手口ではない』と――」

「だから……だから、何なんです⁉」

「……これ以上、連中には近づくな。お前のためだ」

「……っ？　先輩！」

妻子の死に、ヒメたちが関わっている――。この男は、そうほのめかしていたのだ。警察内の極秘情報が数多く集まる監察官室の斉藤が。

（そんなはずが……‼　刑事の家族がスパイ組織に殺されるなんて、そんなことあるはずがないだろ⁉　日本だぞ？　そもそも、どんな理由で！）

だが、この先輩は根拠もなく突飛な話をするような人間ではない。

何らかの事実を知っていたからこそ片山に教えてくれたのだろう。そもそも『日本だぞ』とはいうが、ヒメたちはその日本国内で堂々と法を破っているではないか。

「先輩、どういうことなんです……？　嘘ですよね⁉」

「悪いが、俺に言えるのはここまでだ。――どちらにしても、お前にはもう無関係な話だ。人事から辞令が出てるのだからな。明日から、もとの日々に戻れ」


足元が、ふらつく。

片山は一人で店を出た。斉藤は『送ろうか』と申し出てくれたが断った。今すぐ一人になりたかったからだ。ちなみに美波は送るどころか声さえかけてくれなかった。もう部下でない男よりも目の前のオッパイが大事ということか。彼らしい。

(足が……まっすぐに歩けない……)

視界の揺れも止まらない。薄い水割りのせいでなく、心理的な要因だ。当然であろう。ショッキングな言葉をあれほど立て続けに投げかけられたのだから。

(明日から、また北杉並署?　いきなり007の相棒になれと言っといて、三日で前の部署に戻れだと?)

『007の相棒になれ』も『やはり戻れ』も、どちらも人事からの紙一枚で命じられたことだ。どれほど自分を振り回すのか。それに——。

(ヒメが、純香たちを殺した……?　そんな馬鹿な?)

いや、『殺した』とまでは言っていない。

だが斉藤によれば何らかの形で関与している可能性があるという。信じがたい話だ。

(俺には、もう何もわからない……)

何が正しいのかも、今後どうすればいいのかも……。

背後でクラクションがププーと鳴った。

「片山さん、乗ってきますか?」

振り返ると、タクシーが徐行していた。しかも運転手は知った顔だ。

「トモウチ君……。尾行してたのか?」

「ええ、まあ。諜報組織のメンバーですから」

「答えになってるような、なってないような返事だな。さすが『あるときは運転手』だ。──まさか店での会話、聞いてたのか? 本当はそこいらのスパイでも盗聴できないものらしいぞ」

「聞いてましたよ。ははは。僕ら、そこいらよりは優秀ってことらしいです」

『中野唯一の高級店』も形無しだ。

「それじゃ片山さん、後ろに乗ってください」

「いいや、家まで歩くよ。一人でいろいろ考えたい」

「うーん……僕の言い方が悪かったですかね。いいですか、よく聞いてください」

常ににこやかだった青年は、急に声のトーンを下げ、告げた。

「……乗れ。こっちは銃を持っている」

脅迫だ。

口元は、珍しく笑っていなかった。逆らえば本気で撃つ気だ。

2

中野の繁華街から片山のマンションまでは、車でほんの五分の距離だ。歩いても十五分とかからない。

にもかかわらずトモウチの運転するタクシーは、わざわざ首都高へと上がっていく。

「ひどいぼったくりタクシーだな?」

後席でぼやいていると、いつも愛想のいい青年が妙に冷たい語調で返事をした。

「悪く思わないでください。片山さんと最後にゆっくりお話をしたくて」

ミラーに映る瞳も氷のようだ。

『最後に』ということは、やはり会話の内容を把握していたということになる。おっパブの盗聴防止など当てにならない。

「お話? どんな話だ?」

「機密保持の話です。貴方にはしばらく監視がつきます。――もし幼女刑事および我々ヒメ機関についての情報を漏らしたら、僕らは貴方を始末します」

「物騒だな。おまけに理不尽だ。ヒメはチンピラに存在を見せまくりなのに」

「ええ、まあ。諜報工作員ですから。スパイというのは物騒かつ理不尽なものです」

「違いない……。漏らさないよ。どうせ関係者以外は信じないさ。頭がおかしくなったと思われる」

「ご協力感謝します。明日からは、もし町で会っても声をかけたりしないでください。僕にも……それに、ヒメにもね」

「…………わかってる」

「お別れすることになって残念です。片山さんには僕らの仲間の素質があります。頭が切れて勘も働く――それに、異常な状況を柔軟に受け入れることができる。我々の業界ではたいへん価値のある才能です。簡単なようで普通はできない」

「なあに、俺にとっては普通の現実こそが受け入れがたいものだからな……。異常な状況の方が居心地よかった」

「はは。本当にスパイ向き――それに、スパイの相棒向きだ。お世辞でもなんでもなくて本気です。今さら意味はないですが」

「そうか。今さら意味はないけど嬉しいよ」

「さっきの斉藤警視の背後《バック》には、一部の警察官僚や与党政治家といった、僕らを嫌ってる連中がいます。片山さんを前の部署に戻したのは先輩としての温情もあるのでしょうが、同時に僕らへの嫌がらせです」

〝責任取り係〟がいなくなれば、後任が決まるまでヒメは派手な行動が取れなくなる。その間に警察が手柄を横取りしてもよし。あるいは単なる妨害に徹して七歳児にストレスを与えてやるもよし。この手の陰湿なやり口は日本警察のお家芸だ。

「残念ですよ。校長が真犯人《パパ》だと判明した直後なのに。きっと斉藤警視たちは、後任が簡単に決まらないよう、また人事に手を回してくるでしょう。ウチとしては散々です」

「君らも大変なんだな。――だが、それより最後に一つだけ言わせてほしい」

「……なんです？」

訊き返しつつも、トモウチはすぐに何かを察したらしい。こんなときに話すことなど、普通はただ一つしかあり得まい。

「ああ、そうですよね……。『なんです？』なんて愚問でした。奥さんとお子さんのことですね。答えはNOです。僕には立場上、それだけしか言えません」

青年の言葉が真実なのか、片山には判断のしようもない。

諜報工作員は嘘をつくのも業務のうちだ。口で『NO』と言っていようが真実とは限らない。逆に『YES』でも同じこと。拷問や自白剤でもわかるまい。とはいえ——、

「……いいや、言いたいのは別のことだ」

そもそも前提からして違っていた。

無論、二年前の真相も知りたい。——しかし、今しようとしていたのは違う話だ。

「……？　違うんですか？　じゃあ何です？」

片山は思った。もしかすると自分は非人間的で身勝手な人格の持ち主なのかもしれないと。このタイミングで非業の死を遂げた妻子より優先したい話があるとは、さすがに常軌を逸していた。しかも、極めて口にし難い内容だ。

だが、彼は思い切ってトモウチに告げた。

「ヒメに、よろしく……。伝えてくれ、『お前のおかげで救われた』と」

「片山さん……」

照れ臭い。だが、あの自称七歳児と出会わねば、ずっと刑事の死体のままだった。それを思えば感謝しかない。

「本当は、前の部署になんか戻りたくない。もう少しだけでもいいからヒメや君と一緒にやっていきたかった」

「……それは、寂しいからですか？」

「もちろんだ。ただ、それと同じくらい——今の事件を解決したい。〝パパ〟を逮捕し、ヤク中にされてる子供を一日も早く助けたい」

「そうですか……。片山さん、ご立派です。理想的な警察官の回答でした。——少なくとも理想的な〝幼女刑事の相棒〟の答えです。ヒメさんへの感情を明かし、同時に自らの正義感も示す。貴方は惜しい人材だ。僕らの仲間向きです。ただ……」

「ただ、何だ？」

「別れの言葉は早いですよ。ヒメさんに直接言えばいい」

「……？　ああ、そうか。あいつ、まだ家にいるんだったな。帰ったら顔を合わせることになる——。君の前で恥ずかしいことを言って損した」

辞令が出たので、もう会えないような気分になっていた。

しかし、まだ本人に別れを告げる機会はある。片山はそのことを指摘されたのかと思ったが……、

「いえ、そうじゃありません」

どうやら違っていたらしい。

「どうします、ヒメさん？」

「ふふン、なかなか泣かせてくれるじゃない」

助手席から、急に耳慣れた声がした。

そういえばシートに何やら布がかぶせてあった。動揺と緊張でこれまで疑問に感じる余裕もなかったが、中身はなんと——。

「ヒメ⁉　いたのか！」

幼女刑事、八代ヒメであったのだ。

「ええ、いたわよ。気配消すの上手でしょ？　よく同業者からも褒められるの。――もちろん、お前の恥ずかしいお別れの言葉も聞いてたわ」

「そうか……」

ならば、むしろよかった。

自然に想いを告げることができた。面と向かって別れを言える自信はない。

「片山、お前の気持ちはよくわかったわ。行きましょ」

「行くって、どこにだ？」

「そうね、まずは――トモウチ、予定通りそこのＳＡ《サービスエリア》に入って」

サービスエリアの駐車場には、いつものＮＳＸが停められていた。後部が微妙に沈んでいるのを見るに、トランクには何か重いものが積まれていたらしい。

「……いつかの〝チェロ〟を積んでるのか？」

「いい観察眼ね。さっきは私に気づかなかったくせに。でも正解。中身はチェロ。――それと別の楽器も。どんな演奏するか決まってないからいろいろ用意しといたの」

この場合〝楽器〟は銃。

〝演奏〟は、銃を使うことを指す。

「行くわよ。ＮＳＸに乗り換えて」

「だから、どこに？」

「バーネットの校長――つまり〝パパ〟のところによ」

「……？　どうして？」

「決まってるでしょ。逮捕に行くの。お前、言ったじゃない。『今の事件を解決したい。〝パパ〟を逮捕し、ヤク中にされてる子供を一日も早く助けたい』って」

「だが、俺はもう……」

「お前、さっきからそそっかしいわよ！　ちゃんと辞令読んだ？　『令和二年十一月十二日付をもって現職の任を解き、十一月十三日より、下記のとおり勤務を命ずる』よ。日付、明日からになってるでしょ？　『明日』っていつから？　それまでお前はどこの人間よ！」

「あ……っ！　そうか、そうだな……!!」

車の時計は、二十一時四十分。

深夜零時までの残り二時間二十分間、彼はまだ総務部第八別室の所属――幼女刑事の相棒だった。

「片山、助手席乗って。飛ばすわよ」

「わかった！」

3

この事件を解決できれば、きっと自分は変わるはず。

北杉並署の生安課に帰っても、もとの〝刑事の死体《ズルケイ》〟には戻らずに済む。これからは生きた刑事――否、生きた人間として、人生を過ごすことができるはずだ。片山は確信していた。根拠はなくとも自分でわかる。

それを思えば、さほど別れはつらくない――。

ヒメも同じであったに違いない。子供靴の小さな足が、アクセルを底まで踏み込んでいた。

「……ヒメ、ありがとな」

「ふふん、バーカ。まだ早いわ」

——時間は、ちょうど二十二時。

NSXは、新宿区の西端近くにあるマンション前で停車する。

二十階建ての高級タワーマンションだ。いかにも悪人や見栄っ張りが好んで住むようなタイプの住宅だった。

「そういや片山、銃使える？」

「訓練は受けてる。成績は……まあ、中くらいだ」

「じゃあ、あとは『度胸』と『臆病さ』でカバーね」

度胸と臆病さでカバーとは、なんとも矛盾した言葉だ。だが現場を経験した刑事の片山には納得できる。この相反する二つを兼ね備えていなければ、犯罪と戦うことなど不可能だった。

「銃、これ使って」

ワルサーPPS。口径九ミリ、装弾数七。角張ったデザインの玩具《がんぐ》めいた拳銃だ。樹脂《プラスチック》フレームがピンク色をしたヒメ用モデルであったため、よりいっそうオモチャに見えた。

だが見た目に反して高い性能と信頼性を誇っており、なおかつ小型で軽量。映画で007が使ったこともある。ヒメには相応《ふさわ》しい銃と言えよう。

「お前はどの銃使うんだ？　こないだのチェロか？」

「そうね、思い出のチェロにしましょう。あと、せっかくだし、おそろいのも」

そう言ってヒメはトランクから見覚えのあるチェロケースと、さらにもう一丁、拳銃を取り出す。

色違いの同じワルサーPPS。フレームの色はファンシーなパステルブルーだ。

「交換しろよ。男なのにピンクは嫌だ。そっちがいい」

「だーめ。こっちの方がお気に入りなの。──ほら、これ持って」

手渡されたチェロケースは、心なしか前より軽かった。今回は長距離狙撃でないため装備がいくつか少ないのだろう。

「行きましょ。〝発表会〟よ」

最初の夜を思い出す。──いや、あえて再現しようとしていたのだろう。

二人はマンションの正面入り口から突入し、そのままエレベーターに乗り込んだ。オートロックは意味を持たない。一般住宅のキーなど偽造は容易い。暗証番号も入手済みだ。

「見て。エレベーター、監視カメラついてるわよ」

「じゃあ変な顔しないとな」

おたふくとひょっとこの真似をしながら、校長の住む十二階へと上がる。

その後、顔を戻してから銃を後ろ手に隠しつつ、目的の部屋の呼び鈴を押した。

『──誰だね？』

ここでの対応は片山の役目だ。インターホンのカメラに深々と頭を下げる。

「近所の者です。申し訳ございません……。うちの娘が悪戯で、そちらの玄関ドアに落書きをして……」

『──落書き？』

古典的だが、効果的な手法だった。

部屋の住人は落書きとやらを確認すべく、ドアを開けて顔を出す──。

「それで、どこに悪戯したって？」

校長本人だ。奇《く》しくもヒメのとよく似たナイトガウン姿であったため、片山は思わず吹き出しそうになる。その態度にヒメは顔をむすっとさせた。

一方、当のガウンの熟年男は、表にいた親子が『マンションに似つかわしくない安スーツの父親』と『見慣れた制服姿の娘』という不自然な取り合わせであったため、訝《いぶか》しげな表情になる。

「うちの学校の制服……？　それに、その子――。もしかして君、この前の転校してきた子かね？」

「さっすが教育者。私の顔、憶えててくれたんですね」

むしろヒメのように印象的な容姿の転校生を、瞬時に思い出せぬ方が問題であろう。

「――で、こんばんは校長先生。悪いけどお部屋に入れてくれません？」

「中に？　なぜだ？」

「私たち、銃を持ってるからです」

ヒメと片山は、後ろ手に隠していた拳銃を見せる。――が、フレームがピンクや水色に着色されていたため校長は、

「……オモチャかね？」

ただ顔を、きょとん、とさせるのみであった。父親役の片山は、つい苦笑い。

「ヒメ、しくじったな。ちゃんと黒い銃にするべきだった」

「ちぇっ。でも、この色は私の個性よ。先生《おとな》はわかってくれないのね」

「髪染めた言い訳みたいなこと言うな」

「ま、とにかく本物よ」

軽口を叩きつつヒメは――、

——ぱあんッ
引き金を引いた。

足元の床に穴が開き、破裂音が廊下に響き渡る。

いくら防音性に優れた高級マンションとはいえ、近隣にも銃声は聞こえていよう。

「な……な、なんだね⁉　本物か！」

校長は恐怖で尻餅をつき、そのまま床にへたり込む。ガウンの裾がまくれてブリーフが丸見えになっていたが、もうすぐ還暦のはずなのに意外と洒落たデザインだった。

「校長、先月ここに引っ越してきたんですって？　さては仲間のヤクザから買ったんでしょ。——言っとくけど誰も警察呼ばないわよ。この建物、どの部屋も組事務所だったりカタで差し押さえた物件だったりで反社の住民がやたらと多いの。銃声くらいじゃ面倒ごとに首突っ込んでくれないわ」

むしろ『巻き込まれぬよう絶対に近づくまい』と、邪魔をせずにいてくれるはずだ。

校長もその事実を知っていたらしく、絶望的な顔でブリーフから小便を漏らしていた。銃で脅されている人間としては極めてまっとうな反応だ。

「じゃ、お部屋に入れてちょうだい。——それと、今すぐ〝アフターケア〟に電話して」

「アフターケア……？」

「あんたのバックにいる雉原組よ。助けを呼びなさい。『例の件がバレて襲撃を受けてる。今すぐ可能な限りの人数をよこしてくれ』ってね」

校長を逮捕するのは簡単だ。手錠をかければ一発で終わる。令状も証拠もないが、法の外で活動する幼女刑事には関係なかった。必要とあらば殺してもいい。

しかし、それでは事件の解決にならない。

背後にいる雉原組のヤクザどもを二度と悪事ができぬよう懲らしめてやらねば。そうでなければ事件解決とは言えぬ。――この場合『懲らしめる』というのは、具体的には『殺害』ないしは『二度と暴力業界で生きられぬほどの重傷を負わせる』を意味する。

それに〝パパ〟たちの目的も知りたい。なぜ高校生にドラッグを配っていたのかを問い詰める必要があった。

現在、二十二時四十五分。――タイムリミットまで残り一時間十五分。それまでに全てを終わらせるべくヒメと片山はわざわざ銃を持ってきたのだ。

それも〝発表会〟用の完全武装で。

「もしもし、聞こえてないのか！　そう……そうだ、助けてくれ！　こいつら銃を持ってる！　い……いや、待ってくれ――!!」

こうして校長に電話をさせ、雉原の組員どもを引っ張り出す算段だ。しかし――、

「違う、本当だ！　裏口入学の斡旋《あっせん》の件だ！　そのことで脅されてる！　こんなときは助けてくれるって約束で、組長の次郎にカネを払ってたんだぞ！　いいから次郎に代われ！　あいつと直接話をさせろ！　……えっ？　死んだ？　次郎が？　おいっ、嘘だろう!?」

横で聞いている限り、雉原組とは意思疎通ができていないようだった。通話の内容を信じるならば校長は組長《シャブジロー》の死すら知らなかったということになる。

「待て、電話を切るな！　脅してる相手が〝パパ〟とかドラッグとか言ってるんだ！　お前たち、

何か知ってるんじゃないのか⁉　本当か？　本当に知らないんだろうな⁉」

〝パパ〟と〝プレゼント〟の話も、この様子では知らないらしい。

『子供にドラッグを配っていた』などという凶悪犯罪、世間に知られればただでは済むまい。連日のようにメディアで暴力団撲滅が叫ばれるであろうし、上部団体からは破門、他の組織からも爪弾《つまはじ》きにあうに決まっていた。暴力団とはいえ、越えてはならぬ一線というものは存在する。

なので外部に知られそうになったなら、全力で口封じをするだろう。

雉原組は現在、組長と主だった幹部を失って体制がガタガタになっているが、それでも組織消滅の危機には全力をもって対処するはずだ。

まずはヒットマンを送り込んでくるだろうか？　それとも、いきなり総員で殴り込んでくるか？

――いずれにせよ襲撃してきた連中は返り討ちにし、その後はこちらから組事務所を襲う。向こうが徹底抗戦するにせよ、逃走を図るにせよ、幹部連中の反応で真相がわかるというものだ。

この仕事《シノギ》を任されていたのは誰なのか、実際に絵図を描いていたのは別にいるのか。一本ずつ手足をもぐように苦しめてやることで全貌は明らかになる。一度にまとめては殺さない。そんな楽な死に方、許すものか。

ヒメの頭の中では、計画の絵図が完全に出来上がっていたのだが――。

「なんだと……？　おいっ、助けに来ない気なのか⁉　お前らの組からはバカ高いマンションも買ったんだぞ！　フロント企業の不動産屋から！　助けてくれたっていいだろう⁉　『いざというとき、すぐ駆けつけるから』と次郎が言うから買ったのに！　いいから、もっと上の者に電話を代われ！　頼む！」

校長がこれほど騒いでも、雉原組は動く様子がまるでなかった。

……と、ちょうどそんなとき。

『――ヒメさん、片山さん、聞こえますか？』

聞きなれた声で無線が入る。監視中のトモウチです。

『――こちら雉原組前、監視中のトモウチです。ここの人たち本気で何も知らないみたいです。みんな、すごく困ってますよ』

「ほんと？　ちゃんと若頭や幹部に話は行ってるの？　下の者《モン》は知らなくても当然じゃない？」

『――それがまた、今電話に出てるのが若頭なんです』

雉原次郎亡き今、暫定トップはこの若頭だ。組長暗殺に一枚嚙んでまで組織を守ろうとする男が、知ってて動かぬはずがない。

『この人が動かないなら、本当に雉原組は知らないんじゃないですか？　……あっ、ちょっと待って。今、若いのを一人、様子見に向かわせるみたいです』

「若いの？　どんな？」

『――行儀見習いの住み込みですね。本物の下っ端です』

つまりは本当の『様子見』だ。ヒットマンではなく、ただ単に『見に行かせた』だけのこと。状況を分析して何かを判断するほどの頭脳や権限は有していまい。

ある意味、雉原組がこの件と関係のない証拠と言えた。もしも黒幕であったなら下っ端一人には任せまい。ヒメはぎりりと奥歯を鳴らす。

「落ち着け、ヒメ。乳歯に悪いぞ」

片山が棒つきキャンディを差し出すと、彼女はひったくって口に咥えた。好物のオレンジ味であったのに、舐めずにがりがりと嚙み始める。

「校長……。あんた、本当に裏口入学の斡旋しかしてないの⁉　あんたは〝パパ〟じゃないってわけ？　クスリの方もマジで知らないってこと？」

「知らない！　子供はいないし、愛人にもパパなんて呼ばれてない！　それに、クスリだなんて……」

「じゃあ、なんで〝パパ〟は学校に詳しいわけ⁉　バーネットの子たちのこと、あんなにいろいろ知ってるなんておかしいでしょ！　素行や交友関係まで！」

だが、この問いに対する校長の回答は、あまりに予想外のものであった。

「い……いや、だったら、なおさら私じゃない……。考えればわかるだろう？」

「……？　どういうことよ？」

「高校の校長が――いや、私に限らず教師という生き物が、そこまで生徒の事情に詳しいはずないじゃないか！　だから私は無実だ！　何も知らない！」

ヒメは呆気に取られ、思わずぽかんと口を開いた。キャンディの棒が床に落ちる。

「はあ？　子供について親の次に詳しいのが先生じゃないの？」

「八代君、だったかな……？　たしかスイスからの転校生だったはずだが――さては君、今まであまり学校に通ってなかったんじゃないのかね？　教師は一度に何十人と子供を見る職業だ。全員に目を配るなんて無理だし、そこまで『一般客』に興味は持てんよ。もっと無関心に仕事をしている……。学校に通う子なら普通は誰でも知ってることだ」

「――っ！　あんた、立派なこと言うトーンでゴミみたいなこと言ってんじゃないわよ！」

――ぱあんッ、ぱあんッ、ぱあんッ！

パステルブルーの拳銃《PPS》が、九ミリ弾《パラ》を吐き出した。計三発。

床に穴が開き、フローリングが粉々に割れる。もし木造の安アパートだったなら下の階が大惨事になっていただろう。校長は「ひいい」と泣きわめく。

激情のままに発射された弾丸だ。――珍しい、と片山は感じた。たしかに校長の物言いは不快だったが、それでもヒメがここまで怒りを露《あら》わにするとは。

「校長、よく聞きなさい。このあとすぐ、あんたは警察に電話して自首すること。その際、余計なことは喋らないように。もし少しでも私たちに都合の悪い内容を漏らしたら、拘置所だろうが刑務所だろうが裁判所だろうが絶対に乗り込んで殺す。場合によっては身柄を攫《さら》って拷問にかけてから残酷に殺す。わかった？　わかったら返事！　あんたが漏らしていいのは今後一生小便だけよ」

「は……はいっ！　わかりましたからぁっ！」

大の大人が、女児のように泣きじゃくっていた。ヤクザとつるんでいただけあって暴力の怖さをよく理解できているということらしい。

この男は裏切るまい。ヒメの命令通りに自首し、秘密も死ぬまで守るはずだ。

「片山、帰りましょ。最後の最後で無駄足踏んじゃったわ」

「そうだな……」

4

あまりに拍子抜けの結末だ。

「俺も早く気づくべきだった。校長の言い方はさすがに極端なんだろうが、教師だからって生徒のことに詳しいとは限らない。あのオッサンの言う通りだ。――先生って職業は忙しすぎて、子供のことを把握しきれないもんだからな。だから子供は先生を舐める。俺がガキのころから問題になってた」

「……かもね。キャンディもう一本出して」

帰りの車内で、ヒメに飴を咥えさせながら片山は思った。

（もしかしてヒメは、本当に学校に通ったことないんじゃないのか？）

スパイ養成スクール的な場所に通ったことはあるかもしれない。また今回のように、潜入捜査で学校に行ったこともあるのだろう。

だが、そこいらにいる子供のように、普通の学校に普通に通った経験は？

『給食のカレーが楽しみだ』だの『宿題を忘れて叱られた』だの『明日から夏休み』だのといった、ただの七歳児ならば誰もが体験しているであろう小学生ライフを、この幼女刑事は知らないのではなかろうか？

（たぶん間違いない……。任務や訓練で忙しくて、学校に通う暇があるとは思えない）

だとすれば校長に対して激昂《げきこう》した理由もそれだ。ヒメにとって学校とは、仕事以外で立ち入ることのできぬ聖域《サンクチュアリ》であったのだから。

学校や教師に対する失望と怒りが、細い指にトリガーを引かせたに違いない。

（こいつ、学校だけでなく、普通の子供として暮らしたこともないんだろうな。何歳から訓練受けて、幼女刑事をやってたのかは知らないが――）

きっと、親や友達と過ごしたことも……。

ちょうどＮＳＸは信号待ちで停車する。

半ば無意識に、片山はヒメの頭を撫でていた。——手のひらいっぱいに細く柔らかな髪の感触が広がる。考えてみれば、この子に対して初めて行う仕草であった。

「……？　片山、これ、どういう意味でしてる行為なわけ？」

「別に。嫌ならやめる」

「ん……。いえ、ううん。続けて」

信号が青に変わるまで、片山は小さな頭を撫で続けた。


「車、降りて」

「……わかった」

片山のマンション前に着いたのは、二十三時五十九分。

零時まで残りは一分。一階の小料理屋も暖簾を仕舞い、すっかり暗くなった道端で——、

「俺、何て言えばいいか……。感謝はもう伝えた通りだ。お前のおかげで俺は——」

「ストップ」

彼の言葉を、ヒメは途中で遮った。

「片山、目を閉じなさい」

「目？　こうか？」

「ふふン……。しばらくそのままでいなさいよ」

次の瞬間——口の中に甘い味が広がる。

前と同じ悪戯だ。また食べかけの飴を咥えさせられたらしい。

（なんだ……。キスでもするのかと思った）

それとも、これが彼女のキスか？

しかも味覚に気を取られている隙に、右手に何かを握らされていた。

「ヒメ……？　今のなんだ？　もう目を開けていいか？」

返事がないので瞼を開くと、そこには誰もいなかった。

乗ってきたＮＳＸも見当たらない。まるで最初から八代ヒメなどという人物は存在していなかったかのよう。完璧に姿を消していた。

残っていたのは、咥えさせられた棒つきキャンディと、手に持たされた何かだけ。それだけが彼女の実在した証《あかし》だ。

時計は、ちょうど午前零時。――自分の手を開くと、そこにあったのはさっきまでヒメの髪を結わえていたヘアゴムだった。

別れの言葉の代わりらしい。

（黙って消えるなんて薄情なやつ……。だが、まあ仕方ないか。いい女ってのは風みたいに去ってくもんだ）

彼女は『いい子』でなかったかもしれないが、『いい女』ではあったろう。

5

翌朝から片山は、北杉並署の生安課に戻った。

「ウッス、またお世話になります……」

八時三十分。珍しく朝の定時に出勤した。

課の連中は、一部の例外と夜からの連勤組を除いてまだ来ていない。刑事は時間外勤務が常態化しているため多少の遅刻は許されている。以前の片山などは毎日『多少』の『多』の方で遅れていたものだ。

突然現れた彼を見て、『一部の例外』の加島沙織は、

「先輩……!! 異動《かんだか》はどうしたんです!?」

と、驚きの声を甲高く上げた。

今の反応が『チッ、帰ってきやがったのか』なのか、それとも『よかった、帰ってきてくれた』なのか片山には判断がつかない。この後輩とは長いつき合いだが、そもそも女の感情を読むのは苦手だった。——ただ、かといって何の感情もない純粋な驚きというわけでもなさそうだ。

「説明すると長いが、つまり……クビになった。役に立たなくて追い返されたんだ」

もちろん嘘の説明になる。秘密を漏らさぬよう脅されているので、こんな言い方になってしまった。どうせ『子供スパイの〝責任取り係〟をしていたが、いつも世話になってる斉藤先輩が心配して戻してくれた』などと信じてもらえるはずもない。

「加島には心配かけたな。悪かった」

「い……いえ、心配なんて別に！ 謝られることなんて何にもないです！」

また加島はきんきんと大声を出していたが、照れているのか、あるいは単に苛々していただけなのか、今度も片山にはわからなかった。

やがて課長も出勤してくるが、こちらは明確に『チッ、帰ってきやがったのか』の顔をする。

「ま、話はだいたい聞いてる……。詳しい内容に興味はねえが、またウチで預かってやる。出戻り前と同じく加島とペアだ。それとな――」

「はい」

「カタよ、テメエ……気のせいか、あんま死んだ目してねぇな？　前はもっと腐ったイワシみてえだったのに。ま、いいことだ」

「はあ、どうも……」

その後、片山はもとのままの自分の席に着き、机の上を簡単に片づけると、改めて隣席のペア子《ご》に声をかける――。

「加島、お前、今何の事件してる？」

「今ですか？　裏モノ動画とシンナーです」

「そうか。俺にも資料見せてくれ」

「先輩に？　どうして？」

「いや、別に……。今日からは真面目に仕事しようと思ってな」

「……⁉」

彼女は無言であったが、その顔は片山が戻ってきたとき以上に激しい動揺を見せていた。――気のせいか、目は涙ぐんでいるようにすら見える。ズルケイのペア長が働くなど信じられぬということだろうか？

「そんなに意外か？　その……今まで悪かった。ずっとお前にだけ働かせて」

「いえ……。あの、先輩――」

加島は一呼吸間を置いたのち、潤んだ目を伏せながら――、

「おかえりなさい」

と短く告げる。薄いリップはなぜだか笑っているようにも見えた。やはり女の感情はわかりにくい。

おそらくは二年前の彼への『おかえりなさい』だ。


昨日、ヒメとの最後の一日は、拍子抜けのまま終わってしまった。〝パパ〟の正体は摑めず、事件の全貌も摑めぬままだ。

だが、それでもきっと自分は変われる。──根拠はないが、片山は確信していた。

第七章

1

「Q《ケベック》－008ヒメより、無線確認《レイディオ・チェック》」

『――こちらT《タンゴ》－015トモウチ、無線問題《レイディオ・ラージャ》なし。警視庁からの立ち会い不在につき、銃器の携行は不可、バックアップも無線のみとなる。注意されたし』

つまりは合法的な活動以外、認められぬということだ。

――りーんごーん、りーんごーん

朝の予鈴が、校舎の中に鳴り響く。

「おはよ、真由莉ちゃん」

「ヒメちゃん……」

この日も八代ヒメはバーネット女子学園に登校した。

〝責任取り係〟が空席の今、派手な捜査はできなかったが、それでも登校するだけなら法律の範囲内。——否、そもそも七歳の幼女で義務教育期間中の彼女にとって、むしろ学校を休む方が正しくない行いであろう。

片山にヘアゴムをくれてやってしまったので、ひさびさにロングヘアでの一日となる。ヒメは鞄を下ろしつつ、隣席の柴真由莉に声をかけるが、

「…………」

なぜか返事をしてくれなかった。

いつもなら声をかければ、子犬のように顔をぱあっと明るくさせて返事をしていたというのに。どちらが幼女だかわかったものでなかったが、そんな反応をヒメは好ましく感じていたものだ。

だが今朝は違った。陰鬱な顔で、ずっと目を伏せている——。

「真由莉ちゃん、どうかしたの？　まさか、また誰かにいじめられた？　それとも、お腹でも痛いの？」

「ううん、そんなんじゃない……」

「じゃあ……もしかして、昨日いっしょに遊べなかったこと怒ってるの？」

この問いに真由莉は一瞬ぴくりと反応したが——しかし数秒の間を置いたのち、ふるふると小さく首を横に振る。

「そうじゃないの……。本当に、何でもないから……」

「ほんとに？　真由莉ちゃんがそう言うんならいいけど」

だが、やはり何でもないようには見えない。怒っているのか、悲しんでいるのか——いずれにせよ、ご機嫌斜めなように見えた。

ヒメとしては気になって仕方ないが、とはいえ無理やり聞き出すわけにもいくまい。

本当に何でもないというのなら、

『そんなことより、ヒメちゃん髪形変えたの？　似合ってるね』

『ヒメちゃんこそ、ちょっと元気ないよ？　もしかして昨夜イヤなことでもあった？』

だのと訊き返してくれてもいいだろうに。

やはり年頃の女子の相手は大変だ。街のチンピラの方が扱いはずっと簡単だった。あの連中は二、三発殴って骨折させれば素直に言うことを聞くようになる。

ふと窓の外に目をやれば、厭味なほどの青空が広がっていた。

あまりにも爽やかな秋晴れだ。自分には嫌なことばかり続くというのに、なぜこれほどまでに天気が良いのか。澄き透るブルーがヒメの神経を逆撫でする。

やがて本鈴のチャイムが鳴り、担任のヒステリー教師が教室に姿を現した。

「全員、席につきなさい！　ほら、急いで！　――今日は学校に警察の人たちが来ていますが気にしないようにしてください。教頭から『生徒に余計な心配をさせないように』と言われていますので、皆さん余計な心配をしないように」

女性教師の指示にもかかわらず、クラスの少女たちは動揺で一斉にざわめき始める。さすがに気にするなと言っても無理であろう。

近くの席の女生徒が『また誰か死んだのかな』と不安げに呟いていた。不正解だ。

ヒメは答えを知っている。

警察が来るのは、校長の不正を捜査するため。組織的に行われてきたという裏口入学について調べに来たのだ。

（ま、知られたら『余計な心配』はするでしょうけどね）

私立バーネット女子学園は当分の間、奇異の目に晒されることだろう。恥知らずなマスコミ連中は、少女たちに不躾なインタビューを試みるかもしれない。

また、保護者たちも冷静ではいられまい。学校ブランドの失墜に憤慨する者もいれば、裏口入学で自分も逮捕されるのではと震え上がる者もいよう。——いや、それどころか普段から経営に問題のあるバーネットのこと。学校自体がなくなってしまうかもしれない。

おかげで担任教師も普段以上に苛ついていた。生徒にとっては迷惑極まりない話だ。

「いいから皆さん、お静かに！　教科書を出して！　百二十二ページを開きなさい！」

耳障りな怒声と共に、一時限目の授業は始まった。

2

やがて授業も終わり、休み時間となる。担任のきんきん声で耳鳴りがしそうだ。ヒメが廊下を歩いていると不良の小宮山かりんと出くわした。

「げっ、転校生……!!　テメェ、また何か用なの!?」

「ううん、偶然よ。年中あんたに構ってあげてるわけじゃないわ」

「はあ？　喧嘩売ってるわけ？　まったく……。何よ、髪形なんか変えちゃって。イラついた顔で歩いてんじゃねえっての」

「へえ、よく気がつくのね」

この女、他人の変化には敏感らしい。同じことを柴真由莉が気づいていてくれれば朝は話が弾んだろうに。

「小宮山、なかなか観察力あるのね。さては、いつも上級生にペコペコして他人の顔色ばっかり見てるからでしょう？　スパイとか向いてるかもよ」

「はあ？　テメェ、やっぱり喧嘩売ってんでしょ！」

「ううん純粋に褒めてんの。それで、観察力満点のあんたに訊きたいんだけど——さっきまで不良仲間とどんなこと話してたの？」

「……？　どうして仲間と会ってるってわかったの？」

「上履きに土がついてる。靴履き替えずに校舎裏行ったからでしょ？　なら、いつものグループでダベってたに決まってるじゃない」

「どっちが観察力満点よ」

　ただしヒメの場合は、厳しい訓練と実戦経験によって身につけたものだ。

「で、どうなの小宮山？　〝パパ〟や〝プレゼント〟の話題出た？」

「……出た。みんな心配してた」

「心配？　どうして？」

「だって今日、警察がずっとウロウロしてるじゃないの」

　たしかに早朝から校長の件で、背広姿の刑事たちが学校に出入りしていた。警視庁本庁の知能犯係だ。ざっと十人がかりで校長室や事務室から、書類満載のダンボール箱を運び出している。

　警察が来るのは、転落死騒動に続き今週二度目だ。——かといって慣れるものでもなく、教師・生徒を問わず校内の空気は張り詰めていた。

「そうね、警察来てるけど——でも、だからって何で小宮山たちが気にすんの？」

「だって……あたし《あーし》ら逮捕しに来たのかもしんないじゃない。〝プレゼント〟やってるし、あたし《あーし》なんてMDMAもやってて、他にも万引きやらカツアゲやらやってるから……」

この娘にも万引きやカツアゲが犯罪だという自覚はあったらしい。意外なことだ。

「それとも、ひょっとすると〝パパ〟のこと調べに来たのかも……。もし〝パパ〟が逮捕されたら、もう二度と〝プレゼント〟もらえなくなっちゃう！　ねえ、テメェもヤク中なんでしょ？　あたし《あーし》らどうすればいいと思う？」

「知らないわよ。つまんないこと訊かないで」

だが、事情は理解できた。不良少女たちは警察が来ている理由を知らぬため、このような動揺をしていたのだ。

学校側は『生徒に余計な心配をさせないように』と裏口入学の件を隠していたが、小宮山たち一部の生徒に対しては逆に不安を煽《あお》る結果となっていた。

（けど、しばらく〝プレゼント〟はもらえなくなるでしょうね。ずっと警察が出入りしてるし、ワイドショーや週刊誌の記者もチョロチョロするだろうから）

〝パパ〟もバーネットには近寄りにくくなるはずだ。

焦って校長を捕らえたために、犯人たちは姿をくらましてしまうかもしれない。――だとすれば逆に捜査は振り出しだ。ちぇっ、とヒメは心の中で舌打ちする。しくじった。自分らしからぬ失策だ。

〝パパ〟なる人物の思惑は未だに不明のままだったが、今後はどのように動く気であろう？

ほとぼりが冷めるまで待ち、再びドラッグを配り始めるのか？

それとも、もうバーネットからは手を引き、別の学校で活動を続けるのか？

いずれにしても――、

（……この学校でわかることは、もうないわね）

「ねえ、小宮山さん──あんたは不良でいじめ加害者でヤク中で、窃盗や恐喝もやらかした犯罪者で、おまけに援交までやった最低のゴミ女だけど、それでもまあ元気に頑張って生きるのよ。なるべく人に迷惑かけないようにしなさい。できれば更生した方がいいわ」

「な……何よ、急に？　大きなお世話よ！」

もう潜入捜査も終了だ。これ以上、学校にいても意味がない。

柴真由莉や小宮山かりんとも、別れのときがやってきたのだ。


ヒメは廊下を歩きながら、かつん、と小さく奥歯を鳴らす。

『──こちらT－015《タンゴ》、トモウチ。無線問題なし《レイディオ・ラージャ》』

いつものバックアップ要員が、無線の向こうで返事をした。

「潜入《アンカバ》、今日で終了するわ。手続き進めて」

『──今日ですか？』

簡単な書類操作だ。ヒメ機関の力を以《も》ってすれば、昼食を摂りながらでも五分とはかかるまい。

終われば八代ヒメは高校生ではなく、ただの幼女刑事にまた戻る。

『──明日の放課後まで待ってはいかがです』

「……？　なぜ？」

『──だってヒメさん、明日、お友達と約束してるでしょう？　昨日、真由莉ちゃんに〝あさって一緒に遊ぼう〟って言ってたじゃないですか。だから──』

今日は苛立つことが多すぎる。

「T《タンゴ》－015、差し出がましいわよ。片山巡査部長がいるときの気分で仕事しないで」

『――はッ、失礼しました！』

ここ数日ですっかり悪い癖がついてしまった。

本来T《タンゴ》－015ことトモウチはこんな無駄口を叩く男でなく、『ヒメさん』などと馴れ馴れしい呼び方もしていなかった。愛想よく振舞っていたのは新入り《カタヤマ》を緊張させぬための演技であったはずなのに。――それとも、こちらこそが彼の本性だったということだろうか？

いや、この男のみならず、ヒメ機関全体が最近どこか弛緩しているようにも思える。そういえば前にT－015《トモウチ》が言っていた。『片山さんが一緒だと、ヒメさんはどこか子供らしくなります』と。

それで皆、彼女のことを子供扱いし始めていたのかもしれない。由々しき事態だ。

（だとしたら、片山はいなくなってよかったってことね……。ふう、危ないところだった。せいせいするわ）

ぎりりと奥歯を噛み締める。

たしかに学校で友達ができるなんて、ヒメには珍しい『子供らしい出来事』ではあったろう。だが、それでもバックアップ要員などに気を遣われる謂《いわ》れはない。

八代ヒメは幼女刑事。

自称七歳の子供だが、厳しい訓練を受けたスーパー諜報工作員だ。

寂しいくらいで泣いたりしない。

3

同時刻、北杉並署――。

「先輩……ちゃんと観てますか？」

「観てるよ」

生安課に復帰した片山巡査部長の初仕事は、裏アダルト動画のチェックであった。

現在、三本目を再生中。

いずれも管内に住む『フリーの動画編集者』なる聞きなれぬ職業の男から押収したものだ。

彼は去年潰れたＡＶ制作会社の社員であり、現在はインターネット経由で違法性の強い動画の編集を請け負うことにより生計を立てていた。撮影や販売はしておらず、依頼主とはメール以外のやり取りをしていない。いかにもインターネット時代の犯罪と言えよう。

この男がどのくらいの罪になるのか？　撮影者や販売業者にまでたどり着けるのか？　いずれも現段階では不明だが、かといって内容を確認しないわけにもいくまい。

なので片山は、無修正の裸が映ったデータをひたすら連続で眺めていた。

それも、加島後輩と二人きりで。

「加島、お前、向こう行っていいぞ。俺一人でやる」

「駄目です。押収品の確認は二人一組でするよう指導が出てます」

だが若い女性と一緒にアダルト動画を観賞するというのは、さすがに公務でも気が引けた。加島本人はいかにも業務ですといった涼しい顔をしていたが、片山の方がやり難い。

「いいからお前、休んでろよ」

「いえ、平気です。次の行きましょう」

こうして二人は四本目に突入する。

――盗撮！　超マニアックＪＫ援交①

今度の動画は、まだ編集途中だ。隠し撮りの画面が果てしなくダラダラ続く。――完成品だった前三本と比べ、純粋に映像作品として観るのがつらい。

ただ、良くも悪くも内容的には極めて『良心的』なものだった。

つまりは本当に盗撮していた。固定カメラで援助交際の様子が映し出されていた。援交の客が動画を撮る様子を、さらに隠し撮りするという複雑な構成の映像だ。

「先輩、これ本物の盗撮ですかね？」

「たぶんな。カメラアングルが悪くて、女の子がまともに映ってない。ヤラセだったら下手すぎる」

なので、きっと本物……誠実な人間の撮った、良心的な盗撮作品だった。

ただし出来は最低だ。画面は薄暗く、ＪＫの少女も、客のおじさんとやらも、ぼんやりとした影にしか見えない。完全にハズレの動画だ。もし十代で性欲旺盛だったころの片山がこいつを掴まされたなら、業者を本気で恨んだだろう。

「出演者、本物の高校生《ＪＫ》でしょうか？　だとしたら由々しき事態ですが――」

「けど、どう違法なのか筋道つけるの面倒そうだな。検察サンに頑張ってもらわなきゃだ」

この動画がハズレの理由は、画質以外にもうひとつ。内容だ。

『――今日はおじさんに頼まれて、〝抜い〟ちゃいまーす。んっ……うーんっ、よいしょっ。あーん、きついよぉー』


どこかの民家の広い庭で、制服姿の少女が抜いていた。

硬いそれを、汗ばみながら。

ハンドルを回してネジを緩め、自転車からサドルを引き抜いたのだ。

『――このあとは、おじさんの買ってくれた新しいサドルを挿入しまーす』

なるほどタイトルに違《たが》わず超マニアックだ。自腹で観てたらＤＶＤは叩き割っていた。

別のデータファイルには、サドルを抜く前に撮った『少女が庭で自転車に乗っているだけの未編集映像』も三十分以上入っていた。この庭は垣根が高く、表から見えないようになっている。アンダーグラウンドの撮影には最適の場所だ。

片山は、ふと気づく。

「……ここ、たぶん普通の民家の庭じゃないぞ」

「先輩、どういうことです?」

「垣根が不自然に高すぎるし、強引に増築された形跡がある。一般の家なら、ここまで念入りに中を隠したりしない。ヤバいことするのが前提の庭だ。――だとしたら盗撮したのも、この場所の関係者だろう。どこだか特定されないように、わざと画面を暗くしてるんだ」

完成品では背景のあちこちにモザイクをかけ、場所が絶対にわからぬようにするはずだったのだとか。その念の入れよう、内部の犯行だと自供しているようなものだ。

「なるほど……。でも先輩、どうしてそこまで確信できるんです？」

「大した理由じゃない。この場所を知ってるからだ」

動画が編集前だったおかげだ。暗くはあったが壁の色や窓のつくりに見覚えがある。

ここは、今は民家ではない。

町外れにあるレンタルフォトスタジオだ。


別件の捜査が思わぬ形で役に立った。

杉並区の片隅にある、空き家を利用したフォトスタジオ。――トモウチ青年が不良少女の小宮山かりんを連れ込んだ場所だ。

純粋な偶然ではなく、もとから違法性の高い動画撮影の聖地として有名なスタジオであったのだろう。トモウチたちヒメ機関も意図的にこの建物を選んだに違いない。

「場所がわかれば、あとは出演者だ」

「女子高生と〝お客のおじさん〟ですか？　でも本当に盗撮なら、撮った人にもわからないんじゃないでしょうか」

「かもな。だが、調べるだけ調べてみよう」

無駄足にはなるまい。片山は出演者の一人にも心当たりがあった。

最近、よく似た顔を見たことがある。

4

ありがたいことに、動画には撮影日時が記録されていた。

十一月六日、十八時二十六分。――今から七日前になる。

この大都会東京では、場所と時間さえわかっていればいくらでも相手を追跡可能だ。

「いいんですか先輩？　動画の確認、途中で放り出しちゃって」

「後でいい。こっちが急ぎだ」

現在、午前十一時。片山と加島はPC《パトカー》を飛ばし、フォトスタジオ付近のコンビニを訪れる。――久々に運転するNSX以外の警察車輛だった。

「警察の者です。店長さんっていますか？」

どこの課とは名乗らない。提示した身分証には『生活安全課』と書かれているが、具体的に何をする部署か、どうせ一般市民は知るはずもなかった。

「実は先週、近所で当て逃げ事件がありまして。この店、表に向いてる防犯カメラありますよね？　録画データをご提供いただきたいのですが」

当て逃げの話は嘘だ。そもそも交通事故は彼らの受け持ちではない。

今回は急ぎのため、令状も用意していなかったが――、

「令状取ると手続きが複雑になるので、よろしければ『任意でのご協力』という形でお願いできませんかね？　正規のやり方だと大変なんですよ。いえ、我々よりも皆さんが。書類とかいろいろ書いてもらわなきゃいけないですし、それに……お礼金もお支払いできなくなりますから」

茶封筒に入れた五千円札を渡すと、店長はデータのコピーを了承した。この金は、片山がカラの領収書で作った裏金だ。

皮肉なものだ。ヒメにはぶつくさ文句を言っていたが、よくよく考えてみれば自分もさほど法律を遵守していない。

この調子でもう数軒、近くのコンビニを回って防犯カメラのデータを集めた。

「加島、どうしてこっちを優先したかわかるか?」

「コンビニの防犯カメラは、一週間ジャストでデータを消すのが一般的だからです。……ふふっ。新米扱いしないでくださいい。二年前じゃないんですから」

指摘され、片山は照れで頭をがりがりと掻く。二年もボケッと暮らしていた身で、つい先輩ぶった言動をしてしまった。恥ずかしい。——ただ、その一方、加島はさほど嫌そうな顔をしておらず、むしろ喜んでいるようにすら見えた。やはり女の感情はわからない。

ともあれ〝盗撮! 超マニアックJK援交①〟が撮影されたのは七日前の夕方のこと。急いでコンビニを回らなければデータは消去されてしまう。

これが、片山の急いだ理由だ。

二人は署に戻り、防犯カメラの録画データをチェックする。

「裏動画の撮影が十八時二十六分なので、その三十分前から確認する。必ずどこかの店の前を通っているはずだ」

本来、コンビニエンスストアの防犯カメラというものは強盗や万引き対策として、店内を監視するためにある。

だが東京、大阪、名古屋といった大都市では警察庁からの『内々の依頼』により、店の前も視界に入る形でカメラを設置するよう実質的に義務づけられていた。あまり知られていない話ではあったが、都市部の高い犯罪検挙率はこのコンビニカメラの功績によるところが大きい。

少女と〝お客のおじさん〟も高確率で、どこかの店のカメラに映っていよう。

それと念のため、店内用カメラのデータもコピーしてある。

「運がよければ店で買い物してるかもしれない」

「どうしてそう思うんです?」

「動画の中で、女の子がポケットのゴミを庭に捨ててたろ? あれ、たぶん肉まんの裏の紙だ。気づいてたか?」

「いえ……。そんなシーンありましたか?」

「あった。四分十二秒目。援交常習犯の中でも手馴れたガキは、わざと近くのコンビニに寄ることがあるらしい。カメラに映っていれば殺されたり拉致《らち》られたりの防止になる。――先々週、テレビの〝人情交番二十四時〟って特集でやってた」

片山もその番組を見るまで聞いたことのなかった話であり、もしかすると画面にスポンサー製品を出すための作り話であったのかもしれない。だが少女が同じ番組を見ていたという可能性もある。

「俺はサボり魔だからな。お前より多くテレビを見てる」

そしてチェックを始めて三十分後。

「ハイ、正解と」

予想は的中。女子高校生と大人の二人組が、スタジオから一番近くのコンビニで買い物をしていた。

　画面に映る〝お客のおじさん〟はお忍び中の芸能人のようにサングラスとニット帽で顔を隠していたが――、

「やっぱりな。裏動画を観たときから気になってた。――こいつ、バーネット女子学園で見たことがある」

　刑事の眼力を以ってすれば、この程度の変装、用をなさない。

『一度目にした相手は忘れない』と『どんな姿をしていてもすぐ気がつく』は、私服・制服を問わず警官にとって基本かつ最重要の資質であるのだ。

「加島、見てみろ。お前も見覚えあるんじゃないか？」

　直接の接点はないはずだが、姿くらいは目にしたことがあったのだろう。彼女はモニターを覗き込みながら、

「えっ、まさか……⁉　でも、たしかに――」

と目を丸くした。

5

――りーんごーん、りーんごーん
　昼休みも、もう終わり際。
　女子高生とサドルを愛する三十五歳の山田某は、私立バーネット女子学園高等部の教師であった。

趣味と実益を兼ねた仕事だ。

実物の女子高校生は糞生意気で不細工な子も多く、相手をしているとストレスも多かったが、それでも彼女たちの近くにいられるというだけで他の職業よりも幸せになれた。

同じ屋根の下で、吐いた息を呼吸することができるのだ。しかも駐輪場には毎朝無数のサドルが少女たちを乗せて集まってくる。これほどの喜びはない。少なくとも前にやっていたパン工場のライン工よりずっとマシなのは間違いなかった。

この職、絶対に失いたくない。

なので、特殊な能力を持っていながらも、学校の生徒やサドルには手出しをしない。ただ仕事の合間に、

『校内でお宝を売ってくれそうな子リスト』

を密《ひそ》かに作り、一人愉しむだけで我慢していた。自分で自分を褒めてやりたい。

（でも、もう限界だ……。誰が売ってくれる子かわかってるのに『サドルを譲ってくれ』と頼めないなんて）

もう一週間もコレクションを増やしていない。ストレスは溜まる一方。このままでは頭がおかしくなってしまう。

懐は寂しいが、今日仕事が終わったら、学校外で売ってくれる子を探しに行こう。できれば五千円程度で済むと助かる。――そんな想いを胸に、山田某が職員室でリストの更新をしていると、

「――一年A組担任の山田裕貴子《ゆきこ》先生ですね？　北杉並署の片山と申します」

刑事らしき男から、いきなり声をかけられた。

「少々、お話を伺いたいことが……。署までご同行願えますか？」

絶望で、視界が闇に包まれる。

きっと自分を逮捕しに来たんだ。こんなことなら我慢などせず、生徒からサドルを買いまくっておけばよかった。

6

片山にとって、初めて目にする『カメラごしでない生の山田教師』の姿だ。

(間違いない……。よかった、他人の空似じゃなかった)

動画に映っていた〝お客のおじさん〟は、ヒメのクラスを担任する女性教師であったのだ。

隠しカメラで二日も授業風景を見続けてきた片山だ。多少変装していようとすぐわかる。

相棒の加島はまだ信じられぬといった顔をしていたが、ポリティカルコレクトネスの尊重されるこの時代、犯人が女性で何の不思議があるというのか。

「け、刑事さん……話って何です⁉　それって任意同行というやつでしょう？　断ってもいいんですよね！　そもそも何の罪になるというんです⁉」

たしかに本来なら立件の難しいケースだ。窃盗でもなく、一般常識的には猥褻《わいせつ》とも言い難い。

とはいえ必死に強がってはいたものの、彼女の目からはすっかり光が失《う》せていた。

既に心が折れていたのだろう。そもそも同行を嫌がる態度自体が、事実上の自白に等しい。業界用語で言うところの『犯行をほのめかす』という状態だ。

「山田先生、話の内容なんておわかりでしょう？　ご想像の通りです。もちろん任意ではありますが……ご希望でしたら令状を用意いたします。ただその場合、上司や同僚の先生方にも詳細を知っていただく必要がありますし、大掛かりな手続きになるのでマスコミにも知られることになるでしょう。――いや、内々でコソッとやっちゃった方が先生も喜ぶかなぁと思ったんですけど、どうやら余計な気遣いでしたね。失敬、今すぐ手続きいたします」

それだけ述べて、スマホでどこかに連絡するフリをすると……、

「待って！」

完全に観念したのか、女性教師は任意同行を受け入れた。

「では先生、我々の車へ。――あっ、そうだ。さっき何かリストを作ってましたね？　せっかくなのでノートパソコンごと持ってきていただけますか？」

ヒメやトモウチと鉢合わせぬよう、素早く学校を後にする――。

「先輩、見事なお手並みでした。すっかり昔に戻ったって感じです」

「そうか」

パトカーの助手席で、加島は声を潜めてペア長を称《たた》える。

とはいえ当の片山は、

（失敗したな。二年サボってて勘が鈍った）

己の判断を悔いていた。

なぜ自分は、山田教師の件を最優先にしてしまったのだろう？　たしかにコンビニカメラのタイ

ムリミットは迫っていたが、録画データを手に入れた今、慌てて女性教師を捕らえる必要などはない。他の仕事が一段落したあとでもよかったはずだ。

(……やはり、ヒメがいるからだろうな)

バーネット絡みであったため『まだ自分に手伝えることがあるかもしれない』と気持ちが先走ってしまったようだ。

今、後部座席にいる山田教師が〝パパ〟の関係者だという可能性は決して高くはなかったが、それでも何かの手がかりくらいは――。そんな想いに彼は突き動かされたのだ。明らかに誤った判断だった。

余計な刑事がチョロチョロしていては、むしろ〝パパ〟たちを警戒させてヒメたちの邪魔になろう。いや、それどころか『ヒメに近づこうとした』と、ヒメ機関に〝始末〟される危険すらある。無用の冒険をしてしまった。

どうやら、まだ〝幼女刑事の相棒〟気分が抜けていなかったらしい。

もう彼女のことは忘れねば。今の相棒は、隣に座る加島後輩だ。

「……加島、飴持ってないか?」

「飴ですか？　のど飴でよければ」

一個もらい、自分で包装を剝いて口に入れる。

あいつの嫌いなハッカ味だ。

7

今日の午後イチはロングホームルーム。――だが急遽、自習となった。

（……あのヒステリー担任教師、どうして急に留守なのかしら？）

ヒメは教室で首をかしげる。説明しに来た学年主任が説明するには『警察の用事で外出』とのことだ。だが、あの女教師は校長の汚職とは関係ないはず。

バックアップ要員に訊いても不明のままだ。〝責任取り係〟が空席だと、どうしても盗聴やハッキングが遠慮がちになる。入ってくる情報は半分以下になっていた。

（ま、先生なんてどうでもいいけど）

とはいえ、わからない情報があるまま潜入を続けるというのは、ひどくストレスとなるものだった。

相棒がいないのが、ここまで不便だとは思わなかった。情報は入らず、銃は持てず、髪さえも縛れない。こんなの裸で学校にいるのと同じだ。落ち着かない。

学校内なのでキャンディを咥えることもできない。

苛立ちを紛らわそうと、ヒメは隣席の柴真由莉に話しかけるが――、

「ねえ真由莉ちゃん、先生どうしちゃったんだろうね？　どう思う？」

「……知らない」

目も合わせずに素《そ》っ気《け》ない返事をするばかり。朝からずっとこの調子だ。

「真由莉ちゃん、どうしてずっと怒ってるの？」

「……怒ってない」

訊ねるたびに同じ答えを繰り返すが、とても言葉通りとは思えない。顔を覗き込むと、ぷいっとまた視線を逸らす。

「ねえ、ほんとに怒ってないのなら、もっと私とお喋りしましょ。お友達同士というのは自習時間に無駄話をするものでしょう？　――そういえば真由莉ちゃんお昼休みどこ行ってたの？　私、いっしょに遊びたかったのに」

「……別に。どこでもいいじゃない」

やはり、取りつく島もない。

（やっぱり、怒ってる……のよね？　私、何かしたっけな？）

この学校も今日で最後。もうすぐ彼女ともお別れになる。

滅多にできない友達だ。せめて仲直りをしておきたかった。

――それとも黙って去るべきだろうか？　どうせ二度とは会えぬ以上、仲違いしたままの方がいいかもしれない。

親しい友人同士で別れるよりも、お互い悲しくなくて済む。

（もう、それでいいか……。本当は嫌だけど）

気がつけば六時限目も終わり際。

りんごん、といつもの鐘が鳴り響く中――。

「……ヒメちゃん」

今日、初めて真由莉の方から声をかけてきてくれた。

「よかったら放課後、一緒に来てくれない？」

ヒメは二つ返事で了承した。


二人は旧校舎一階の廊下を、奥へ奥へと歩いていく。

手をつないだのも今日初めてだ。なぜか小さく震えていた。

「真由莉ちゃん、どこ行くの?」

「まだ内緒……。でも、たいしたところじゃないのよ。いつものお部屋を警察の人が使ってるから、普段使わないお部屋を借りてるんだって」

「いつものお部屋? どこのこと? 誰がそう言ってるの?」

「…………」

ヒメの問いに返事はなかった。

ただ、こうして手つなぎで歩くというのは悪くない。いい思い出になるはずだ。今後自分の人生で、他人の手を握ることなどいったい何度あるのだろうか?

少なくとも、銃を握る回数の百分の一以下には決まっていた。

「ところで真由莉ちゃん、今日の放課後って平気だったの? カウンセリングがあるって言ってなかった?」

「うん……。でも、もう済んだの。カウンセラーの先生、お昼休みに来てたから……」

真由莉によれば、外部委託のカウンセラーは『バーネットにまた警察が来ている』とどこかで聞きつけ、大急ぎで学校に駆けつけたのだそうだ。

『生徒たちが不安がっているかもしれないので一秒でも早く様子を見に来たかった』とのことだが、

ただの野次馬的な好奇心のためかもしれない。少なくとも話を聞いたヒメはそう疑っていた。

(ま、助かったわ。それで放課後、一緒にいられるわけなんだし)

その意味では警察に感謝だ。警察が来る理由を作った校長にも。おかげで、お別れの言葉が言えそうだ。

「あのね、大事なお話があるんだけど——」

「……ここだよ。ヒメちゃん、このお部屋だよ」

ヒメの言葉を遮って、真由莉は廊下の奥で立ち止まる。

目の前には小さな会議室。

ドアを開けると、奥には知らない大人が座っていた。

「君が八代ヒメちゃんか。はじめまして」

「誰よ?」

「カウンセラーだよ。立木《たちき》先生と呼んでくれるかな?」

年のころは四十半ば。

黒縁の眼鏡《めがね》に紺の背広、ビール腹、温厚そうだがどこか頼りない顔つきと、いかにも冴えないサラリーマンといった感じの中年男性であった。——おそらく普段は本当に冴えないサラリーマンだったに違いない。この学校のスクールカウンセラーは、NPO法人から派遣されているボランティアのはずだ。

お世辞にも優秀そうな人物には見えなかったが、その一方でよき夫、よき家庭人ではあるのだろう。左手にはよく磨かれた結婚指輪を嵌めており、ワイシャツの襟元はきちんと糊《のり》が利いている。いずれも夫婦仲が円満であることを示していた。

つまりは何の変哲もない『ごく普通のおじさん』だった。

「さ、中に入って。そこの椅子にどうぞ。真由莉ちゃんから君のことを聞いてね、ぜひ一度お話をしなきゃと思ってたんだ」

「お話って?」

幼女刑事ヒメは用心深い。まして今日は銃を持っていない日だ。油断ひとつが死につながる。なので本来なら、初対面の大人と軽々しく言葉を交わすべきではなかったろうが――、

「どうして真由莉ちゃんが怒っているか知りたくないかい?」

この一言に、負けてしまった。

「彼女からお昼休みに相談を受けたんだよ。大事な話だから、座ってじっくり聞いてくれるかな」

「ええ、はい……」

〝心の友〟のためならば話くらいは聞かねばなるまい。勧められるがまま、がたついたパイプ椅子に腰掛ける。

そして、直後……。

8

山田教師がすぐ折れてくれて助かった。彼女も『そもそも何の罪になるというんです』と言っていた通り、本当は立件の難しいケースだ。窃盗ではなく、また一般常識的には猥褻だとも言い難い。

「それでは山田裕貴子先生、確認します。貴方は二ヶ月前、ええと……」

取調室というのは大抵、どの警察署でも一番日当たりの悪い部屋だ。

真昼というのに薄暗く、外が晴れていようと肌寒い。コンクリート打ちっぱなしの壁は視界全てを灰色で覆う。——おそらくは被疑者に威圧感や絶望感を与えるよう、意図的なものであろう。犯罪慣れしていない素人なら、連れて来られた瞬間『永遠に出られないのではないか』と不安に怯えるのが普通であった。

片山と加島による〝任意の事情聴取〟は、そんな冷たく暗い密室の中で行われていたのだが——、

「先生は二ヶ月前に、その……急に〝才能〟に目覚めたと？　『金で何でもする子を一瞬で見分ける能力』に？」

「はい……。間違いありません」

正直、あまり上手くいってはいない。

（この女、困ったもんだな……。複数の意味で教師にしちゃいけない人間だ）

片山は最初、彼女が『責任能力なし』を狙っているのかと思っていた。さもなくば混乱で意味不明なことを口走っているのかと。——威圧と絶望のための取調室だ。初犯で来れば、恐怖でおかしなことくらい言う。

しかし、彼女の場合は違うらしい。

「あのね、山田先生。もし冗談で言ってるなら、やめた方がいいですよ？　不真面目な態度でお話が長引くと、余計な微罪までほじくり返されるだけですから。ササッと正直に話してくれたら世間に騒がれる前に終わらせることもできますので」

「いいえ、嘘なんて吐いてません……。本当のことです。何となくわかるんです」

「そうですか……」

この教師は本気であった。

〝才能〟とやらが実在するかどうかはともかく、彼女自身が心から信じきっていたのは間違いない。語り口には一切の迷いがなく、瞳にも一点の曇りもなかった。片山と加島は互いに顔を見合わせる。

「どうする加島、テストでもしてみるか？」

「テストですか？　どんな？」

「だから……たとえば女子高校生の写真や動画を何十種類も用意する。で、ときどき援助交際とかやってる子のを混ぜておいて、本当に判別できるかどうか――」

「この先生の話を信じるってことですか？　外部に知れたら責任問題ですよ？」

たしかにそうだ。こんなオカルト話を真に受けて、スポーツ新聞にでも知られたらことだ。きっと課長にもブン殴られる。

（……軽く話題を変えてみるか）

ちょっとした気分転換にはなるだろう。今のままではこの女性教師のペースに流されるままだ。

「そういや山田先生、学校でノートパソコン使ってリスト作ってらっしゃいましたよね？　あれ、何のリストだったんです？　成績表ですか？」

「いいえ……あれは『売ってくれる子』のリストです。頼んだらサドルを売ってくれる子の。ずっと〝才能〟で調べてたんです。結局、本当に買ったことはなかったですけど……」

気分どころか話題の転換に失敗した。

「刑事さん、貴方がたは私の話を信じていないようですが、本当のことなんです。スピリチュアルや超能力なんかとも違います。観察と経験の結果というか……肌の匂いや、目の輝きなんかでわかるんです」

「いえ、そう言われましても」

「いいから試しに、あのリストを見てみてください。バーネットで誰と誰が『応じる子』なのか、完璧に洗い出していますので」

もしリストの子に声をかけてサドル売買の交渉に応じたら、山田教師が正しいと証明されるという理屈であったらしい。――だが、まさか現職の刑事が『お金あげるからサドル売ってよ？』などと誘うわけにもいくまい。片山考案のテストよりさらに問題だらけだ。

「じゃあ、とにかくリストを拝見しますよ……」

片山と加島はノートパソコンの画面を開く。そこにあったのは表計算ソフトで作られた十数行のみの短いリストだった。

一行ごとに名前と学年、クラス、備考のメモ、それに謎の日付が記されていたのだが――、

「……嘘だろ？」

データの真の意味を理解できたのは、取調室で片山ただ一人だ。

「山田先生、これ、どこで手に入れた⁉」

「い、いえ……だから、私の〝才能〟で――」

「いいから正直に答えてください！　もし本当なら、あんたの〝才能〟本物だぞ？　これ、何のリストか、ちゃんと自分で理解してますか⁉」

載っている名前は十一人分。

一人を除いて全員が、別のリストでも見た名であった。

（これって……〝プレゼント〟をやってる子のリストだ！）

ヒメとトモウチ青年が調べ上げた『バーネット内の〝プレゼント〟使用者リスト』の十名に、名前を一人分だけ足したものだ。

違法薬物の使用者は、挙動や体臭、発汗量など、肉体にわずかな変化が起こる。また、薬の購入資金目当てで援助交際やサドル売買にも応じやすくなるだろう。

山田教師の〝才能〟とは、そんな些細な兆候を見抜く力であったのだ。

「先生、横に書いてあるこの日付は？」

「上手く説明しにくいんですが……サドル売ってくれそうな女子って、たまに様子がおかしい日があるんです。妙に機嫌のいい日というか、何か満足げというか。その日の直後は、どうせ誘っても無駄なんで、一応こうしてメモしてます……」

何の日なのか片山にはすぐにわかった。三、四人分だけではあるが、同じ日付をトモウチ作のリストで見た。

いずれも〝プレゼント〟をもらった日だ。

（信じられない……。だが、もし本当なら――）

リスト十一人目の名前は、

――一年A組　柴真由莉

最新の日付は、一日前になっていた。

「加島、ここは任せた」

「先輩……？　どこに行くんです？」

私立バーネット女子学園高等部だ。

今のままではヒメが危ない。

9

――結論から言えば、手遅れだ。

「全部、ヒメちゃんが悪いんだからね……。わたしじゃなくって、ヒメちゃんが裏切ったんだから……」

アクソン社製テイザーX26。

ワイヤー針射出式スタンガン――いわゆるテイザーガンの代表的モデルであり、アメリカ各州の警察で犯罪者鎮圧に使用されている。電圧は瞬間的だが九十五万ボルト超。

〝心の友〟柴真由莉の手によって、ヒメは電撃を喰らい失神する。

第八章

1

二十コール目で、やっと美波は電話に出た。

「もしもし室長ですか、片山です！　今すぐヒメと連絡を取ってください！」

疾走するＰＣ《パトカー》の中、エンジン音に負けじと片山はスマホに声を荒らげるが――、

『――駄目だ。不可能なお願いごとをするもんじゃない』

もと上司の返事は、あまりに冷たいものだった。

まるで臓腑が凍りつくよう。美波の笑っていない声を、彼は初めて聞いた気がする。

「不可能、ってことはないでしょう……？」

『――いいや片山巡査部長、迂闊だぞ。もう部下でもないのに、なぜ電話など掛けてきた？　二度と連絡するなと注意されていないのか？』

「されましたが……しかし緊急で伝えたいことが！　ヒメの友達とドラッグの件です！」

『――それの何が緊急かね？　僕は忙しい。ドラッグ程度の用件で煩わされたくないな』

「そうじゃありません！　ヒメの身が危険なのです！」

『――ますます緊急ではないな。いいかね、ヒメなどという名は初めて聞いたが――』

「そんな……!!」

『――だが、もしもそんな人物が実在するというのなら、死ぬのも仕事のうちではないのかね？』

「室長!?」

ヒメの動向は、公調や自衛隊といった他の諜報機関から教材として常時モニターされている。ならば〝スパイの死〟も重要かつ貴重な教材ではないか。

優秀な工作員がヘマをして敵の罠《わな》で殺される――。反面教師ではあるが、同業者にとってはどんな資料より役に立つ瞬間となろう。

『――きっと皆、注目しているはずだ。ただ、いずれにしても君が気にすることじゃない。所轄署の業務に集中したまえ』

ぷづり、と一方的に通話は切れた。

（あのヘラヘラ室長が、こんなことを言うなんて……）

片山は、甘く考えすぎていたのかもしれない。

美波室長のことも。幼女刑事のこともだ。――初日のシャブジロー狙撃の際に認識しておくべきであった。

開設に一千億、維持に年間百億円かけている国家事業〝幼女刑事〟にとって、人命などは塵芥《ちりあくた》も同然であるのだ。それが八代ヒメの命であろうとも。

（仕方ない……。室長が駄目というなら直接言いに行くしかないか）

ヒメやトモウチへの接触は禁止されているが非常事態だ。彼の運転するＰＣ《パトカー》は、張り込み用アパートの第二松井荘に到着する。

二階に駆け上がってドアを開けると、そこには――、

「片山さん……‼　脅かさないでください。撃つところでした」

用務員姿のトモウチ青年が、拳銃を構えて待ち受けていた。

旧式のワルサーＰ99。口径は九ミリで装弾数十六発。ヒメの使ってるワルサーＰＰＳの大型版だ。バックアップ要員のくせに、使っている道具は前衛《ヒメ》よりごつい。

「驚いたのはこっちだ。それより大事な話がある」

「何です？　顔を見せるだなんて……。ことと次第によっては貴方を消します」

「撃ちたければ撃て！　だが、俺の話を聞いてからだ！　ヒメの友達の柴真由莉、あの子は〝パパ〟の関係者だ。仲良くさせるな」

「……？　どうして、そう思うのです？」

「あの子は〝プレゼント〟を使ってる。それも昨日と三日前に。おかしいだろう？　他のガキどもは十日以上もクスリがもらえなくて文句言ってるのに、あの子は定期的な提供を受けている。〝パパ〟から贔屓《ひいき》されてるんだ」

おそらく学校内の監視用に特別扱いされている子だ。ヒメが警視庁のスパイであるように真由莉は〝パパ〟のスパイであったのだ。

「今すぐヒメに伝えてくれ。その後は……まあ、好きにしろ。君の判断で俺を殺せばいい」

「はは……。すごいな片山さん。僕が思ってた以上に腕利きだった。これまでずっとお世辞だったけど、今なら本気で言えます。ヒメさんの相棒に相応しい。――でも、残念ですが手遅れです」

「手遅れ？　なぜだ？」

「つい五分前、ヒメさんとの通信がバーネット内で途絶えました。真由莉ちゃんも一緒です」

すぐさまトモウチは校内の様子を見に行ったが、既にヒメも真由莉も姿を消していた。そしてアパートへと引き上げて来たところに、ちょうど片山が訪れたのだという。

「それで……これから君たちはどうする気だ？」

「撤収です」

「撤収？」

「はい。この張り込み部屋を証拠隠滅《クリーニング》してから全員撤収します。ヒメ機関の判断です」

つまりは美波だけでなくトモウチたちも、ヒメを見捨てる気であったらしい。

2

同時刻。

「……先生、ヒメちゃん起きました」

「そうかね。だったら、着くまでお喋りしようか」

ヒメが意識を取り戻すと、そこには真由莉と、立木とかいうカウンセラーの姿があった。それと見知らぬ大人がもう三人。いずれもヤクザ風の男たちだ。

何もない長方形の空間で、おそらくはトラックのコンテナ内であったのだろう。揺れからして走行中だ。ずっとブレーキを踏んでいないので高速道路に違いない。

手足が縛られていたため、体はほとんど動かなかった。——そんな彼女の顔を、例のカウンセラーが覗き込む。

「おはようヒメちゃん、逃げるのは無理だよ。工場で荷物を固定するのに使う強化ビニール製の結束バンドだ。プロレスラーの腕力でも外せない。――君が〝幼女オオカミ〟でもね」

「あら、人のニックネームを知ってるだなんて、さすがスクールカウンセラーってわけね」

このカウンセラー、裏社会の人間だ。

〝幼女オオカミ〟は、ぶちのめしたヤクザやチンピラ連中が勝手につけた呼び名だった。堅気の人間が知るはずがない。

「なるほどね……。つまりは、あんたが〝パパ〟ってこと？」

「さすが察しがいい。説明が簡単で助かる。そうとも、私は〝パパ〟の一人だ」

〝パパ〟は個人名でなく、組織の名前ということか。

おそらくは、この立木カウンセラーが指導者《リーダー》だ。少なくとも強い権限を持つ人物ではあるのだろう。同乗する男たちの態度でわかる。無言でも、目線や空気感だけで見て取れた。

「そうそうヒメちゃん、悪いが寝ている間に服を探らせてもらった」

「へえ、いやらしいんだ？」

「別に猥褻目的ではないよ。武器や通信機を探しただけだ。とはいっても武器はともかく、もとから通信なんて無理だがね。――この機械、わかるかな？　民間用の電波抑止装置だ。妨害電波でスマホや無線機を無効化する」

「ずいぶん便利なもの持ってるのね」

「珍しいものじゃない。十年くらい前まではよく音楽ホールなんかに設置してあった。コンサート中に携帯電話が鳴らなくなるようにするための機械だ。こっちの機械はＧＰＳ用の妨害装置。秋葉原で売っていた」

どちらも小型だ。二つまとめてボストンバッグに入れられる。

「へえ。その機械、私を気絶させた学校の会議室でも使ってたってわけ？　だから私の仲間には現在の居場所も誰が攫ったかも知られてないって言いたいのね？」

「本当に察しがいい。話が早くて嬉しいよ」

だとすれば救援は当てになるまい。この手際のよさ、さすがは〝パパ〟だ。捜査員の拉致も初めてではない可能性がある。

――それと、ヒメにはもう一つだけ疑問があった。

真由莉のことだ。

「ねえ、真由莉ちゃん……。どうして貴方、こんなやつを手伝ってるの？　このカウンセラー悪いやつなのよ」

弱く、儚《はかな》く、善良な彼女が、なぜ犯罪者などに手を貸すのか？

少女は、消え入るような声でぽつりと答えた。

「……そんなの、ヒメちゃんが悪いんだよ」

「私？　どうして？」

「だって――昨日の放課後、わたしと一緒に帰ってくれなかったじゃない……」

「それは……でも、言ったでしょ。用事があるって」

昨日の放課後は、捜査をしていた。協力者である不良少女の小宮山かりんと『学校内の〝プレゼント〟やってそうな子を全員探すゲーム』をしていたのだ。

一般生徒とは関係のない話であったため、真由莉には黙っていたのだが……、

「ヒメちゃんの馬鹿！　嘘つき！　裏切り者！」

怒鳴られた。この子が声を荒らげるところなど初めて見た。

「ヒメちゃん、小宮山さんと一緒にいたでしょ！　見てたんだから！　昨日の放課後だけじゃなくって、昨日のお昼休みも、昨日の二時限目の休み時間も！　今日の一時限目の休み時間だって！」

「どうしてそれを……？　見てたの？」

「見てたわよ！　ずっと、あとつけてたんだもん！　なんで小宮山さんなんかと遊ぶの⁉　わたし、あの人にいじめられてたのよ！　知ってるでしょ！　ヒメちゃん、わたしのことだましてたの⁉心の友じゃなかったの⁉　どうして、そんなひどいことするの！」

「ううん、違うの！　いろいろと事情があるの！」

まさか尾行されていたとは。プロの諜報工作員であるヒメが。

凄《すさ》まじき執念の賜物だった。稀に腕利きの工作員が、浮気を疑う妻や恋人に正体を突き止められるケースがある。それと同じだ。目の前にいる少女はまだ高校一年生でありながら『嫉妬深い恋人並』の執念をずっとヒメへと向けていたのだ。

「だからね……わたし、お昼休みにカウンセラーさんに相談したの。『どうしたらいいですか』って。そしたら、こうしろって……。ヒメちゃん連れてきて、このスタンガンで撃てって……」

「話がつながってないわよ！　どうして悪いやつを手伝うの⁉　真由莉ちゃん、騙《だま》されてるわ！」

「悪くないもん！　騙されてもないもん！　カウンセラーさんは、前からいっつも話を聞いてくれたし……お薬だってくれるんだから！　小宮山さんたちのと同じ〝プレゼント〟のお薬を！　もっと何度も好きなだけ！」

真由莉は激昂したまま、再びテイザーガンでヒメを撃つ。

心が弱っていたためか、電撃は一層よく効いた。

さらに約一時間後――。既に夕暮れ。

「――お前たち、〝幼女オオカミ〟を中に運べ」

カウンセラーの手下《てか》どもの手で、ヒメは車から降ろされた。

どこかの古びた工場だ。壁は錆だらけのトタン製で、一見すると廃墟のようだが目を凝らせばあちこちに清掃した跡がある。〝パパ〟の本拠地《アジト》であったのだろう。

失神している間に、車を乗り換えていたらしい。トラックに乗っていたはずが、いつの間にかライトバンになっている。足がつかぬための用心だ。さすが用意周到だった。

「真由莉ちゃん、君は奥の部屋で待っていなさい」

「でも、カウンセラーさん……」

「いいから。お薬があるよ。今日のご褒美に好きなだけ飲むといい」

「……はい」

こうして真由莉は去り、ヒメだけが建物の中へと運び込まれる。手足は未だに縛られたままだ。

「ヒメちゃん、もう起きているのだろう？　寝たふりかね？」

「ちぇっ、バレたか。ええ、ついさっきね。何よ、お喋りの続きをしたいの？」

「もちろんだとも。お喋りしよう。そのために手間をかけて連れてきたんだ」

「ふふン、モテる女はつらいわねえ。――で、この工場で〝プレゼント〟を製造してるってわけね。土についた足跡とタイヤ跡を見た感じ、けっこう大勢が出入りしてるみたいじゃない。総勢二十人前後の組織で、普段工場で働いてるのは十人くらい、今いるのは拉致メンバーも含めて十五人ってとこかしら。どう、当たってる？」

慣れた猟師《ハンター》は、足跡だけで獲物の頭数を見極めるという。兵隊や殺し屋、諜報工作員も同じだ。一目でわかった。

実際、工場の中を見渡せば、そのくらいの人数が何かの作業に従事している。たちこめる化学薬品の臭いからしてドラッグ製造なのは間違いあるまい。――作業服は着ていたが、ヤクザ、チンピラ風の男たちだ。

「あのヤクザたちも〝パパ〟のメンバー？　それとも、どっかの組からのお手伝い？」

「なぜヤクザと思う？　人相が悪いだけのサラリーマンかもしれないじゃないか」

「ううん。車の中にいた人たちも含めて、身のこなしにヤクザ特有の『行儀よさ』があるもん。あんたに敬意は示してるけど懐いてる感じはあんまりしないから、取引先の組からの借り物ってとこでしょ？」

「……当たりだ。さすがの観察力だな。我々は某広域指定暴力団と手を結んでいる。製造・販売が彼ら担当、私たち〝パパ〟は企画・営業といったところだ。――君、ずいぶんと落ち着いているな？　怖くないのか？」

「そりゃあね。だって、こんだけ手間かけて誘拐するってことは、すぐには殺さないってことだもん。死なないんなら余裕もあるわ」

「参ったな、全部お見通しってわけか」

「いいえ、全部ってことはないわよ。あんたたちの目的はわかんないもの。どうしてカウンセラーがドラッグ配ってんの？　何でタダ？　あの〝プレゼント〟ってドラッグは何なわけ？」

「好奇心旺盛だな。今どきの子には珍しい。いいことだ。君、さては勉強も得意だろう？　しかし――」

――ばしゅッ
くぐもった破裂音と共に、ヒメの腹部に熱が走った。

撃たれたのだ。サイレンサーつきの拳銃で。

「あッ……!!　うぐ……ぅ！」

「痛いかな？　あまり余裕ぶられるのは不愉快だ。大人を怒らせると痛い目に遭う。いい勉強になったろう？」

今は、まだ痛くない。しかし激烈に灼《や》けるよう。小口径の銃弾で貫かれると、神経は『痛み』を『熱さ』と誤認する。痛覚はジワジワ遅れてやって来る。

「安心していい。小口径・低威力の六・三五ミリ弾だ。腹に一発だけで死にはしない。たぶん。映画なんかだと普通生きてる。だが、少しは緊張感が出ただろう？」

「……まあね」

そろそろ痛みが襲ってきた。悔しいが、自然と息が荒くなる。

「じゃあ、お喋りの続きだ。どうやら君は誤解している。『カウンセラーがドラッグを配って』いるんじゃない。『ドラッグを配るためにカウンセラーになった』んだ」

「どういうこと……？」

「知っているかな？　今、日本のドラッグ使用者《ユーザー》は減少の一途を辿《たど》っている。『脱法ハーブブームの終了』『警察の摘発強化』『長引く不景気による若者の購買力の低下』など理由はいろいろあるが――一番の理由は、世の中が上品になったからだ」

「……？　何言ってるのよ？」

「昔から、どこの学校にも問題児はいた。暴力を振るったり、万引きしたり、授業をサボってゲームセンターに行ったりする子だ。私の若いころなら、そんな悪ガキたちは女子は赤毛パーマ、男子はリーゼントヘアにして不良グループや暴走族に入り、やがては完全に道を踏み外していた。大人になってもガラが悪いままで、職業《プロフェッショナル》は暴力団かくだらない底辺職《アマチュア》。そんなゴミ人間どもがドラッグのメイン購買層となる。中学時代はシンナー、トルエン。卒業したら大麻。大人になったら覚醒剤。――しかし、それも古き良き過去の話だ」

男の言葉は止まらない。それどころか次第に早口になっていく。言語神経のエンジンが慣らしを終えたとでもいうかのように。

「困ったものだ。今はどんな馬鹿ガキ小僧でも大学に行く時代。不景気でロクな仕事に就けないとは言われているが、それでも完全なゴミ屑にまで堕ちる人間は減ってしまった。子供時代に大暴れした問題児たちも、ほとんどは普通のパッとしない真人間たちに合流する。テレビで話題の半グレどもやクラブで踊るアーパー連中も人数としては微々たるもの。もちろん世の中全体としては結構なことだが、ドラッグ業界には存亡の危機だ。急いで顧客を育てなければ」

「………………」

「そこで、スクールカウンセラーだ。わかるかね？」

「いいえ……」

否、本当は薄々わかっていた。しかし、にわかには信じ難い。

まさかドラッグビジネスのために、そこまでの手間をかけるとは――。

「わかりたまえよ。いいかね、スクールカウンセラーになれば生徒の情報が手に入る。将来クズになる可能性濃厚の〝問題児〟の情報がね。――といっても悪ガキは小知恵が回るんで教師たちにも把握が難しい。だから我々は〝いじめられている側の子〟たちに接触するんだ。『誰にいじめられたか、絶対に他言しないから教えてくれ』と訊ねるためにね。こうして我々の顧客予備軍リストが出来上がる。その悪ガキたちに……」

「〝プレゼント〟を配るってわけ？」

「そうとも、やっとわかってくれたか。若いうちに食《ヤ》らせて抵抗感を薄れさせておけば、やがて年中ドラッグのことしか考えられない大人に育つ。中毒者《ジャンキー》のエリート教育というわけだ。しかも全員、名前と連絡先は把握済み。安い投資だ。我々はバーネット以外でも東京都区内にある複数の学校で同じことをしているが、まあ、だいたい上手くいっているよ」

バーネットで〝プレゼント〟と呼ばれているのは、〝パパ〟のメンバーが新開発した合成ドラッグであるのだそうだ。

効き目はさほど強くないが、極めて安価で製造できる。――これは完全国内生産が可能なためだ。ドラッグの原価というのは海外からの持ち込みコストがほとんどを占めている。三割から七割は摘発されて届かないのが普通であるため、その分、末端価格に上乗せされる。東京近郊の工場で作れるのならタダ同然だ。

おまけに、効果がソフトな分、血液や毛髪から成分が検出されにくい。試供品《ゲートウェイドラッグ》には最適だった。

「もちろん、こんな宣伝、ずっと続ける気はない。一、二ヶ月ほど配ったらストップだ。その後は何も与えなくても、それぞれ売人を探したり、クスリ代欲しさで犯罪に走ったりと、戻れないところまで勝手に堕ちていく。これを、あちこちの学校で繰り返す」

完全な薬物中毒にしなくても、道を踏み外させさえすれば将来の優良顧客になる。この点が〝パパ〟の手口の新しい点だ。試供品の量も節約できる。

『最初は無料で薬漬けにし、その後は高値で売りつける』というのは密売人《プッシャー》の一般的なテクニックではあるが、彼らの手法はそれを長期的展望に基いて改良したものだった。

「配るのは女子だけでいい。年頃の男子は女子の影響を受けやすいものだからな。それに底辺校も無視していい。ほっとけば昔ながらのグレ方をする。狙いは、一生クスリと無縁そうな一流校や名門校の女生徒たちだ。ちゃんとターゲットは絞らなければ」

「遠回りで気の長い計画……。ずいぶん優秀な営業マンなのね」

「当然だ。子供たちは未来の宝。大事に育てていかなければ。――それに優秀なのも当然だよ。何年か前まで本職の営業マンだったんだ。広告会社の企画営業部にいた。真面目な普通の社会人だ。成績トップというわけではなかったが、それでもヤクザよりは仕事ができる。少年少女に麻薬を売るくらい本気を出せば簡単だ」

皮肉で褒めたヒメの言葉に、彼は満悦の表情で応えた。

「しかも社会全体への影響は少ない。本来堕落するはずの若者が、まともな大人に紛れて一般社会に入ってくるのを防ぐんだ。むしろ世の中のためになっているんじゃないかと思う。善悪で言えば善の行為だ」

「さすがに聞き捨てならないわね……。何が善よ、勝手なことばかりペラペラと！　だったら、どうして真由莉ちゃんをクスリ漬けにしたの⁉」

「あの子か。スクールカウンセラーとして言うが、君、友達はもっと選ぶといい。人を見る目がないぞ。彼女がいじめられる側になったのは高等部に上がってからだ」

「……？　どういうことよ？」

「中等部までは、いじめる側だった。二人も『保健室送り』にしてる。高等部に上って小宮山という子にシメられて大人しくなったというだけだ。——特殊事情の子なので、薬を与えて便利に使っている」

「まさか……!! 冗談でしょう⁉」

「やっと余裕のない顔になってきたな？ 嬉しいよ」

事実、余裕はなかった。

真由莉のことはショックであったし、腹の傷も痛む。——それにカウンセラーがペラペラ秘密を明かすのは『生かして帰さぬ』という意志の顕《あらわ》れでもあった。用事が済めばヒメのことを殺す気だ。外部に漏れぬと確信しているからこそ、こうして極秘事項を口にしていたのだ。

「さて、今度は君がお喋りする番だ。情報を教えてもらおう。どこまで真相を摑んでいる？ 君の仲間は何人だ？ もし君がここで死んだら、どのくらい本気で報復に来る？」

「そうね、その程度のことなら教えてもいいけど……その前に、最後にもう一つだけ訊いてもいい？」

「何かね？」

「あんた、自分も〝プレゼント〟使ってるでしょ」

『最後にもう一つだけ』とは、まるで外国製刑事ドラマの決め台詞だ。珍しく幼女刑事らしい発言をした。思わずヒメは笑みを零《こぼ》す。——おかげで、ほんの少しだけだが余裕を見せつけることができた。

「……なぜ、そう思う？」

「わかるわよ。他人《ひと》からはつまんないこと聞きたがっといて、自分は気前よく秘密を教える——。そういうことするのは子供番組の悪役か、ドラッグ使ってるバカだけだもん」

猜疑心は強いのに警戒心は緩い。薬物常用者の特徴だ。些細な情報を得るために敵を本拠に連れてくる危険を冒し、しかも真相を自ら明かしてしまうとは。およそ正気の沙汰ではない。

「クスリで商売してるやつはみんなそう。仕方ないのよ。お客が美味《おい》しそうに食《ヤ》ってるからね。『自分には自制心がある』『バカなヤク中どもとは違う』と言いながら結局自分でも手を出して、だんだん頭おかしくなってくもんなの。あんたもその一人。普通の密売業者《ビジネスマン》だったたってだけ」

カウンセラーの表情が曇る。言葉で一矢報いてやったとヒメは内心ほくそ笑むが――、

――ばしゅッ、ばしゅッ、ばしゅッ

どうやら怒らせすぎたらしい。三連でサイレンサーごしの銃声が鳴った。

ただし三発とも当たっていない。一発、左肩を掠《かす》めたのみ。怒りを示すために、わざと外して撃ったのだ。

「甘く見るなよ。君を殺さず連れてきたのは、手を組んでるヤクザたちに頼まれたからだ。親分《オヤ》に〝幼女オオカミ〟が無残に殺されるところを見せてやりたいとな。私の都合じゃない。――それと、君はさっき『クスリでだんだんおかしくなってく』と言っていたが……」

最後にもう一度、ばしゅッ、とまたトリガーを引く。

当てる気ではなかったろうが、当たってもいいとは思っていたのだろう。顔の右側、たった五センチ先の床に、六・三五ミリの穴が開いた。

「私が正気を失ったのは、薬を使うずっと前だ」

脇腹の銃創は、上手く急所を逸れたらしい。

小口径の弾丸では、腹に喰らっても内臓までは傷つかない。臓腑自体の持つ弾力性のおかげだ。

――とはいえ銃弾の衝撃により、腹膜内で腸や胃が跳ね回る。

猛烈に苦しい。傷口は相変わらず灼けるようだ。

そんな苦痛の中、ヒメは周囲に目をくばる。

「何やってンだ、立木《カウンセラー》！　撃ってどうすんだよ⁉　あとでオヤジにこのガキ、ブッ殺すとこ見せる予定なんだぞ！」

色黒でヒゲ面の四十男が、カウンセラーに怒声を上げる。

ライトバンの助手席に乗っていた男で、たしか井沢《いざわ》とか呼ばれていた。この場にいるヤクザどものトップらしい。見るからに幹部級の暴力団組員といった人物だ。

「オヤジを喜ばすために、手間かけて攫ったのによォ。殺しちまったら何にもならねえだろ？」

「ああ……。悪いな、ついカッとなってしまった」

「チッ。お前だから今回は我慢するが……もしウチの組員が同じことしてたら指《エンコ》じゃ済んでねえんだからな」

会話から、関係性が見えてくる。

（……このヒゲ、声がデカいだけね。頭《アタマ》はカウンセラーの方か）

工場で働いている者たちは、この井沢というヒゲ男の子分や準構成員であったのだろう。十名以上を手下《てか》として使っているのだから、それなりに大物だ。

だが、事業の主導権は〝パパ〟に握られているらしい。カウンセラーに対して声を荒らげることはできても実際に処罰をすることはできないでいた。

製造・販売がヤクザ担当、企画・営業が〝パパ〟担当とカウンセラーは言っていたが、〝パパ〟たちは技術があるのをいいことに、ヤクザを好き勝手に使っているようだった。

「それより井沢さん、そのオヤジはいつ来るんだ？」

「組員でないのにオヤジって呼ぶんじゃねえよ。十九時だ。さっき電話で確認した。──オヤジは〝幼女オオカミ〟のこと恨んでるからな、俺たちを褒めてくれるはずだ。そしたら、この事業も公認になる」

親分《オヤジ》というのは所属団体の組長なのか、それとも上部組織のトップであるのか。いずれにせよ、このヒゲ面はヒメを無残に殺すことで、上役のご機嫌取りをする気らしい。前時代的で野蛮な発想だ。

「そんときまで死なねえように〝幼女オオカミ〟を止血してやれ」

「そうだな、わかった」

カウンセラーはヒメの前にかがみ込むと、ダクトテープをべたりと貼って傷口を塞《ふさ》ぐ。工業用の高粘着テープだ。乱暴に貼られたため激痛が走るが、それでも出血は止まり、わずかに体が楽になった。

「ヒメちゃん、あの井沢さんはね、殺す前に君をひどい目に遭わせる気なんだ。偉い人の前で」

「ひどい目？」

「ああ。いわゆる拷問というやつだな」

「ふうん……。本物の変態なんだ？」

「まあね。何年か前トラウマになることがあったそうでね。それ以来、君みたいな生意気な女の子に乱暴したくてたまらないらしい」

「……悪趣味ね」

ヒメの軽口を横で聞き、ヒゲ面のヤクザはにいいと薄気味悪い笑みを浮かべていた。

「そうさ、悪趣味だ。うんと痛いから、せいぜい覚悟するといい」

情報を引き出すためでなく、ただ憂さ晴らしのためだけの拷問だ。

一切の遠慮はなく、ひたすら残酷な責めになるだろう。当然、最後には殺すはず。

観客は十九時に来ると言っていた。——現在、時刻は十八時三十一分。

ヒメの命は、残り三十分を切っていた。

3

張り込み用の第二松井荘で、片山はトモウチ青年の胸倉を摑んでいた。

「何が撤収だ。ヒメを見捨てて帰る気か?」

「放してください。本気を出せば、貴方の腕をへし折るくらい簡単なんです。——それに僕だって好きで見捨てるわけじゃない。今から何かできることがあるとでも?」

「それは……あるに決まってる。ヒメの居場所を探して助ければいい」

たとえば——今すぐバーネット周辺のコンビニを回り、片っ端から防犯カメラの映像を集めるという方法がある。誘拐犯というのは大抵、車で移動する。怪しい車輛が映っていたら、やはり行く先々の防犯カメラで行き先を突き止めればいい。高速道路に上がればNシステムの監視網がある。

それに、車で移動していようと一度くらいは顔が映ることもあろう。降りて買い物をしていれば、うっかり指紋を残す可能性もあった。

「それから……そうだ、柴真由莉だ。あの子は一緒に消えてるが、家に手がかりがあるかもしれない。まだ諦めるのは早い」

「無茶です。普通の誘拐事件だって捜査は難しいのに、向こうは作戦行動中のスパイを拉致するような相手ですよ」

「だから何だ?」

「きっと警察の裏を掻いて移動してます。カメラに素顔で映ったり、買い物して指紋を残すようなミスなんかしません。――少なくとも、調べ上げるまでには何十時間もかかるはず。それじゃ結局は手遅れです」

そのくらい片山にもわかっている。だが、だからこそ急がねばならなかった。

「あの糞生意気なヒメが、大人しく拉致されたままでいると思うか? 絶対、余計なことを言って犯人を怒らせる。殺される前に、あいつの居場所を見つけるんだ」

「そうは言いますが……」

せめて誰か、目撃者がいれば。

攫われる瞬間を見た者が誰かいれば、車の種類や犯人の人数がわかるというのに……。

(……いや待て、いるぞ目撃者!)

美波室長が言っていた。

『――(スパイなら)死ぬのも仕事のうちではないのかね?』

『――きっと皆、注目しているはずだ』

皆とは？　誰が注目している？　誰にとっての仕事だ？

ヒメのことをいつも見ているのは誰と誰か――？　もしかすると美波は冷酷な言葉の裏で、このことを伝えようとしていたのではないか？

「トモウチ君、無線を借りるぞ」

「……？　誰に連絡する気です？」

言うなれば〝皆〟だ。

本来、ヒメとの通信に使うマイクで、名も知らぬ相手に救援を求めた。

「聞こえてるか、自衛隊、内調、公調！　外務省もいるんだっけ？　とにかく〝生徒〟の皆に頼みたい。何が起きたか知ってると思うが――現在、あんたらの教材《センセイ》が大ピンチだ！　助けてくれ！」

相手は他の課報機関のスパイたちだ。

防衛省情報本部に内閣情報調査室、公安調査庁、外務省国際情報統括官組織。――彼らはノウハウを学ぶべくヒメを監視しているはずだった。授業中も。放課後も。

運がよければ誘拐された瞬間も。

いや、それどころか現在の居場所すら把握しているかもしれない。ちょうど〝責任取り係〟不在で隙だらけだったヒメ機関は出し抜けても、他の組織全ての目を盗むのは難しかろう。どこか一箇所くらい行き先を突き止めたスパイがいても不思議はなかった。

「あんたら、この無線盗聴してんだろ⁉　頼む……‼　居場所を教えてくれるだけでいい！」

片山は通信機の前に跪き、ひたすら懇願を繰り返す。

それは神に祈るがごとく。――相手が聞いているのかすら不明のまま、ただただ畳に額を擦りつけた。

「なあ……公安調査庁のあんた、頼むよ。結婚記念日すっぽかして嫁に逃げられたあんた。仕事だけのつき合いなのはわかってるが、ヒメはあんたらみんなのこと気にかけてたぞ。知ってるだろ、糞生意気なだけで悪い子じゃないんだ。いっぺんだけ俺たちを……あの子を助けてやっちゃくれないか？　お願いだ……」

無謀な交渉だ。善神ですら供物を必要とするであろうに、諜報機関のメンバーたちに何の取引条件もなく願いごととは。

スパイといえば冷血非情の象徴だ。教材《ヒメ》の死を上回るメリットを提示しない限りは動くまい。人情に訴えかけたところで軽々しく流されるはずもなかった。

こうして彼は、虚空に頭を下げ続け――、

（やはり、無理か……）

十分以上も経ってから、やっと諦めた。

ダイヤよりも貴重な時間を無駄にしてしまった。他人に頼ろうとした愚かな自分が恨めしい。

「もういい。行く」

「片山さん、どこに？」

「言わなかったか？　まず近所のコンビニを回る。――それと署に連絡して、正式に令状を取らせる。相手がどんなつもりでヒメを攫ったのかは知らないが、何かある前に取り戻す」

「令状は駄目です。幼女刑事のことが一般警察官に知られてしまいます」

「なら俺を撃て！　通話が終わる前に殺してみろ！」

片山はポケットからスマートフォンを取り出すが、

──RRRR～♪　RRRRRR～♪

自分がタッチする前に、刑事ドラマのBGMが鳴り響く。

この着信メロディ、加島からだ。

『──先輩、今どこにいるんです⁉』

「どこでもいい。それより話がある。課長はいるか？　今すぐ令状の──」

『──いいから聞いて！　前にバーネットで会ったヒメちゃん！　先輩の親戚の子！　あの子、何かの事件に巻き込まれてます！』

「……？　どうして知ってる？」

なぜ加島後輩が知っている？　ヒメの件を、まだ警察は知らないはずだ。

まして一介の生安刑事である加島の耳になど入るはずもないというのに。

『──どうして、って……？　先輩、ご存知だったんですか？』

「答えろ！　お前は何をどこから聞いた⁉」

『──今、署にヒメちゃんの友達が来てて……。ちょっと待って、スマホ代わります』

ヒメの友達と聞き、片山は自然と柴真由莉の顔を思い浮かべた。

他に友達などいないはずだ。彼女は〝パパ〟の仲間だったが、改心して〝心の友〟の危機を報せに来たのかもしれない。──声の主が代わる一瞬の間に、そんな想像を巡らせていたが、

『──もしもし！　テメェ、こないだの刑事⁉　八代の親戚って本当なの？』

予想とは違う声――しかし、既知の人物の声ではあった。

「その声……小宮山かりんか？」

盗聴マイクで聞き慣れた声だ。今さら間違えようもない。

〝アーシちゃん〟こと不良少女の小宮山かりんだ。

『――よかった、あたし《あーし》のこと憶えてた……。警察で知ってる人なんてテメェかこの女刑事しかいないから、どっちかいないかと思って警察署に来たの！　チビガキを……八代ヒメを助けてやって！』

「落ち着け、いったい何があった？」

『――見ちゃったの！　拉致現場！　八代のやつ、ヤクザに拉致られてんのよ！』

絶望的な状況に、一縷《いちる》の光明が差し込んだ。

それも予想外のところから。


今から三十分ほど前のことになる。

小宮山かりんは不良グループの先輩の一人と、廃業したスーパーマーケットの解体現場にいたという。

ここは豊島区と中野区の境界近くにある廃墟で、法律上のトラブルから壊す途中のまま半年以上放置されている。土埃だらけでコンクリの壁も崩れかけであったため近隣住民も滅多に近づかぬ場所であった。――その一方で寝床を求めるホームレスや、安く人目を忍ぼうとするカップル、肝試し気分の浮かれた若者といった連中が、ときたま勝手に入り込む。

不良女子高生二人も、そんな侵入者たちの一組であった。

『――先輩んちの近所で、そこなら邪魔が入らないからって誘われたの。バスの定期で行けるとこだったし……』

「邪魔？」

『――う……ううん、何でもない！』

片山には、この子の焦る理由が想像できた。署にいる加島も同じだろう。

シンナーだ。つい最近、この建物の旧オーナーから警察に『最近、子供が入り込んでアンパン《シンナー》をやっている』と通報があった。北杉並署の管内ではなかったがデータは各署で共有している。小宮山かりんは先輩からシンナー遊びに誘われ、わざわざバスで廃墟を訪れたのだ。

『と……とにかく！　あたしら《あーし》が二人でダベってたら、ライトバンっていうの？　四角い車。あれの白くてボロいやつが入って来て駐車場跡に停まったの。で、見つかったら怒られるかもと思って隠れてたんだけど、そのうちにもう一台、小さめのトラックが来て――。で、ヤバイもの見ちゃったの……』

「何を見た？」

合いの手のつもりで質問すると、少女は半切れ気味で返事をする。

『――だから、八代よ！　最初に言ったじゃない！　トラックの中から八代が運び出されてきたの！　どっかの男たちに！　寝てたんだか気絶してたんだか知らないけど、あいつグッタリしてて……』

「本当か……!?」

『――ウソついてどうすんの！　で、八代をトラックからライトバンの方に運んで、そのまま出て行っちゃった……。どうしよう、あいつ殺されたりしてないよね？』

「いや、大丈夫……。平気だ。安心しろ」

今のは片山の嘘だ。大丈夫でも平気でもない。スマホの向こうにいる少女を不安にさせぬよう適当にあしらったというだけだ。――だが、下っ端不良少女の小宮山かりんは、空気や顔色を読むのに長《た》けている。誤魔化しはすぐに伝わったらしい。

『――あの、あたし《あーし》何でも手伝うから……』

彼女の声は、震えていた。

「そうか……。だったら協力してくれ。車のナンバーと車種は？　トラック、会社の名前は書いてあったか？　犯人は何人いた？　人相や服装は？」

『――ナンバーとかはわかんない……。会社の名前も書いてなかったはず。犯人は……六、七人だったかな？　みんなニット帽かぶってマスク着けてた。服はウィンドブレーカーだったと思う』

つまり顔も髪形も体型さえも念入りに隠していたというわけだ。

用意周到だ。この用心深さ、〝パパ〟の可能性が濃厚だった。

『――あ、そういや陰でコソコソしてたけど、女も一人混じってた。やっぱりウィンドブレーカーとマスクとニット帽だった。……よく見えなかったけど、あたし《あーし》らと同じくらいの歳の子だったかも』

「……っ！　柴真由莉か⁉」

『――えっ？　なんで柴だと思うの……？　けど、言われてみれば似てたかも』

では、やはり〝パパ〟だ。確信できた。

用心深さが今回は仇《あだ》となったようだ。――学校からヒメをトラックで運び、念のため車を乗り換えたということだろうが、おかげで小宮山かりんたちに現場を目撃されてしまったわけだ。

「他に情報は⁉　何でもいい、もっと教えてくれ！　男たちの中に目立つやつはいなかったか？　やたら背がデカいとか、趣味の悪い靴を履いていたとか。どんな些細なことでもいいから思い出してくれ！」

『――う、うん……。あのさ、刑事さん――』

片山の熱意に気圧《けお》されたのか、不良少女はおずおずと言い難そうに言葉を続ける――。

『――この話、内緒にしてくれる……？　逮捕しないって約束してほしいんだ……』

「何か知っているのか？」

『――うん……。一人だけ、犯人の顔見た。最初のバンの助手席に乗ってた男、廃墟に入ってきたとき、まだマスクしてなかったから……』

「本当か！」

だが、なぜ最初に言わなかったのか？　どうして内緒にする必要があると？

その理由を、彼はもうじき理解する――。

『――顔は今、署《こっち》の女刑事と似顔絵描いてる……。ヤクザっぽい感じのおっさんで、歳は四十歳くらい？　色黒でヒゲ生やしてて……あと右側の尻にデカい般若《はんにゃ》の刺青《いれずみ》がある。いっしょにいた先輩が見たって言ってた』

「……？　パンツ穿かずに車運転してたのか？」

聞き間違いでなければ、尻にタトゥーと言っていた。

珍しい。調べればすぐに個人を特定できるはず。――だが、なぜ車を運転している男のそんな部位が見えたのか？

『──先輩が、一度会ったことあるって言ってたから……』

おそらく、おなじみのパパ活だ。客として出会い、そこで目にしたということだろう。尻を見たということは、デートだけで済んだとは考え難い。

とはいえ、まさしく幸運。これほどの僥倖《ぎょうこう》はなかった。

「そうか……。ありがとう。おかげでヒメを助けられる。──しかし君、ヒメとは仲が悪かったんじゃないのか？」

むしろ仇敵と言っていい。

だが、彼女はヒメのために、仲間の援助交際やシンナーの件まで警察に教えてしまった。不仲な転校生を救うために、ヒメのためにそこまで手を尽くしてくれるとは。

「どうして、ヒメのためにそこまでしてくれる？」

『──そりゃあ、ほら……』

少女は、ばつが悪そうに答えた。

『──友達、だから……。無理やりだけど友達になっちまったから、だったら助けるのは当たり前でしょ』

この不良娘、意外な男気の持ち主だった。

皮肉なものだ。ヒメは〝心の友〟とまで呼んだ柴真由莉に裏切られ、敵のはずの小宮山かりんに助けられた。

誰が真の友なのかは、最後の最後までわからない。

片山はスマホを切ると──、

「トモウチ君、頼めるか？」

今度は、傍《かたわ》らの青年に〝お願い〟をした。

「警視庁本庁の組対をハッキングして、右尻に般若の刺青がある男を捜してくれ。あんまりない柄だからすぐ見つかる」

「ははは、もうやってますよ。ほら出ました」

一瞬だ。組対（組織犯罪対策部）では、反社会的勢力のメンバー・準メンバーが詳細にデータベース化されている。顔、氏名、住所、連絡先、それに刺青の絵柄と位置も。

「この男です。前科者で広域暴力団の正構成員でしたから簡単に見つかりましたよ。どうです人相もちょうどでしょう？　――井沢竜也《たつや》、四十三歳。八代目関東原岡組の幹部組員です」

「原岡組……!!　あのジジイか！」

着物姿の大親分が、組長を務める組だ。

4

ヒメの居場所は、電話一本で判明した。

『――し……知りやせん！　そりゃあ井沢が勝手にやってることでさァ！　あっしは何も知りやせん！』

「関西弁はどうした？　変な江戸弁を使うなと〝幼女オオカミ〟に言われてたろう。井沢は今、どこにいる？」

『――去年買収した三鷹市の町工場に……。大事な用があるからと、十九時に来るよう言われてやす……でんがな』

〝幼女オオカミ〟の怖さを知る老組長は、迷わず部下を切り捨てた。

これは井沢がドラッグビジネス担当幹部だったのも理由の一つであったろう。所詮、薬物など組内でも非主流派が扱う商品。原岡組にとって重要な資金源ではあったが、それでもいざという際には蜥蜴《とかげ》の尻尾となる運命なのだ。

場所を確認し、通話を終えた片山に――、

「片山さん、これどうぞ」

トモウチ青年が投げたのは、見覚えのあるキーだった。

諜報組織のメンバーであるトモウチは人前に姿を晒せず、工場に同行することもできない。そんな彼にとって、これは精一杯の心づくしだ。

「エンジン、もう温まってます」

「だろうな。さっきから音が聞こえてた」

アパートの表に出ると、お馴染みのNSXがアイドリングしながら停まっていた。

後部が微妙に沈んでいるのは〝楽器〟が積まれていたからだ。

と、そんなとき――、

――RRRRRRR
またポケットの中でスマホが鳴る。
「誰だ？」
『――片山巡査部長か？　工場内の見取り図を描いた。よかったら使ってくれ』

見ればワイパーにそれらしい紙が挟まっていた。二つに折ったメモ用紙だ。

『――君が本気とわかったので手を貸してやることにした。今度の休日、嫁の実家に土下座しに行く予定なんでね。お姫様に何かあったら休みが潰れる』

「あんた、公安調査庁の人か!」

『――図に、どこから突入すればいいか書いておいた。ちょっと荒っぽいが、そのルートならお姫様が捕まってる場所まで最短コースだ』

車に乗り込みながら紙を開く。なるほどたしかに荒っぽい。

「はは……。まるで映画だな」

『――そういうの好きじゃなかったか?』

「いいや、嫌いじゃない。007の相棒向けだ」

片山は四点式のシートベルトを締めると、デリケートなアクセルを一気に底まで踏み込んだ。

エンジンの振動が、彼を『幼女刑事の相棒』へと戻していく――。

『――ああ、そうそう。せっかくだ。もう一つ耳よりな情報がある。運転しながら聞くといい』

5

工場の壁掛け時計に目をやれば、時刻は十八時五十九分。

ヒメの命は残り一分。タイムリミットは刻一刻と迫っていた。――カウンセラーが彼女の顔を覗き込む。

「ヒメちゃん、起きているかい? 失血や恐怖で気を失ったりはしてないだろうね?」

「……起きてるわ」

「そうか、よかった。元気でない子を殺しても組長さんは喜ばないかもしれないからね。さすが〝幼女オオカミ〟、助かるよ」

「あら、そう言ってられるのも今だけかもしれないわよ？　私があんたなら絶対に、学校の会議室で〝幼女オオカミ〟を殺してるわ。狼扱いされてるような怖い女、本拠地《アジト》に連れて来たくないもの」

「ああ、それは同意する。私だって本当は連れてきたくなかった。——また余裕を出しているな？　だが、今度のはただの強がりだ。そのくらいは特別に許そう」

「さあ、どうかしら……。強がりかどうかは、すぐにわかるわ」

正解は、強がりだ。

現在、ヒメは窮地を脱する術《すべ》を持っていない。手足は結束バンドで縛られて、目の前にはカウンセラーとヒゲ面のヤクザ。工場内には十五人前後の敵がいた。おまけに脇腹はまだ苦しい。たとえ手足を自由にできても脱出するのは難しかった。ほぼ不可能と言っていいだろう。

……とはいえ、まったく根拠のない強がりでもなかった。

彼女は特殊な訓練を受けているため、常人よりも耳がいい。

「そろそろ時間だ。井沢さん、組長はまだか？」

「もう来るだろ。オヤジは時間に厳しいからな。自分も絶対に遅刻しねえ人だ。……おっ、来たみてえだぞ」

ヒゲの井沢がそう思ったのは、表で車の音がしたからであろう。今、このタイミングで訪れるのは組長《オヤジ》の車以外にあり得まい、と。

だが、そのエンジンは、

――ギュゴー
と、カスタムスポーツカー特有の爆音を発していた。

しかも一切スピードを落とさぬまま、工場の裏手に接近してくる……。

「カウンセラーさん、一応言っておくけど……」

「何だね?」

「私の勝ちよ」

その場にいた者たちは、ヒメを除いて皆、我が耳、我が目を疑った。

突如鳴り響く、ドンッ、バリバリ、という轟音《ごうおん》。――同時にトタンの壁をぶち抜いて、改造パトカーが建物内へと突っ込んできたのだ。

「ふふン、遅いわよ片山。でも間に合ったから許してあげるわ」

時計の針は、十九時ジャストを指していた。

ここから先は、彼女の時間だ。

第九章

1

以下は、片山が公調からもらったメモに書かれていた指示の要約だ。

――工場の裏のこの位置の壁に、時速五十キロで体当たりしろ。

これには、さすがに片山も呆れた。先ほどは通話で『まるで映画だな』と感想を述べたが、むしろテレビゲームに近い発想だ。どちらにしても現実的ではない。

とはいえ――、

(……なるほど、最短コースだ)

実行はできた。錆びたトタン板をぶち抜き、車ごと建物内に突入する。

安普請の壁が割れる音と、高級スポーツカーのボディがひしゃげる音。二つの不快なサウンドがNSXの車内に満ちていく。

メモは何もかも正確だった。突入した壁の向こう側ほんの数メートル先に、手足を縛られたヒメが倒れていた。図に描かれていたのと同じ位置だ。

寝転がる幼女を轢《ひ》き殺さぬよう、ブレーキを慎重に踏みつける——。

「片山、ドア開けて！　運転席側！」

「……っ？　こうか⁉」

そこからのヒメの動きは、まさしく曲芸。

手足を縛られたまま床から跳ね起き、開いたドアから飛び込んだ。——まだ制動中で、停止しきっていない改造パトカーの車内へと。

全ては、ほんの一瞬。サーカスの軽業師を連想させる身のこなしであった。あまりの唐突な出来事に、見張りのヤクザたちも身動きできない。

唯一、カウンセラーのみが例の消音拳銃を向けていたが、

「ドア、閉じて！」

「おう！」

わずか〇・〇一秒だけ片山の方が速かった。サイレンサーごしに放たれた弾丸は、防弾ドアに阻まれる。

運転席に飛び込んだヒメは、片山の膝の上で猫の子のように寝そべりながら「ふう」と安堵の息をつく。片山も同じだ。二人同時の息音だった。

幼女の体重が刑事の脚に、ずしりと心地よくのしかかる。軽いが重い。命の重みだ。

「ヒメ、お前、血だらけだぞ⁉　大丈夫なのか？」

「まあね、平気よ。お腹に穴開いてるけど、ダイエットになるかもしれないし。——この車、まだ動く？」

「動く。さすがスーパーカーだ」

頑丈な車だ。車体はあちこち歪んでいるがエンジンは停止していない。それどころかガラスも割れていなかった。

「このまま逃げて病院に行くぞ」

「ううん駄目、このままで。考えがあるの。壊れて動けないフリして停まってて。……けど、お前よくここに来られたわね？」

「それ、『思ってたより優秀だった』ってことか？　それとも『異動したのにどのツラ下げて』って言いたいのか？　お前が心細くて泣いてるんじゃないかと心配で、仕事ほっぽらかして助けに来たんだ」

「そう、ありがと。でも取り越し苦労ね。幼女刑事は泣いたりしないわ」

「そうか……。ハンカチ使うか？　顔汚れてるぞ」

腹の出血より先に顔の汚れを心配するのは順序が逆であったろう。――しかしヒメは言外の意味を理解したのか、縛られたままの手でハンカチをひったくり、無言で目元をごしごし拭いた。

そのまま彼女は這《は》って助手席へと移ると、ダッシュボードからナイフと医療キットを取り出し、手足の結束バンドを切って脇腹の手当てを始める。

「片山、お前も手伝って」

「わかった。何をすればいい」

「私のあげたヘアゴム持ってる？」

持っている。上着のポケットに入れたままだ。

「つけて」

「……それ、今することか？」

「いいから」

言われるままに髪を結わえる。

同時進行でヒメはまず抗生物質、鎮痛剤、栄養剤、強心剤といった薬をまとめて腕に注射する。それから脇腹からダクトテープを剝がし、瞬間接着剤と手術用ホッチキスで改めて傷口を塞ぎなおした。ちょっとした大手術だ。しかも麻酔なし。ときたま痛みのためか背筋がびくりと跳ね、ヘアスタイルをいじる片山の手元を狂わす。——最後に真新しい医療テープを貼って応急治療は完了。薬剤の効果なのか、それとも精神的な理由であるのか、顔色はみるみるうちによくなっていった。同じタイミングで髪のセットも完了する。とはいえ、こんな状況下だ。普段よりさらに不揃いなツインテールになってしまった。

「すまないな。あんまり上手くできなかった」

「ううん、いいと思うわ。いい感じよ」

ヘアセットが終わって顔を上げると、車は包囲されていた。

工場のヤクザたちだ。総勢十名以上で全員銃を手にしている。

「参ったな、包囲されてるぞ？」

「そりゃそうでしょ。私、主犯も真相も工場の場所も知ってるからね。逃げられたらアウトだもん。けど、殺せばギリギリ誤魔化せるかもしれない。そんな相手が車をエンストさせてんだから全力で殺しにかかるに決まってるわ」

さすが暴力団と呼ばれるだけあって、もとから血の気の多い連中だ。また、ドラッグ工場だけあって商品に手をつけていた可能性もある。正気でないならこの好戦性も納得がいった。

最初、男たちは遠巻きに車を囲んでいたが、じわりじわりと距離を詰め——ついには一人がトリガーを引く。

まずは二発。ぱあンっ、ぱあンっ、と弾ける音。銃弾がドアとガラスに喰い込んだ。

「撃たれたぞ」

「平気。防弾仕様よ」

たしかに車内まで弾《たま》は届かない。——しかし、最初の二発を皮切りに、

——ぱあンっ、ぱあンっ、ぱあンっ、ぱあンっ

一斉に撃ち始めた。十人以上が十丁以上の銃で。

ボンネットに、フロントガラスに、ドアに、銃弾が次々衝突する。ＮＳＸの芸術的なスポーツボディは、瞬く間に蜂の巣状にされていった。

「これ本当に大丈夫なんだろうな？　さすがに怖いぞ」

「平気だってば。けど車の整備担当には怒鳴られるかもしれないわね。『こんなボロボロにしやがって』って。そっちの方が怖いわよ」

見れば、これほど撃たれても、ボディを貫通していない。ガラス部分も弾を受け止め、細かいヒビが入っているのみであった。

いや、それどころかタイヤすら無事だ。パンクしていない。——防弾ボディに耐衝撃ガラス、エアレスタイヤ。このＮＳＸはパトカーというよりも米軍の装甲戦闘車輌《AFV》に近いマシンと言えた。

「ねっ、問題ないでしょ？」

そうは言っても銃撃戦慣れしていない片山は、心穏やかではいられない。

「そういや、こいつら全員一丁ずつ銃持ってるけど、ずいぶん景気のいい組織なのね」

「そうだな……」

「見て。あそこのパンチパーマ、サブマシンガンなんか持ってるわ。なんかパタタタうるさいと思った。ついでに、その隣の男、手に何握ってるかわかる？　あれ、意外と入手難しいのよ」

「いいから、そろそろ何とかしろ！」

「あははっ。片山、怖がってる。——仕方ないわねえ、怖がり屋さんのお前のために、そろそろ何とかしてあげましょうか。〝楽器〟はトランクの中？」

「いいや、すぐに使うかもと思って〝チェロ〟ともう何丁か後部座席に移してある」

「ナイス。気が利くじゃない」

二人乗りのＮＳＸをパトカーにする際、無理やり設置した後部座席だ。人が本当に乗れるのか疑問なほどの狭さだったが荷物くらいは置くことはできた。——弾丸の音がドラムロールのように鳴り響く中、ヒメは助手席から後ろに身を乗り出し、お気に入りのチェロケースに手を伸ばす。

「今回はこれ使いましょ。思い出深い品だしね。片山、お前は拳銃《PPS》でいい？」

「ブルーのやつがいい」

「だーめ。ピンクね。はいこれ持って」

こうして拳銃弾の雨が降り注ぐ中、二人は装備を整える。

「さて、と。そろそろ行くけど……。片山。んっ」

ヒメは唇を尖らせ、『んっ』と何かの合図をする。一見するとキス待ちのような顔だったが、そうでないことくらい片山は理解できていた。

「ちゃんと用意してる」

ポケットから棒つきキャンディを取り出し、包装を剝いてヒメに差し出す。

この子の好きなオレンジ味だ。

「ん。ナイスその二。わかってんじゃないの」

彼女は行儀悪く、口だけでぱくりと飴を咥えた。甘みが脳に伝わったためか表情が一瞬緩む。

「じゃ、始めましょ。〝発表会〟を」

エンストのふりをしていたのは、工場のヤクザを車の周囲に集めるためだ。——散り散りになって逃げられるより、一箇所にまとまってくれた方が扱いはずっと楽だった。あとは叩き潰せばいいだけのこと。たとえるなら、子供が蟻の巣を潰すがごとく、だ。

銃というのはどれほど数を揃えようと無秩序に撃ち続けている限り、必ず全員一度に弾切れする瞬間が来る。そんなわずかな間隙にヒメは——、

「はい、演奏開始！」

ドアを開いて、躍り出た。

愛銃のH《ヘッケラー》＆K《コッホ》 G28は狙撃ライフルではあるが軽量で、接近戦にも対応可能だ。セミオートでまずは五発、七・六二ミリ弾を放つ。

狙いは目の前にいる五人。相手側がしているような無秩序な『乱射』ではない。狙いを定め、命や継戦能力を奪うことを目的とする『射撃』だ。プロフェッショナルの技術《わざ》だった。

当然のように全弾命中。人体が五つ床に転がる。

さらに二回撃って人体を二つ増やしたあたりで、敵《ヤクザ》の何人かは弾倉《マガジン》を交換し終えた。自由に動けるのもこれで最後だ。ヒメは体操選手のような身のこなしで地面を飛び跳ね、NSXの陰に身を隠

す。その際に——、

「そこのパンチパーマ、いいもん持ってんじゃないの！」

二度、G28《ライフル》のトリガーを絞った。

一発は、短機関銃《サブマシンガン》を手にした男へと。

もう一発は、その隣の男の武器——中国製の手榴弾を握った右手首へと。

ピンを抜いたのを確認してからの射撃だ。わずか一瞬。文字通り瞬きする間。このタイミングで飛び跳ねながら命中させたのは、まさしく神業にほかならない。

大口径ライフル弾が手首を貫き、手榴弾は握った手のひらごと地面に落下。爆発が周囲を襲う。

——既にこのときヒメは車の脇に身を潜めていた。

「バッカねえ。こんな乱戦で使えもしない道具持ってくるから」

残念なことに、威力は思ったより弱かった。安物のコピー品であったのだろう。せいぜい半径三メートルを爆風で包んだだけだ。ただ、それでも二人ほど無傷のヤクザを巻き添えにしてくれた。

これで敵の半数以上は行動不能となる。残りはほんの四、五人程度。こうなると、あとは簡単なものだった。

戦意を失い怯《ひる》んだ者や、逃げようと背を向けた者。——そんな臆病な子羊たちを七・六二ミリ弾は次々と狩っていく。

片山もアシストをした。物陰からヒメを狙うガッツのあるチンピラを、ピンクのワルサーPPSで撃つ。射撃に自信はなかったが『弾を使い放題で、どこかに当たればいい』という好条件だ。三発撃って肩に一発命中。何とか相手を制圧できた。

これで、あらかた片づいた。

まだ立っているのは、ヒゲ面の井沢ただ一人となる。

「あらあら、偉い人だけ残ってるなんてカッコ悪いわねえ。で、あんた、どうする気?」

彼の武器は、台湾製の七七式短機関銃《サブマシンガン》。装弾数三十。――八十年代の古いモデルだが、その分安価で信頼性が高い。九ミリパラベラム弾を毎分千二百発ばらまく性能を持つ。

だがこの男、優れた武器を持ちながら、後ろで命令をしていただけだった。無様なものだ。もし最前列で弾を撃ち続けていたならば戦況は多少変化していたかもしれない。

「どうする? 降参? 無傷ってわけにはいかないけど、上手に命乞いできたら殺さずにおいてあげてもいいわ。――といってもウチにはトモウチっていう性質《たち》の悪いゲイがいて不細工な男をガン掘りするのが趣味だからケツはひどいことになるでしょうけどね。それでもいいなら武器を置いてこっちに来なさい」

「う……うるせえ!」

トモウチの話をしたのは、拷問すると言われたことへの意趣返しだ。

井沢は挑発されるがままにサブマシンガンを発射する。――だが、その銃口の先にヒメの姿はない。薬品精製用の機械を踏み台にし、宙高く跳躍していた。

マズルフラッシュに照らされながら跳ぶその姿は、まるで体操選手か妖精のよう。フルオートで放出される銃弾は彼女のはるか下をくぐるのみ。

「はい残念。じゃ、罰ゲームでお腹にケツ穴ひとつ追加ね」

ヒメのG28《ライフル》が火を吹き、弾は井沢の脇腹を貫通する。

傷はヒメが撃たれたのとまったく同じ位置であったが、もちろん意図的なものだった。

「ヒメ、お前『ケツ穴』とか汚い言葉使うなよ」

片山が顔をしかめると、幼女は笑って返事をする。

「あははっ。何よ、その『人殺しはともかく汚い言葉は許さん』みたいな言い方？　それと今のツッコミどころは『貫通したから背中にも穴開いてるだろ、追加のケツ穴は二つだ』よ」

これで井沢以下、ヤクザたちは全員片づけた。とどめをわざわざ刺していないので生き残る者もいるだろう。情報はそこから得ればいい。

あとは〝パパ〟のリーダーであるカウンセラーのみ――。

「そういや片山、主犯がスクールカウンセラーだって話はしたっけ？」

「いいや。そうなのか？」

「ええ、そうなの。さっき銃撃戦のドサクサに紛れて逃げてったわ。追いましょ」

2

二人とも、工場にはもう一つ部屋があると知っていた。

片山は公調からもらった図で目にしており、ヒメはカウンセラーが、

『――真由莉ちゃん、君は奥の部屋で待っていなさい』

と言っていたのを耳にしていたからだ。

その〝奥の部屋〟に彼は逃げ込んでいた。銃撃戦の最中だったが、ヒメの眼光は男の動きを見据えていた。

あのときカウンセラーの口元は、薄っすらとだが笑っているようにも見えた。――何か罠があるのかもしれない。

「気をつけて。万全の態勢でいきましょ。片山、上着貸して」

「ああ、うん……。そうだな。風邪でもひいたら大変だ」

出血で体温が低下していたのだろうか。ヒメは、片山のジャケットを羽織りながら目的の場所へと向かった。

「この部屋ね……」

ドアの反対側から人の気配を感じる。公調のメモには『事務室（応接間）』と書かれていた部屋だ。図によれば、たしか窓はなかったはず。正面から入るしかない。

「じゃ、ドア開けるわよ。いち、にの……さんっ！」

鍵《ロック》はかかっていたが工場が安普請ということもあり、蹴り一発でドアは開く。

中ではカウンセラーが、工場長用の机の上に行儀悪く腰掛けていた。

「来たか……。井沢さんたちは全員死んだのかな？」

「まあね。生きてるやつもいるかもしれないけど、動けるのは一人もいないわ」

「さすがは〝幼女オオカミ〟、噂にたがわず荒っぽいな」

ドアから机までは七メートル。ヒメの腕なら弾は絶対当たる距離だ。

にもかかわらず発砲できずに喋っていたのは、理由が二つ。

——第一の理由は、柴真由莉が人質に取られていたため。

カウンセラーの膝枕で、少女はすやすやと熟睡していたのだ。これでは撃てぬ。

おそらく真由莉は〝プレゼント〟を使用し、そのまま眠っていたのだろう。自分が〝心の友〟を裏切った直後で、すぐ表で銃撃戦があったというのに。

カウンセラーは彼女の命を奪うのに躊躇はしまい。——というより、もとから生かして帰す気はなかったはずだ。口封じをせねば『ヒメを誘拐したのはスクールカウンセラーだ』と知られてしまう。殺して工場の裏にでも埋めてしまう予定だったに違いない。

迂闊に動けば人質の命が危ない。もちろん真由莉に手をかけるより早く、相手を射殺してしまうという手もあるが……それには相手の武器が悪かった。

――発砲できない第二の理由は、カウンセラーが手にしていたのがRPG（対戦車ロケット砲）であったからだ。

旧ソ連製RPG－7のコピー品だ。全長九百十ミリ、重量五・六キログラム。有効射程は九百二十メートル。一九六〇年代の設計だが未だに世界各国にて現役で使用され続ける名作兵器だった。

「得物《ぶき》、センスがいいわね。〝幼女オオカミ〟は戦車並に強いって恐れられてるんでしょう？　だったら対戦車ロケット用意するのは当然だわ。――けどね、その武器、室内で使うもんじゃないわよ」

「ほほう、そうなのかね？」

射程距離を見ればわかる通りだ。屋内用なら九百二十メートルも必要あるまい。それに対戦車ロケットというだけあって人間相手に撃つ道具でもなかった。

この男は以前『余裕ぶられるのは不愉快だ』というようなことを言っていたが、今のヒメには彼の言葉の意味がよくわかる。

「ええ、そうよ。弾が当たったら大爆発起こして、あんたもまとめて吹っ飛ぶわ。おまけに発射するとき弾の反対側から強烈なバックブラストが噴き出すんで、こんな小さな部屋だと全員丸焼けになっちゃうわよ。それでも撃つ気？」

窓もない密室だ。室内が後方噴射《バックブラスト》の熱で満たされ死ぬことになる。

しかし彼にとっては、それこそが狙いであった。

「必要なら撃つとも。だから人質になる。私がロケット弾を撃てば、お友達の真由莉ちゃんが一緒に焼け死ぬ。嫌なら要求を聞きたまえ」

「要求？　逃走用の車でも用意してほしいの？　それともお金？　——だいたい、真由莉ちゃんが人質になると本気で思ってる？　その子、私を裏切ったのよ」

「なるとも」

「どうしてよ？」

「君は優しい子だ。いじめられていた真由莉ちゃんを助けて友達になってあげた。そんな心優しいヒメちゃんが、大切なお友達を見捨てるはずがない」

「ふうん……」

ヒメは部屋に突入したときからずっと、手にしたG28《ライフル》を発射する隙をうかがっていたのだが——、

「……やれやれ、負けたわ。要求を飲みましょう」

左右にかぶりを振りつつ、ライフルを床に置いた。

「まあ、真由莉ちゃんは私を裏切ったし、実はヤク中で、中等部のときはロクな子じゃなかったらしいけど……それでも今、可哀想なのは事実だもんね」

「やはり優しい子だ」

「でしょう？　それで、要求って何よ？」

「なあに、大した話じゃない。君とお喋りしたいだけだ」

「またなの？」

「そう、またたよ。さっき話し忘れたことがあったのでね」

「何よ？」

「そうだな、まずは……我々〝パパ〟の目的なんてどうだ？」

彼の薄い唇には、また不敵な笑みが浮かんでいた。

ヒメにとっては不可解極まりないことだ。――カウンセラーは、なぜそんな重要情報を語ろうとする？　またドラッグで気前がよくなっているのか？　それとも何か別の理由があるというのか？

「どういうつもり？　また子供番組の悪役ごっこ？」

「そうだ。子供番組の悪役ごっこだ。私の死んだ娘もテレビが好きでね、どの番組でも悪役はこんな調子だった」

「死んだ娘……？　あんた、本当に誰かの〝パパ〟だったわけ？」

「そうとも。〝パパ〟のメンバーは全員似たような境遇だ。子供がいて、それを失った……。学校でいじめられて自殺した。うちの子はバーネットの生徒だった」

「へえ……」

名門校や進学校でカウンセラーをできたのは、その境遇のおかげもあったのだろう。自殺者の遺族となれば学校側も断れまい。

「本当の目的を教えてやろう。ドラッグの普及なんて二次的なものだ。本当は、悪ガキどもの人生を破滅させることそのものだ。――いじめで人を殺したようなやつらが、もしかして『普通の人生』を送るかもしれない。ヤクザや犯罪者にならず、のうのうと一般人に混じって、一度もグレたことのない真面目な真人間と同じように、ささやかな幸せを手に入れてしまうかもしれない」

「まあ、そういうこともあるかもね」

「ある。実際にある。うちの娘を殺した加害者の一人は、有名大学に入ってエリート気取りだ。墓参りも二年目から来なくなったくせに。許されることだと思うか？　この世界に正義はないのか？」

「だから、復讐のために〝パパ〟を？　関係ない子たちに八つ当たりしてるだけじゃないの」

「いいや、八つ当たりなのは認めるが『関係ない子』なんかじゃない。全員、うちの娘を殺したやつらの同類だ。私は世の中を正しくしている。――そのために何年もかけて仲間を集めた」

「どんな仲間よ」

「たとえば君が殺したヤクザの井沢だ。あの人も娘さんが電車に飛び込んで自殺している」

そういえば『過去のトラウマのせいで生意気な女の子に乱暴したくて仕方ない』とか聞いた気もする。これがそのトラウマというわけか。

「で、カウンセラーさん、結局あんた何が言いたいのよ？」

「我々〝パパ〟は既に目的を果たしたということだ。私たちは東京都内複数の有名校で、二百人を超える問題児にドラッグを配った。さすがに全国全ての学校でというわけにはいかなかったが、それでも『不良はドラッグをやるものだ』という風潮を改めて世に広めるには充分な人数だろう」

『背が高いとバスケに向いている』『ダブルだと美人扱いされる』『関西人は漫才師みたいな喋り方をする』と同じように『いじめをする子はドラッグをやる』。――〝パパ〟たちは、そんな新たな常識を作り終えたというのだ。

「だから、もう悔いはない」

「ふうん、そう……」

工場に来たばかりのとき、この男がペラペラと秘密を話したのは『ヒメを生かしておく気がなかったから』だ。死ぬ予定の相手にならば何でも教えることができる。

だが今度は違った。正反対だ。

今、この男が秘密を教えているのは、まるっきり逆の理由であった。

「……あんた、死ぬ気なのね？　もう死ぬから全部教えてスッキリしようって思ってるんでしょ？」

「賢いな。ああ、そうだとも。その通りだ。だが今さら君らが知ったところで手遅れだ。もう復讐は済んだし、悪ガキどもは救えない。それに……すごくスッキリした」

カウンセラーは、晴れ晴れとした表情でＲＰＧの引き金に指をかける。

死を覚悟した者にとって密室内では最強の兵器だ。相手が〝幼女オオカミ〟だろうと指一本で必ず勝てた。

まさしく必勝・必殺の武器だ。ただ発射さえすればロケット弾の爆発とバックブラストで皆一人残らず死に絶える。

「じゃあ、さよならだ」

彼は、人差し指に力を込めるが――、

「あ、ちょっと待って。最後に一つだけ訊きたいことがあるの」

最後の最後でヒメが茶々を入れた。

「何かな？」

「あんたたちの事情は理解したわ。そう……いろいろ大変だったのね。すごく同情する。それでね、その――何といえばいいのかしら。ええと……」

「何だ？　さっさと言いたまえ」

「ええと、その……言いにくいんだけど――。部屋の中、何かさっきと違うと思わない？　ヒントは私」

「君がヒント……？　何を言って――」

言葉の途中で気がついた。

〝幼女オオカミ〟八代ヒメは、相棒と二人で部屋にやって来たはずだ。

だが、気がつけば今、室内にいるのはカウンセラーと人質の真由莉、そしてヒメの三人のみ。

いつの間にか〝幼女オオカミ〟の相棒がいない……‼

「横の男はどこに行った⁉」

「あははっ。焦ってる、焦ってる。あんた、ずっと余裕あったからムカついてたの。誰かさんも言ってたでしょ、『あまり余裕ぶられるのは不愉快だ』って。子供を怒らすと痛い目に遭うってわけよ」

「答えろ！　君の相棒はどこだ！」

「あいつ、サボり専門の刑事だったから仕事の最中に抜け出すの上手いのよ。いなくなったの気づかなかったでしょ？　でも、さすがにそろそろ戻ってくるんじゃないかしら。ほら、耳を澄ませて……」

「耳……？」

建物の外で、ギュゴーというエンジン音が鳴っていた。

しかも爆音は次第に近づき、次の瞬間――。

――ドンッ、バリバリバリッ

片山の運転するNSXが、再び錆びたトタン壁を突き破る。

カウンセラーの背後に大穴が開き、部屋は表の夜闇と繋がった。――だが今回、工場に車輌を体当たりさせたのは、強行突入のためではない。

壁の破壊。即《すなわ》ち、穴を開けることそのものが目的であった。

「……っ？」

カウンセラーは、驚きのあまり声も出ない。仕方のないことだ。このような状況、誰が予想できようか。

彼の口はまるで金魚のように、ただぱくぱくと開閉を繰り返していたが……一方で、指はトリガーを引いていた。

必殺の対戦車ロケット砲は、火を噴きながら放たれる。

撃った瞬間、バックブラストで室内は皆殺しとなるはずだった。——しかし、そうはならない。片山が壁を破壊したからだ。本来、部屋に満ちるはずだった噴煙と熱は、壊した穴から抜けていく。

これにて第一の危機は脱した。だが、依然として死は目前に迫っている。

発射されたロケット弾は、何かに当たった瞬間、大爆発する構造だ。名の示すように戦車の分厚い装甲を吹き飛ばすほどの威力を持ち、室内のヒメ、カウンセラー、真由莉の三人は消し炭に、改造パトカー内の片山も挽《ひ》き肉と化すだろう。——これは、トリガーを引き終えた時点で避けられぬ運命であった。

普通ならば。

常識的には。

しかし〝幼女刑事〟八代ヒメは、『普通』や『常識』といった言葉から、最も縁遠い存在であるのだ。

カウンセラーとヒメとの距離は、ほんのわずか四メートル。さっきまでは七メートルだったが、喋りながらいつぞやの特殊な歩行法で密かに距離を詰めていた。

発射後のロケットというものは時間と共に加速する。だから、あえて接近したのだ。近ければ近いほど速度は遅い。それでもプロ野球の一軍ピッチャーが投げる剛速球に匹敵するが、ヒメにとっては充分だった。

羽織ったジャケットに隠していたパステルブルーの拳銃を抜き、迫りくるロケット弾に三連射。うち一発が、弾頭先端の信管部分を破壊する。――ロケットは火を噴いたまま地面に落ちるが、爆発することなく転がった。

この間、わずか〇・一秒。常人の目には映りすらせぬ神業だ。

「ふう……。よかった、なんとか成功したわ。知ってる？　兵器に使う爆薬ってね、そう簡単には爆発しないの。運ぶときドカンてなったら困るから。だから信管がついてるのよ」

なので拳銃弾程度では爆発せず、こうして撃ち落とすことができた。――とはいえ、凄まじき精神力ではあったろう。頭で理解していようと実際に挑戦はできないものだ。

この距離、この速度、この状況で当てる腕前と胆力。何もかも人間の業ではない。少なくとも幼女の業ではあり得ない。

カウンセラーは、震えていた。

「まさか、こんなこと可能なはずが……」

いずれにせよ、もう武器はなく人質も使えない。

なのに目の前には〝幼女オオカミ〟。

飛んでくるRPGを至近距離で撃ち落とす怪物だ。勝ち目などあるものか。

完全なるチェックメイトだ。ただ震える以外の行動など思いつくことすら不可能だった。

「君は……いったい何者なんだ？」

裁きの天使か。地獄の悪魔か。あるいは悪夢に棲む妖精なのか。

罪人に、幼女は答えた。

「別に、何者でもないわ。八代ヒメ、自称七歳。職業は――強いて言うなら〝幼女刑事〟よ」

部屋に夜風が吹き込む中、また一発銃声が轟《とどろ》く。

ヒメの銃弾《九ミリパラベラム》がカウンセラーの胸を貫いたのだ。男はなぜか安らいだ顔をしていた。


NSXのボディは丸めたティッシュペーパーのようにくしゃくしゃだった。当然だ。二度も壁に体当たりし、銃でもさんざん撃たれたのだ。まだ自動車の形を保っていること自体が奇跡であろう。

「ヒメ、そいつを殺したのか?」

車《ティッシュ》から降りてきた片山の問いにヒメは、

「まあね」

と単純明快な返事をした。

「子供を大勢クスリ漬けにした悪いやつなんだし、情報だったらだいたい聞いたから問題ないわ。それに――こいつ自身も死を望んでた」

今度は片山が「まあな」と答える番だった。

死体の表情を見ると、他に言いようがない。何かから解放されたような幸福に満ちた表情を浮かべていた。犯罪者には許されぬ種類の死に顔だ。

「同情か?」

「ううん。疲れたから、さっさと終わらせたかっただけよ。片山、キャンディを一本……いえ、二本ちょうだい」

片山は言われるがままに棒つきキャンディを渡す。

種類はランダムで選んだ。一本はヒメの好物であるオレンジ味、もう一本は大嫌いなハッカ味。

「同情っていうなら、こっちの方よ」

彼女は逡巡《しゅんじゅん》しつつもソファーで目を瞑《つむ》ったまま寝転ぶ柴真由莉へと歩み寄り、

「真由莉ちゃん、起きてる？」

と声をかけた。

「まだクスリのやりすぎで意識ないまんま？　それとも寝たふりして誤魔化そうとしてるの？　もし起きてたらでいいから、そのままで聞いてちょうだい。あのね……貴方のこれからの人生は、きっとつらいことが多いと思うわ」

返事はない。ぴくりとさえも動かなかった。

「貴方はカウンセラーの贔屓で〝プレゼント〟使い放題だったから、ひどい依存症になってると思う。そうでなくても悪者の味方してたってことで、小宮山かりんたちにも恨まれるでしょうね。それは不条理な運命なのかもしれないし、もしかすると中学までの因果応報かもしれない。――でもね、どれだけ不幸が続こうとも、嫌なことばかりだったとしても、よければ憶えていてほしいの」

ヒメは眠る少女の手に、キャンディを片方握らせながら言葉を続けた。

「私、今でも真由莉ちゃんの〝心の友〟よ。ずっとずっとお友達だから」

与えたのはオレンジ味だ。嫌いなハッカ味は自分で食べる。――それ以上は何もせず、ただ黙って背を向けた。

「……行きましょ、片山」

「そうだな」

去り際に、片山は見た。固く閉じられた真由莉の目から涙が一筋零れるのを。

二人はスクラップ同然のもとスーパーカーで工場を去る。近隣住民が通報したのか遠くでPC《パトカー》のサイレンが聞こえた。あとは彼らに任せよう。

3

それから一週間、ヒメと片山は姿を消した。

ヒメは治療のための休養だ。脇腹の銃創をはじめ、切り傷、打撲傷、軽度の疲労骨折と、全身が傷だらけになっていた。あの状態から一週間で現場復帰できるとは、驚異的な回復力としか言いようがない。

一方、片山は後始末だ。

北杉並署からも身を隠し、ヒメ機関のメンバーたちと共に〝パパ〟の残りメンバーを追っていた。彼らは予想以上に少人数だった。リーダーであるカウンセラーとヤクザの井沢を含めても、たったの六名だけの極小組織だ。しかも一人は立木の妻で、帳簿とスクールカウンセリングの補助を担当していた。

他には〝プレゼント〟を開発した製薬会社のもと研究員に、廃工場を提供した工場主。いずれも子供を学校でのいじめで失い、社会からろくなケアも受けられぬままでいた。工場主に至っては、訴訟のために全財産を失っている。手放したはいいが買い手のつかなかった古工場を、井沢が譲り受けてドラッグ製造に使っていたというわけだ。残りの一人も似たようなものだ。

片山は思う。カウンセラーたちの言い分は決して正しくはなかったが、かといって一切理解できぬものでもなかったと。

自分も理不尽に娘を亡くした身だ。復讐を望んだこともある。――しかし片山は何もせず、二年も無為な時間を過ごしてきた。

我が子のために行動するのが親の役目であるというなら、もしかすると〝パパ〟のメンバーたちの方が『善《よ》き親』『善き家族』であったのかもしれない。

「片山、お待たせ」

「来たかヒメ。体は平気か？」

「ふふン、当然よ。お前こそ平気だった？　寂しくて毎日泣いてたんじゃない？」

朝の十時三十分。警視庁本部庁舎の地下五階駐車場で、片山はヒメと再会した。ちょうど一週間ぶりになる。

自分と〝パパ〟たちとの違いは、この幼女と出会ったかどうかだ。もし幼女刑事より先にカウンセラーと出会っていれば、彼らの仲間に加わっていた可能性すらある。

「で、私は下で待っててていいのね？」

「ああ、一人で行かせてくれ。手に負えなかったら無線で呼ぶ」

〝発表会〟用ワンピースドレスのヒメに背を向けて、片山はエレベーターのボタンを押した。

行き先は、地上八階だ。

廊下に出てしばらくすると、すぐに見知った顔と遭遇した。

「片山……⁉　お前、どうして本庁に！」

「斉藤先輩……」

監察官室の斉藤だ。もとから神経質な男ではあったが、今日はいつにも増してヒリついた空気を纏っていた。

ただ、苛だっている理由はわかる。——片山のせいだ。

「片山、わかっているのか？　お前は今、犯罪者だ。警察に追われる身なんだぞ」

「俺が？　どうしてです？」

「決まってる。子供スパイに手を貸したからだ。廃工場での一件は把握してるぞ。ただの所轄の生安刑事が大量殺人に加担して、おまけに姿をくらました。これを放置したら監察官室はカカシ置き場だ。お前も八代ヒメもただで済むと思うなよ」

片山は手首をがっしと斉藤に摑まれる。キャリア組で年中デスクワークばかりであろうに意外なほどの握力だ。高校時代からずっと剣道の修練を怠らなかったおかげだろうか。後輩として誇らしい。

逆に怠け続けてきた片山は、握られた手首が痛くて仕方なかった。

「片山、悪いが身柄を拘束するぞ。抵抗するなら人を呼ぶ」

もし法律を字面通りに判断すれば、片山の罪は五年や十年の懲役では済まないものだ。最悪、死刑すらもあり得る。だが——。

「いえ、必要ありません……。放してください。——先輩が俺にくれた辞令、あれは当日に遡《さかのぼ》って無効となりました」

「何だと……？　聞いていないぞ！　そんな出鱈目、通用するはずがないだろう⁉」

「それが通用するそうです。美波室長が手を尽くしてくれました。だから俺は今でも第八別室の室員です」

制度上の不備を利用した裏技だ。かつて〝ミスター総務〟とまで呼ばれた美波だからこそ可能なテクニックであったろう。

「ふざけるな……!! そんな、勝手を——」

「先輩、喜んでくれないんですか？ 後輩の俺が逮捕されずに済んだんですよ」

「あ、いや……。それはそうだが……」

斉藤が手を放したあとも、摑まれていた手首は痺《しび》れたままだ。——ただ、それ以上に胸が痛い。

こちらの痛みは主にメンタル面が原因だった。

「それより先輩、気になっていることがあるんです」

「何だ？」

「あの日、工場にいた原岡組の連中です。やつらがどんな武器を使ってたかご存知で？ 拳銃が十七丁に短機関銃《サブマシンガン》二丁。手榴弾が使用されたのが一発で、未使用は四発。それからＲＰＧ《ロケット》も一発。

——これ、どっかで聞いたことあると思いませんか？」

「いや、知らんな……。なぜ私に訊く？」

「わかりませんか？ どれも大阪竹河会系雉原組が抗争用に集めた道具です。ヒメが組長《シャブジロー》を狙撃した組の。警視庁が全部押収したと聞いていましたが、なぜ〝パパ〟と組んでいた連中が持っていたのでしょう？ 敵対してる八代目関東原岡組のヤクザたちが」

「さあな。知るわけがない。ヤクザの話は組対に訊け」

「答えは決まっています。警視庁の誰かが横流ししたんです。押収物の倉庫から。これは先輩たち監察官室の領分です」

「………」

「そもそも〝パパ〟の計画には不審な点が多かった。高校生にドラッグを撒けば将来のユーザーは増えるでしょう。しかし、それでどれだけの利益が？　東京のドラッグビジネスを独占してるわけでもないのなら、他の組織も一緒になって儲けてしまう。投資にタダ乗りされる形になります」

それどころか投資をしていない分、販売に資金や人手を集中できる。せっかく育てた顧客を横から余所《よそ》に奪われかねない。

「先輩はどう思います？」

「それは……犯罪者だからな、頭が悪いんだろう。自分たちもドラッグをやっていたのかもしれない。だいたい彼らは復讐が目的なんだから、ビジネスとして非効率でも不思議はないぞ？」

「〝パパ〟のメンバーはそうですが、井沢以外の原岡組の組員たちは別でしょう？　そこで俺やヒメたちは考えたんです。答えは――『東京のドラッグビジネスを独占してたから』じゃないかって」

「……意味がわからないな」

「いいえ、本当はわかってるはずです。東京のドラッグビジネスは、もうすぐ八代目関東原岡組とその傘下組織が独占するはずだった。――なぜなら最大のライバルであるシャブジローの雉原組が、ヒメのせいで事実上の壊滅状態なのですから」

「………」

「あとは簡単です。ドラッグなんて最近は、どこの組も手を出したがらない分野ですから。――つまりヒメを利用して、ドラッグ界の東京制覇をしようとしたんです」

八代目関東原岡組が、ではない。

ヒメがリハビリ代わりにあそこの老組長を尋問したが、本気で〝パパ〟の計画や〝プレゼント〟については知らなかったという。だとすれば——。

「警察内部に〝パパ〟の協力者がいます」

その人物が、幼女刑事にライバルの雉原組を壊滅させ、押収した武器を横流しし、さらにはカウンセラーにヒメの正体を教えた。だから『バーネットの転校生が〝幼女オオカミ〟である』と知られていたのだ。

「大胆すぎる仮説だな」

「いいえ、この一週間で調べました。俺が、捜査のいいところで〝責任取り係〟から外されたのも、その協力者の仕業です」

しかも、その隙を突いてヒメは命を狙われた。偶然ではあり得まい。

つまり協力者は、片山を第八別室から外した人物……。

「斉藤先輩、貴方が六人目の〝パパ〟です」

裏も取ってある。銃器類は行方不明になる直前、監察官室から移送するよう指示が出ていた。書類を作ったのは斉藤だと他の室員たちも証言している。

たった六人で子供にドラッグを蔓延させようとした組織〝パパ〟——その最後の一人は、エリート警察官僚の斉藤であったのだ。

「合っていますか?」

「ああ、正解だ……。私は独身で子供はいないが、高校のとき、いじめで妹を亡くしている」

「……知ってます」

「その悔しさで警察に入った。世の中を少しは正しくしたくて。——だが、同じ目的のために〝パパ〟の一員になってしまった。私は弱い人間だ」

「……残念です」

不思議なものだ。ついさっきまでカミソリを思わすエリート警察官僚で、同時に厳しくも頼れる先輩だった斉藤が、今ではひどく小さく見えた。

背は曲がり、気迫は萎《な》え、まるで老人のようでもある。両目からは生気の光が失われ、ほんの五分前と同じ人物だとは思えない。

――しかし、おかげで油断した。

「先輩、ご同行願います。地下でヒメが待ってますので」

今度は片山が彼の手首を摑む番。――だが、そんな後輩の手を振り払い、斉藤は書類鞄から〝何か〟を取り出した。

拳銃だ。それも警視庁で採用しているものとは違う。密輸品の粗悪なオートマチック拳銃だ。

最初に雉原組から押収された銃は十八丁。しかし工場で回収できたのは十七丁のみ。最後の一丁がここにあった。

「先輩、何を⁉」

「黙って聞け。私は後悔などしていない。今でも正しいことをしていたと思っている。だが……片山、お前が罪に問われるかもと聞いてからは、こうして銃を持ち歩いていた。はは、とんだ道化だな」

斉藤の指が引き金に掛かる。――ただし銃口は、自らの側頭部へと当てられていた。この銃は自決用のものであったのだ。

「よせ……‼　先輩、撃つな！　死ぬな！」

いいや、今さら止められるはずもない。

斉藤はもとから生真面目《きまじめ》な男だ。後輩の片山を巻き込んだときから——否、最初に手を汚したときから、この一瞬をずっと待ち望んでいたはずだ。

自らの命を絶つ瞬間を。

虚《むな》しい六・三五ミリの銃声が庁舎の廊下に鳴り響く。男は膝から頽《くずお》れた。

これは贖罪《しょくざい》ではない。罪からの逃避だ。裁きと罰を恐れるがあまり、無責任な死へと逃げ込んだだけのこと。斉藤本人もわかっていよう。

ただ、それでも自死を選ばざるを得なかっただけだ。自分で言っていた通りだ。彼は苦痛の中で生き続けるのに耐えられない、弱くて脆《もろ》い人間であった。

弾丸は小口径であったため、脳髄が破壊されても絶命までには数秒の猶予がある。

「……片山、幼女刑事を信用するな。お前の妻子は、あいつらに——」

そんな断末魔の声と共に、エリート警察官僚の命は尽きた。

斉藤が最後に発した言葉は、自分自身のためでなく他人を思いやるもの。——この事実は、片山にとってほぼ唯一の救いであった。

エピローグ

こうして斉藤の死と共に、〝パパ〟は完全に消滅した。

とはいえ彼らの被害者である少女たちの苦難はこれからであろう。一度でもドラッグの誘惑に負けた者には、長いリハビリと更生の戦いが待っている。既に手遅れなほど道を踏み外している子も多いはずだ。その意味ではカウンセラーも言っていたように、彼らの目的は、とっくに果たされていたのかもしれない。

また一方で、いくつかの謎も残っていた。たとえば資金。これほどの大プロジェクト、相当な初期費用を必要とするはず。なのに金の出所は不明のままだ。また、そもそも計画自体からして、本当にカウンセラーの発案だったか疑わしい部分もある。

トモウチ青年は言っていた。もしかすると〝パパ〟の裏には、彼らを利用しようとしていた別組織が存在するのかもしれない、と。

資金と頭脳を提供し、今回の凶悪な薬物事件を起こさせた黒幕が。――少なくともヒメ機関は、そのように踏んでいるとのことだ。

もっとも、今の段階ではあまりに情報が少なかった。カウンセラーや斉藤が死んでしまったのが悔やまれるが、どうせ生きていても情報は聞き出せなかっただろう。強い意志と周到な準備があれば、拷問や自白剤は効果を持たない。それどころか嘘を共有することで捜査を攪乱《かくらん》することすら可能となる。

いずれにせよ、ヒメの責任取り係である限り片山も、黒幕――いわば〝祖父《グランパ》〟や〝祖母《グランマ》〟とでも呼ぶべき連中と、遠からず対決することになろう……。

彼が地下五階に降りると、ヒメと修理済みのＮＳＸが待っていた。

「もう終わった？　時間かかったのね」

「ああ、もう終わった……」

ヒメの額はごくわずかだが汗ばんでいた。おそらく階段を駆け下りたためだ。地上八階からエレベーターを追い抜いて。

（……こいつ、覗き見してたな）

心配で密かに後をつけ、片山と斉藤とのやり取りを陰から見ていたということらしい。ポシェットが不自然に膨らんでいるのは、中に拳銃が入っているからだ。――もし斉藤が銃を自決以外で使おうとしていたら、彼女が撃ち殺していたのだろう。

「心配かけたな」

「お互い様よ。――はい、ハンカチ。前に借りたの洗っといたわ」

工場で渡したハンカチだ。今度は片山が目をゴシゴシと拭いた。

「泣き止《や》んだら帰りましょ」

「そうだな……」

二人は修理したてのＮＳＸに乗り込む。運転はヒメ。片山は車内でキャンディを勧められたが、舐めても塩辛いだけだった。

死の間際、斉藤は『幼女刑事を信用するな』と言っていた。

妻子の死にヒメたちが関わっているかもしれないと、前にも忠告してくれていた。高校の先輩として心から片山を気にかけていてくれたのだろう。

もし霊というものが実在し、今の片山の姿を見たら、きっと斉藤は怒るはずだ。『せっかく教えてやったのに、なぜその幼女に心を許すのか』と。

たしかに仇かもしれぬヒメとこうして仲良く車に乗るのは、人間として人の親として許されざることかもしれない。――ただ一方で片山は、斉藤も知らぬ真実を他人《ひと》づてに聞いていた。

一週間前、工場に突入する直前のことだ。

『――ああ、そうそう。せっかくだ。もう一つ耳よりな情報がある。運転しながら聞くといい』

片山は、公安調査庁のスパイとスマホで話した内容を思い出す。

『――君のご家族を殺したのは、あのお姫様じゃない。ヒメ機関とか警視庁とか、そのへんの複雑な裏は知らないが……少なくとも君の知ってる八代ヒメとは違う。それだけは間違いない』

「どうしてだ？　裏を知らないのに、なんでそこまで断言できる？」

『――絶対にあり得ないからだ。衝撃の真実だぞ……。彼女が初めて〝実戦投入〟されたのは四日前。暴力団組長狙撃の任務――君と初めて会った日だ』

「……嘘だろう？」

『――嘘じゃない。ヤクザどもの恐れる〝幼女オオカミ〟は前任者だ。我々も新しい教材はもう見たくない。――あの子は訓練されてて強いだけの、何も知らない本物の子供だ。生まれたての赤ん坊と言ってもいい。君が守ってやれ』
スパイの言葉などどこまで信じていいのか不明であったが、あの話を聞いて以来、ただただヒメが憐《あわ》れで愛《いと》おしい。彼女にとって片山修也巡査部長は、身近にたった一人だけの『スパイでも犯罪者でもない大人』であったのだ。
そんなの本物の父親と同じだ。

やがてNSXは片山のマンションに到着する。

二人の家へと帰ってきたのだ。

「ただいまー。へえ、綺麗になってるじゃない」

「おかえり。お前が留守の間に掃除した」

片付けが完了したのは、ちょうど昨日の夜のことだ。間に合ってよかった。

『ただいま』『おかえり』——ありふれた言葉のはずなのに、ひさしぶりに耳にした気がする。もしかすると二年ぶりだったかもしれない。

「ところで片山聞いてる？　今日の午後からさっそく新しい任務ですって」

「ずいぶんと人使いが荒いな」

「まあね。でも、まだちょっと時間があるから、今のうちにご飯にしましょう。早いランチか遅い朝食ね。下の〝小料理あゆみ〟、もう開いてるかしら？」

開いているなら〝あゆみ〟のランチ。

開いてないなら、片山手作りの朝食だ。もちろんメニューは、トーストと両面焼きのベーコンエッグ。飲み物は紅茶に決まっている。この一週間練習したので前より上手になっているはずだ。

「あと、髪の毛お願い」

「ああ、まかせとけ」

こちらは練習したわけではないが、前よりずっと上手にできた。

左右対称のツインテールヘア。

愛されている子供の象徴だ。

本書は、第2回警察小説大賞最終候補作「幼
女刑事」を改題、加筆・改稿したものです。

伊藤尋也（いとう・ひろや）

1974年、岐阜県明智町（現・恵那市）生まれ。本作にて作家デビュー。専門学校の講師、市役所の非常勤職員、ゲーム会社のアルバイトなど職を転々としつつ趣味で小説を書き続け、本作を第2回警察小説大賞に応募。選考委員からの高評価により、出版に至る。

編集　永田勝久
荒田英之

小学生《しょうがくせい》刑事《デカ》

二〇二〇年十月五日　初版第一刷発行

著　者　伊藤尋也
発行者　飯田昌宏
発行所　株式会社小学館
〒一〇一-八〇〇一　東京都千代田区一ツ橋二-三-一
編集　〇三-三二三〇-五九五九　販売　〇三-五二八一-三五五五
ＤＴＰ　株式会社昭和ブライト
印刷所　萩原印刷株式会社
製本所　株式会社若林製本工場

ISBN 978-4-09-386590-6

第１回警察小説大賞受賞作
『ゴースト　アンド　ポリス　GAP』

佐野 晶
「聞いてると思うけどさ。俺たちはごんぞうだから。無駄な仕事はしないから。張り切ってガタガタ騒いだりしないでね」

ごんぞう――自主的窓際警官のこと。

神奈川県辻堂にある鳩裏交番は、自主的窓際警官、いわゆる“ごんぞう”ばかりが集まった交番で、緊急配備の連絡にさえ誰も反応しようとしない。

県警幹部も扱いに手を焼く“ごんぞう”たちだが、「巡回」だけは大好きで、住民との世間話をきっかけに事件に首を突っ込んでゆく。

そんな中、ホームレスばかりを狙った連続殺人事件が発生。

“ごんぞう”たちは真相に辿り着くのだが……。

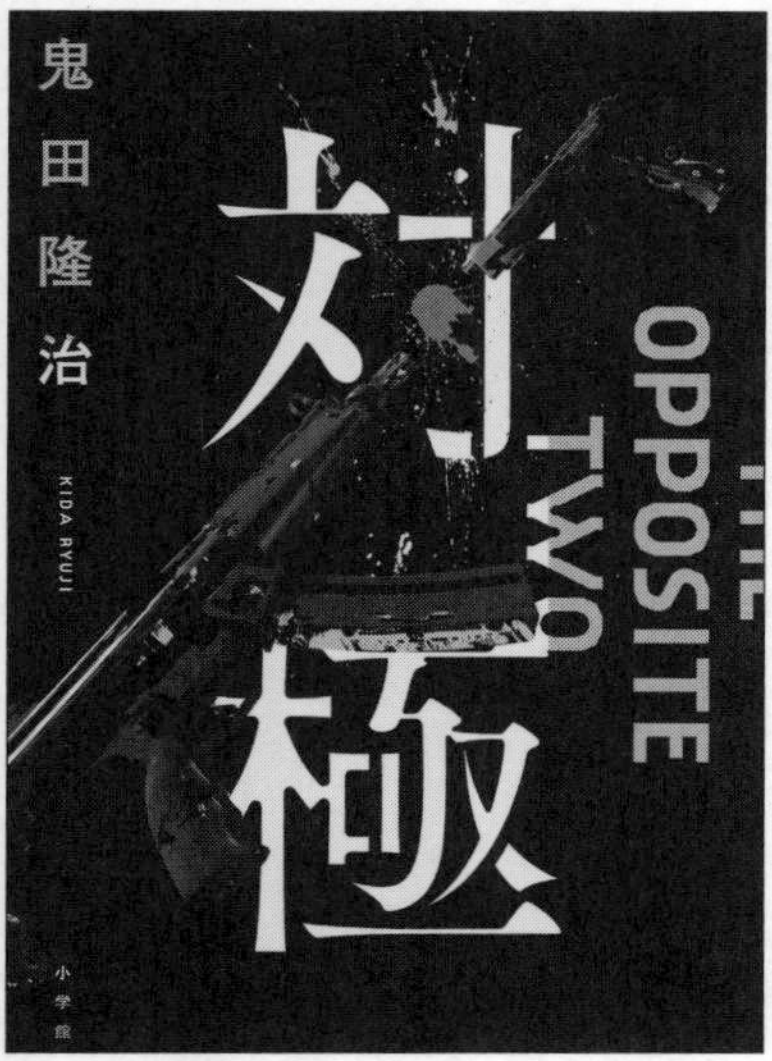

第２回警察小説大賞受賞作
『対極』

鬼田隆治
警察小説史上最凶のアンチヒーロー誕生！

警視庁には二つの特殊部隊が存在する。

SAT（Special Assault Team, 特殊急襲部隊）とSIT（Special Investigation Team, 特殊犯捜査係）。

それぞれ指揮系統は違うが、現場を同じくすることも多い。

合法的に暴れるためにSATに志願した“悪童”中田、異例の抜擢を経てSIT係長になった“エリート”谷垣、立場も性格も信条もまるで異なる二人は、現場で衝突を繰り返しながらも、「厚生労働省解体」を宣告する謎のテロ集団と対峙する。

圧倒的な熱量を発する、前代未聞のポリス×ピカレスク小説。